PECADO MORTAL

Antonio Martins
PECADO MORTAL

UM PADRE,
UMA FREIRA,
UM GOVERNADOR,
UM DUPLO HOMICÍDIO

TOPBOOKS

Copyright © 2018 Antonio Martins

EDITOR
José Mario Pereira

EDITORA ASSISTENTE
Christine Ajuz

REVISÃO
Cristina Pereira

PRODUÇÃO
Mariângela Felix

CAPA
Miriam Lerner

DIAGRAMAÇÃO
Arte das Letras

CIP-BRASIL.CATALOGAÇÃO NA FONTE
SINDICATO NACIONAL DOS EDITORES DE LIVROS, RJ

M343p

    Martins, Antonio
       Pecado mortal: um padre, uma freira, um governador, um duplo homicídio / Antonio Martins. - 1. ed. - Rio de Janeiro: Topbooks, 2018.
    266 p.; 23 cm.

    ISBN 978-85-7475-272-3

    1. Romance brasileiro. I. Título.

18-47581
                              CDD: 869.93
                              CDU: 821.134.3(81)-3

TODOS OS DIREITOS RESERVADOS POR
Topbooks Editora e Distribuidora de Livros Ltda.
Rua Visconde de Inhaúma, 58 / gr. 203 – Centro
Rio de Janeiro – CEP: 20091-007
Telefax: (21) 2233-8718 e 2283-1039
topbooks@topbooks.com.br/www.topbooks.com.br
Estamos também no Facebook e Instagram.

I

Recife, 6h05 da manhã do dia 10 de agosto de 1984. A Rádio Amigo Velho, sem dó nem piedade, deu a notícia do falecimento do governador e de sua namorada no noticiário policial. Em meio a tantas mortes de pobres e anônimos, desprotegidos da Polícia dele, Dario Prudente, DP — abreviatura que desejou cedo e só popularizou depois de receber a coroa de autoridade –, desfilaria nas manchetes do primeiro jornal da rádio naquele dia como mais um morto. Quando o locutor acabou de ensaiar a narração do texto, pediu ao sonoplasta:

— Localiza no disco do Händel o trecho solene e bonito, quase dançante... Pronto, pronto, pronto... esse aí, esse aí do *Concerto em sol menor, opus seis*.

Mandou ver o locutor, que percebeu o embaralhamento do operador de áudio, com cara de quem questionava: "Händel quem, meu irmão?" Com medo de tomar, ao invés de dar o furo, o locutor apressou-se, apontou uma vareta para a capa do disco, doutrinando:

— Händel criou essa música para servir de trilha sonora em procissão do rio Tâmisa. Aqui e agora, a obra-prima dele vai amplificar a emoção dos que tomarem conhecimento do fim de um homem que, pensando ser rei, deu com os burros na água. Roda, roda, roda a faixa e logo em seguida abaixa o volume, que vou surfar na onda dela. E atenção, que vou mandar bala.

E foi assim no ar que o plantonista executou os concorrentes com o furo da morte do governador e acompanhante:

— Faleceram esta madrugada, nos jardins do casarão de número 116 da rua Santa Joana, o governador de Pernambuco, Dario Prudente, e sua acompanhante Rachel Moraes. Vou repetir: (pausa) O governador de Pernambuco morreu (pausa). Acabou de falecer nos jardins de sua residência particular de Casa Forte o nosso governador Dario Prudente. Em companhia dele se encontrava a senhorita Rachel Moraes, morta aparentemente no mesmo acidente do qual foi vítima o governador. Maiores detalhes sobre o trágico acontecimento, ou seja, a morte do governador de Pernambuco, nós vamos apresentar daqui a pouco e ao longo da programação nos próximos dias.

A notícia foi seguida de trecho do *Concerto número cinco* de Beethoven, que seria consagrado como trilha sonora para toda a temporada das exéquias que deram continuidade à Tragédia de Casa Forte. O solene Händel foi só a entrada do trepidante furo da Rádio Amigo Velho.

Em Pernambuco, todo mundo acreditara que Dario seria presidente da República. Fora do estado ninguém o conhecera, mas a cobertura da mídia em período de entressafra de notícias terminou transformando-o em famoso pós-morte. E o espalhafato começou meia hora depois que a Rádio Amigo Velho soltou a bomba, despertando a população inteira do estado. Sobravam razões para isso. O drama envolvia personagens fortes. As condições em que ocorreu eram misteriosas, e a tudo isso se somava o *recall* do político DP.

Polêmico, ele soubera navegar nas crises como protagonista, criando factoides, aumentando, agravando, para o bem ou para o mal, fazendo barulho. Quanto mais emblemáticas fossem as notícias de seu Governo, mais ele sabia proceder, dar respostas, comentar, analisar, explicar, fazendo-se passar por perito em desatar nós.

Essas qualidades sumiriam com os episódios que certamente antecederam sua morte. Afinal um fato tão grave e dramático deve ter-se precedido de reveses sobretudo nas manobras conspiratórias de quem o eliminou. O mistério que envolveu a tragédia assombrava os mais simples e gerava especulações nos andares superiores. Tornava-se estranho à luz dos fatos conhecidos a respeito dos dois e do ambiente, onde tudo aconteceu. O governador tinha fama de camisolão; e a freira, mais do que fama, cultivava virtudes e intenções de santa. Para enriquecer o repertório de coincidências e paradoxos, o ato protagonizado pelo casal foi idealizado como o primeiro de longa série de celebrações. Terminou sendo o último.

* * *

Paralelamente ao processo de prospecção e sedução da religiosa, DP mantivera relação matrimonial de clássica conveniência com Hermínia. A primeira-dama, capricorniana de personalidade forte, era arredia a dividir com alguém os seus segredos e por isso até então se absteve de revelar se enfrentava a rival de nome Rachel. Aliás, se ela sabia de alguma coisa ou de tudo, guardou a sete chaves. Há humanos que peregrinam no prazer mórbido de guardar segredos de desfeitas contra si pelo prazer de retaliar no dia em que puderem jogar a ira na cara dos desafetos. Se Hermínia foi picada por algum fofoqueiro palaciano, se desconfiou e/ou descobriu, ela foi rigorosa na liturgia do segredo por dever familiar enquanto solteira e por questões de Estado, na trajetória de primeira-dama.

Já o governador concentrava confidências no ex-padre, ex-reitor do Seminário de Olinda e diretor espiritual, no final chefe de gabinete e assessor politemático e mordomo/administrador do Palácio das Princesas — e por extensão da Casa 2, a de Casa Forte. Tratado como padre Franco, ele ganhava apelidos do chefe em graus variados de carinho ou penalização, dependendo da presteza no desempenho das tarefas de braço direito do governador.

A submissão do reitor a DP fundamentara-se na admiração pela figura de político, ou seja, pelo poder que ele esbanjava. Isso em primeiro lugar. Mas havia ainda, e com ênfase, gratidão pelo apoio financeiro que dispensara à manutenção do Seminário, enquanto durou o mandato de reitor do padre.

Nas passagens pelo Legislativo, DP direcionava para a casa religiosa as verbas da cota parlamentar e dela tirava recibos bons ou frios para fechar as contas que endereçava às mesas da Assembleia Legislativa e da Câmara Federal. Já no Governo do Estado, a condição de concessionário da Rádio Amigo Velho — informalmente vinculada à Arquidiocese — garantiu-lhe a manutenção das contas pessoais imbricadas à contabilidade do Seminário, que servia como fundação-fantasma no bom sentido, para fazer obras de caridade. Obras para inglês ver. E os únicos que podiam ver eram os inquilinos do Cemitério dos Ingleses, plantado por volta de 1800 no bairro de Santo Amaro, por sinal no inapropriado canteiro central da avenida Cruz Cabugá.

* * *

Sinta-se o paciente leitor convidado agora mesmo a conhecer o ninho de infortúnio do casal. A varanda ocupava todo o lado direito da residência, de quase 70 metros de comprimento, e se abria para a generosa área verde, onde predominavam árvores frondosas e grama, protegidas pela cerca viva da caliandra. Esse arbusto pode alcançar a altura de dois metros e à noite se cobre de floração roxo-rósea de perfume forte. Mas sua principal serventia é a proteção visual assegurada pelos galhos tortuosos e duros. Tudo isso forma cerca viva bonita, robusta, caprichosamente trançada pela natureza para esconder moradores e seus mistérios. Sob medida para proteger o jardim da mansão, famosa por ter pertencido a gerações de moradores de hábitos reclusos, mas que se davam à prática de difundir as assombrações, repicadas pela vizinhança, aumentadas ao sabor de quem contava as histórias. O jardim acobertado pela caliandra foi refratário às assombrações até a noite em que serviu de palco para a morte do casal no meio de comemoração restrita, mas festiva. A tragédia foi real e com nuances de mistério. A mulher era freira em processo de retorno à vida civil. O homem, governador de Pernambuco. A festa fora organizada por um ex-padre recém-introduzido à vida leiga. E a presença dele ampliou o leque de especulações que enriqueceram o enredo do evento.

O garçom, fidalgo na apresentação e discreto no serviço, só aparecia para trazer pratos quentes, além do leva e traz de torpedos entre os dois ilustres comensais e o pessoal de serviço, espalhado pelas dependências da mansão. O restante do cardápio, inclusive bebidas, foi tudo posto previamente na mesa e ao redor. Lá pelo início da madrugada, o casal preferiu a privacidade ao apoio do garçom, que foi orientado a se recolher à cozinha até segunda ordem. Essa ordem jamais foi passada. Subiu às nuvens a eventual fala do casal, se é que eles tiveram tempo de se pronunciar, antes de também terem ganho o espaço em espírito. Os corpos permaneceram em torno da mesa.

O jardineiro, cumprindo seu horário de rotina, por volta de 5h30 da manhã, encontrou os dois em postura atípica, mas percebeu a notícia das mortes pela voz do silêncio, agravado pelo excesso de claridade sobre o tampo da mesa, que contrastava com a presença apagada dos dois comensais.

A posição dos mortos deu no que falar pelo dilema. Uns achavam que, no delírio de amor eterno, eles misturaram droga pesada com bebidas saudáveis. Primeira hipótese. A outra era mais realista. Mãos criminosas executaram DP e Rachel com perícia de profissional e com amadorismo montaram quadro arrumadinho para despistar os bisbilhoteiros. Na época do regime militar, obrigatoriamente tinha de "vir de cima" a ordem para a investigação policial de delitos contra ou a favor de autoridades ou famosos. Essa ordem nunca veio para desvendar a tragédia de Casa Forte. Com o tempo prevaleceu a impressão de que a festa não foi abortada pelos protagonistas.

Naquela madrugada, eles impuseram mais medo inertes do que quando ainda estavam vivos. Pelo menos para quem se encontrava desacompanhado, como estava o desavisado jardineiro. Ele logo notou que ainda havia vida na mansão ao ouvir alguns sons. Vindo do fundo do quintal, o canto do galo, que, como se fosse uma campainha automática, mais uma vez cumprimentava o profissional por iniciar a tarefa diária: abrir a torneira e liberar a sonoridade da irrigação do jardim.

Notou também música orquestrada em baixo volume, que mais tarde daria subsídio para a imprensa romancear a tragédia. Em pequeno papel encontrado pelas autoridades sobre a mesa do jantar estava o repertório, sugerido através do garçom ao responsável pelo serviço de som que "lá de dentro" rodava as músicas relacionadas pelo casal. A curiosidade da mídia recaiu sobre a duplicidade de grafias com relação à décima terceira música. Com a letra do governador estava previsto *Concerto número 5, em mi bemol maior, opus 73*, Beethoven, que recebeu acréscimo com letra da irmã Rachel: "Adagio un poco mosso, rodar cinco vezes seguidas. Obrigada."

De volta ao cenário do crime. O jardineiro passou ao largo da mesa e, seguindo o regulamento da casa, apertou a campainha ao pé da escada que dava para a ala social, e a notícia se espalhou. Instantes depois, todas as áreas da mansão antiga do bairro de Casa Forte, no Recife, pareciam formigueiro desgovernado, repleto de políticos e policiais, batendo cabeça. Em pouco tempo se pôs ordem no palco com a colocação de uma faixa de isolamento, deixando a distância as pessoas que estavam fora da operação, cuidada exclusivamente pelas Polícias Civil, Militar e Corpo de Bombeiros. Os mortos eram de fato o governador Dario Prudente, apelidado de DP e a ex-freira Rachel Moraes. Ali era a residência fixa dele, enquanto corria seu mandato de governador, com direito a hospedagem por quatro anos no Palácio das Princesas, onde ia ficando a solitária primeira-dama Hermínia.

Ela, discreta, educada, mantendo a calma e a elegância sertanejas. Ele, doidivanas, dúbio como administrador, sem rumo na vida familiar, desleixado com o casamento, levado por culpa ou vontade dele a processo doloroso de desmonte. A guerra concentrava-se no velho Palácio, que, preguiçoso, se deitava à margem direita do rio Capibaribe em procedimento para desaguar no mar. Mas, com o agravamento da crise conjugal, passou a refugiar-se em Casa Forte, onde recebia a clientela mais recatada e em particular a ex-freira Rachel, em visitas mais constantes nos dias que antecederam a tragédia. Ele a havia convencido a trocar o Convento, onde tinha função de sub — mas, na prática, de chefe absoluta — da cozinha do Seminário, que se traduzia em preparar 150 refeições alentadas três vezes ao dia e mais dois lanches. O convite do político para a freira assumir função relevante na área social veio antes de DP perder a cerimônia de exibir os primeiros ensaios de assédio, que a religiosa demorou a captar. Com obstinação, ele foi inoculando o vírus com o furor da traça que mais tarde atacaria o hábito da freira. Mas o pré-candidato a marido andava longe de sinalizar a possibilidade de união matrimonial deles. Já para dona Hermínia, a primeira-dama, eram mais evidentes os sinais de que mais cedo ou mais tarde a caminhada era de desenlace, após quase dez anos de casamento de conveniência para ele e resignação para ela.

Antes de aceitar o duplo convite, a freira submeteu-se a longo processo de dúvida, já que ela também precisou romper outro casamento. Esse com Cristo, mas chaveado pelos votos de castidade e pobreza, dos quais não havia se desvencilhado quando arrumou as primeiras peças no famoso casarão de Casa Forte. O jantar programado por DP tinha como objetivo a confirmação de seu rosário de boas intenções.

Com forte pendor para o drama, o governador quis dar solenidade ao que seria mais uma demonstração de assédio, diante dos impedimentos formais. Em linguagem protocolar, o que estava previsto para o encontro era o jantar exclusivo para os dois, mas a fatalidade que não perdoa desceu sem avisar e transformou a noite deles em tragédia. E se fechou de modo precoce o ciclo de mais um político em estágio de gestação do projeto da Presidência, que nem precisaria de tanto para frustrar seus sonhos. Os defeitos de origem, como representante de estado pequeno, de poucos eleitores e inexpressivo suporte financeiro, seriam suficientes para desviá-lo de rota.

Certo é que Dario, no meio de ensaios para chegar à Presidência, cismou de incorporar a religiosa à sua equipe, vislumbrando ainda dar um toque de eficiência a seu mandato. O Governo agitado e em alguns aspectos competente era também sombreado por suspeitas de crimes contra o patrimônio, contra a administração pública e os direitos humanos. Ele tinha a percepção de que a imagem de impetuoso, e não os desvios de conduta, o puxava para baixo. Sabia apenas pedaço da missa. Seu final foi só o maior susto que deu nos próximos e no estado todo. A obstinação pela surpresa embalava sua alma controvertida. Foi bom aluno no curso de Direito, compensando o desapreço por livros com a eloquência da argumentação nas salas. Era mentiroso contumaz, grande novidade para políticos profissionais, e ainda pedia a todos que o cercavam para tratá-lo como homem-verdade. Mentir, prometer sem convicção, negar o óbvio, esquecer compromissos, fazer afirmação para montar uma frase e nada mais que o jogo de palavras. Tudo isso é usual na figura dos políticos, mas para DP era essencial enganar, ludibriar, mais do que o usual.

* * *

O ex-padre Chico chegou no início da noite a Casa Forte, montou a mesa do jantar, deu as boas-vindas ao casal, levou-os até a mesa, cumpriu o cerimonial, com cara fechada e sem em momento algum olhar o rosto da ex-freira. Olhou, sim, para o pupilo e o fez com cara de cachorro chutado por baixo da mesa. O governador só tinha olhos, mãos, palavras de amor eterno para a ex-freira.

A rádio deu a morte do DP e foi a campo para se manter na dianteira na divulgação dos desdobramentos da tragédia. Uma hora depois do furo, havia exibido duas edições curtas com o mesmo texto, mas já dispunha de outro mais substancioso. A primeira notícia sobre a repercussão no Palácio das Princesas onde dormira a mulher do governador estava nesse boletim. O oficial, chefe do Plantão do Corpo da Guarda, autorizado pela ex-primeira-dama, informou que ela não se pronunciaria sobre a morte do marido e sua acompanhante e que o assunto estava nas mãos da polícia. Da residência de Casa Forte, anunciou-se apenas que os secretários da Justiça, Casa Civil e Casa Militar estavam redigindo mensagem que o porta-voz do Governo dentro de instantes leria, da sede do Governo.

As notícias tinham algo em comum: capacidade de fritar a cabeça dos jornalistas. A nota da ex-primeira-dama, porque tinha tom de ressentimento e não de compaixão. O que se queria agora era cumprir o rito do funeral, longe da cena do crime. Crime? Todos os rumores sobre o estado dos corpos apontavam para mortes súbitas e sem marcas de violência. Claro que a boataria sobre envenenamento havia. E um nome estava em alta, o do administrador do Palácio, Chico Franco, o ex-reitor do Seminário de Olinda. Era público e notório que, até a véspera da tragédia, ele figurava como amigo, conselheiro e homem-chave para o projeto político do governador. O burburinho começara com a suspeita de que ele participara de parte do jantar do casal e depois teria retornado à residência, uma suíte encravada no mesmo Palácio, onde acumulava o cargo de administrador de dependências e servidores civis.

O boletim de 9h30 da Rádio Amigo Velho pôs o nome do padre no ar. A notícia era uma antinotícia. Esta:

> "Uma terceira pessoa teria participado do jantar do governador Dario Prudente e da ex-freira Rachel Moraes. O atual administrador do Palácio, o ex-padre Franco, conhecido ainda hoje como padre Francisco Franco. E neste momento a polícia concentra suas investigações na caça ao ex-sacerdote. Sabe-se que ele saiu de seu apartamento no Palácio do Campo das Princesas ao anoitecer, depois participou do jantar no casarão de Casa Forte, mas está sumido desde a madrugada."

Sempre enriquecido com a trilha sonora, esse foi o boletim de 9h30. Às 10 em ponto, o boletim abriu suas manchetes. "Foi encontrado padre Franco, o administrador envolvido no crime de Casa Forte." Outra manchete era sobre o cerimonial:

> "O corpo do governador será velado no Palácio do Campo das Princesas."

Governador e ex-freira ocupavam papel de vítimas. Mas outra candidata a vítima desembarcou nessa manchete do boletim seguinte da Rádio Amigo Velho, que humilhava a concorrência com furos em sequência como este:

> "A ex-primeira-dama, senhora Hermínia Prudente, deixa o Palácio do Campo das Princesas, antes do morto chegar, e se recolhe à casa dos pais."

No início da noite, pouco antes de se iniciar a *Voz do Brasil*, a "pioneira do rádio pernambucano" dava como provável que o casal morrera envenenado e que o ex-padre bebeu do mesmo veneno e se havia retirado da mesa sofrendo de fortes dores de estômago. Foi hospitalizado no pronto-socorro, onde escapou graças a processo de lavagem. A dianteira daquela emissora nas notícias sobre a morte do casal celebrava o fim de uma relação estreita e antiga do falecido governador com o padre. Relação que durou mais de dez anos.

2

O cheiro de cedro da rouparia do Seminário teve o efeito de mergulho no passado mais distante de José Veraz. Ele estava nas primeiras semanas de vida, quando um carpinteiro montou um puxadinho em um canto do quarto dos pais para acomodar a rede que passaria a ocupar dentro de dois meses. Mais do que os sons do serrote e do martelo, permaneceu na memória do menino o perfume do cedro da divisória e das prateleiras e do armário. O momento foi de melancolia e com razão. Na crônica que ouvira sobre sua infância, constava que suas primeiras sessões prolongadas de choro ocorreram em função do choque das ferramentas com a madeira na montagem do cômodo. A estreia na rouparia trouxe-lhe juntos o perfume do cedro e a lembrança do primeiro enfrentamento. Ganhou ali motivação para preencher o vazio que lhe frustrou os olhos nos largos, longos e altos espaços da nova morada.

O futuro seminarista anteviu-se na comunidade, cujo desenho ocupava sua mente desde o dia em que assistiu de perto do altar, pela primeira vez, à celebração da missa e se amarrou nas cerimônias. Desde a assistência de sua primeira missa, centenas de atos litúrgicos aconteceram em sua presença durante pelo menos sete anos e uma noite maldormida. A da véspera em que enfrentou o barulho e o sacolejo de dois ônibus, de Afogados da Ingazeira até chegar à estação rodoviária do Centro do Recife. Daí, a bordo de um táxi, foi ao alto do morro de Olinda, onde o menino sertanejo se rendeu ao encanto do mar, seu novo conhecido. E ele fez questão de ver o mar de frente; e para isso, ao pisar no último degrau da enorme porta principal do Seminário, deu uma parada. Antes de pisar no saguão, virou-se para olhar a amplidão do céu azul que esverdeava o espelho do mar. Foi nesse ponto, de olhos arregalados, que pensou e não se conteve. Rezou em voz baixa:

— Só mesmo Deus para compor uma escultura grande e divinamente bela como esta. Certamente ao subirem a este morro os primeiros religiosos do Brasil decidiram plantar aqui uma casa para a formação de padres que inspirasse a prática da virtude. Num ambiente encantador como este, não há espaço para o oposto da virtude.

E foi comparando a amplidão formada por céu e mar, abraçados na costa recifense com o infindável céu do árido sertão de Pernambuco, que o futuro seminarista pisou com um firme pé direito o chão do interior da nova casa. Entrava ali com a coragem com que se ingressa pela primeira vez na floresta, ou seja, coragem nenhuma, mas um monte de medos. O medo mais forte remete a Deus ou ao destino. Um e outro inexplicáveis e ambos impositivos.

O cedro dos armários da mais antiga cidade brasileira tinha força de ser vivo, e foi essa sua primeira companhia naqueles instantes de dúvida, insegurança, e nem o mais remoto sinal de que o ingresso no Seminário fora o passo mais acertado de sua vida. Em todo caso, à ausência de algum parceiro para orientar, foi-se perguntando onde e como guardaria o enxoval e os poucos pertences permitidos ao candidato a seminarista. Até ali jamais lhe ocorreu a ideia de que poderia viver momentos de extrema solidão como o que encarava na tarde ensolarada de Olinda. Quando fazia planos de entregar a juventude ao internato, sempre se imaginou coletivamente. Mas o exagerado fervor precoce, potencializado pela imensidão da nova moradia, tangeu-lhe a fértil imaginação para território mais plural.

Sonhou que integrava numeroso grupo de atletas em corrida frenética para a santidade. Sonhou, bem entendido, meio sonolento, pensou. E tinha respaldo para uma viajada de ensaio pela via que poderia levá-lo ao céu. E não era o céu da boca de uma onça, como julgariam os maldosos. Era o lugar que fica acima daqueles planetas mais distantes entre os que estão no horizonte do homem. O céu que deveria ser escrito com letra maiúscula para facilitar a vida de quem digita. E só quem digita é que tem capacidade de enrolar o leitor com fenômenos de existência exclusiva na dança das letras do alfabeto. Temperamento apressado, o candidato pulou do curto instante de reclusão da nova casa para surfar no futuro. A caminhada previa várias estações. O Seminário Menor, de onde sairia depois do segundo grau, a filosofia, depois teologia, aí sim a carreira: sacerdócio, a exemplar vida de pároco, mais tarde o bispado e, quem sabe, o cardinalato.

Receber o chapéu de cardeal correspondia a se tornar eleitor do papa, teto de boa altura para figurar como filho ilustre e seguramente nome de rua ou até de praça da sua cidade de Afogados da Ingazeira. Era isso o que rolava no momento em que se sentia miúdo dentro da imensa rouparia, onde não se viam paredes, mas a madeira como se fosse uma única tábua compondo um só armário e suas incontáveis portas. No alto de todas, o distintivo de papel com o nome do ocupante. Pouco antes, o veterano que o introduziu ali informou que mais para o fim do dia ele deixaria de ser o único novato a se matricular naquele início de tarde.

Foi assim que cresceu um pouco ao se sentir protagonista numa casa em que tudo funcionava sob as vigas da hierarquia. Como era rápido na imaginação, o moço de Afogados em questão de minutos viajou na linha da vida futura até virar cardeal, revestido pelo traje vermelho-escarlate dos pés à cabeça. Vermelhos os sapatos, as meias. Vermelho-púrpura, o sacro chapéu do cardeal José Veraz ou qualquer codinome que recebesse na comunidade religiosa, sua nova família. Já lhe haviam antecipado que o sobrenome a ser adotado ali por colegas e superiores o acompanharia, se fizesse carreira por baixo da batina, a primeira peça que encontrou ao abrir a mala, arrumada pela mãe na véspera, ainda em Afogados. Antes de dobrar a batina do filho, ela fez questão de juntá-los, para verificar se o tamanho estava bom, o menino e o traje pelas costas. E a mãe, ao ver a fieira de botões expostos, do pescoço ao dorso dos pés do filho, inspirou-se:

— Deus te cubra da cabeça aos pés para que sejas obediente, estudioso e devoto.

Aconselhou a mãe, que não teve o prazer de ouvir comentário que ela pudesse traduzir como sinal de compromisso.

Essa lembrança do passado mais recente foi atropelada pela ideia do cardinalato, pontuado pela vestimenta que lhe iria coroar a trajetória iniciada havia alguns minutos. Só que a sonhada cor vermelha povoando a mente reservava-lhe surpresa chocante, como marca para o resto da vida. O púrpura começou a desbotar ao comando do ato de abrir a porta do seu armário, que estava de lotação esgotada. Mas a cor vermelha que encontrou era menos intensa que a tonalidade da batina dos cardeais e não tinha forma de roupa. Era a extremidade mais afoita do corpo masculino, uma glande quase em sangue de seminarista veterano que, de batina levantada, se masturbava sofregamente. Estava ali no fundo do armário a glande que lhe desbotou o sonho vermelho de instantes atrás. Do delírio de antes, passou ao desespero de testemunhar cena que homem nenhum gostaria de ver em momento algum, mas poderia lhe provocar reação de consequências imprevisíveis nos rituais introdutórios de fase da vida, comprometida com castidade, concentração, espiritualidade e mortificação. Pensar em sexo naquele ambiente significava abrir a porta ao demônio e oferecer-se para o castigo.

Imobilizado no primeiro momento, o menino de Afogados tomou em seguida a atitude de formular duas inocentes perguntas:

— Está sofrendo convulsão? Quer ajuda? — Perguntou o novato José Veraz.

— É masturbação. Ajuda aqui, segura no meu canhão.

Foi como reagiu o seminarista, que, desgovernado, depilava os cotovelos nas paredes de madeira do apertado armário, depois de vencer os medos para não desperdiçar o prazer, que por um triz poderia ser consumado ou escapar das mãos.

A posição geográfica do Seminário, a arquitetura, a decoração austera do prédio, a música clássica bem-comportada enchendo todos os cômodos compunham o aparato que conspirava contra a concupiscência. Atingido de frente pela imoralidade, José Veraz entrou em pânico. A percepção foi dramática: o demônio, que ao longo da vida tanto lhe perturbara os pensamentos na luta desenfreada para arredá-lo dos caminhos da virtude e da santidade, estava ali em carne e osso. O demônio em pessoa era outro candidato a santo. Este, de pau oco. Pau oco e músculos fortes, percebeu o novato quando foi agarrado pela gola da camisa e ouviu do indecente o convite para "dividir o gozo", como se expressou um vaporoso Pedrão na vã tentativa de assediar o novo colega de Seminário.

O tipo atarracado e violento foi mais longe. Tentou arrastar o novato para dentro do armário. O ainda candidato a seminarista recuou e, demonstrando força e flexibilidade do dorso do pé direito, deu chute violento na genitália do veterano, que, tremendo, caiu derramando a parte superior do corpo para a frente, com o saldo de testada na porta, violentamente fechada pela vítima. Agora, cabisbaixo, o novato se deu conta de que estava de bota com solado de pneu de caminhão, do xucro artesanato de Caruaru. Foi com os quase cascos de um cavalo crioulo que bateu na região mais apropriada para abortar o assédio sexual. José Veraz ainda tentava se recompor frente ao armário, quando percebeu o amargo gemido por trás da porta, onde o veterano sofria o duplo golpe: orgasmo frustrado e genitália lacerada, sujeita a *recall*, toda vez que o motor fosse religado. Antes que aparecesse alguém para testemunhar, José retirou-se da rouparia e foi esperar longe a desocupação de sua "faixa de gaza", não sem antes ouvir e responder o lamento do desafeto:

— Ai, que dor, meu Deus, me acabaram todo.

— Acho é pouco, seu imoral. O que você merece eu sei bem, seu capadócio. E se poupe de se meter mais comigo, porque eu fujo de briga, mas, se me põem dentro, eu viro bicho.

O diálogo franco ainda aconteceu sem testemunhas, o que poupou a casa de iniciar o ano letivo com um escândalo inusitado.

O episódio abalaria a reputação do atacante e poria em dúvida o equilíbrio do aluno de Afogados, que mal iniciara a transferência para o casarão de Olinda e involuntariamente se fez personagem de tragédia com ingredientes inadequados para o cenário do litígio.

Poupado do constrangimento público, José Veraz passou a ruminar o repentino arrependimento de haver trocado a vidinha em sua cidade com a família para ingressar na comunidade desconhecida e sujeito a convivência marcada pelo horror a que acabara de se submeter. E, enquanto seu algoz, já de hábito, recomposto, saiu do armário e, apressado em absoluto silêncio, alcançou a porta de saída, após 16 longos passos, o novato só buscava rumo para correr do momento deplorável. Desejou estar diante do pesadelo, mesmo de enredo imprestável até para compartilhar com o mais confiável dos confidentes. Quando mais tarde se viu sozinho novamente na rouparia, abriu a mala e passou a fazer a revisão do que lhe ocorrera entre a portaria e a abertura do armário.

E, como era acostumado a fazer, começou o diálogo imaginário com Deus. Ele recitava suas rezas em voz baixa, perceptível pela movimentação dos lábios; e, depois de cada oração, dava o intervalo para as respostas do Criador, a quem atribuía disponibilidade de tempo para o atendimento individual dos moradores deste e, quem sabe, de outros planetas. Naquele dia, carregado de apreensão, foram estas as suas sonoras:

— Embora desconheça os autores das reparadoras músicas clássicas, finalmente as ouço completas e não em pequenas frases às vezes inseridas nos programas de emissoras de rádio. As músicas que desciam dos alto-falantes, acoplados no alto das paredes do casarão, diminuem as dores emanadas de minha alma nesta fase tenebrosa de estreia. Obrigado, meu Deus. Sei que o Senhor vai me responder, embora eu não tenha o dom de ouvir.

A fé do quase seminarista levava ao delírio, e ele teve a impressão de que Deus o consolou. Seguro, presumiu ter ouvido o comentário de Deus e o repetiu em voz baixa, pedindo que o corrigisse, se tivesse ouvido mal:

— É no sacrifício que o devoto revela sua firmeza de propósitos.

Com metade do cérebro dedicada a arrumar o armário, encarregou a outra metade de traduzir a frase que intuiu ter escutado. Terminou desanimado, porque o único sacrifício imputado a ele até ali foi a agressão do futuro colega, potencializada pela impossibilidade de compartilhar com algum veterano, até para consultar se foi vítima de acidente casual ou de prática recorrente.

— E, se esse tipo de contrariedade me atingir pela segunda vez, minha permanência por aqui será passageira. Ver homem nu, para mim, é castigo. E, se eu for obrigado a passar pelo vexame do assédio de um tarado novamente, terei reação extrema, possivelmente letal, se tiver em mãos instrumento que eu possa utilizar para debelar a dor do meu espanto.

Incapaz de transpor a resposta vinda das alturas para eventual agressão do gênero, o novato puxou a maçaneta da porta do armário e caiu como um passarinho de asa quebrada na antessala dos infernos. Estava abalado a ponto de tremer como vara verde. Ainda quis se queixar de Deus por deixar de lhe mandar mensagem contundente numa hora de desespero e decidiu cair na real. Levantou os olhos e confirmou que o nome escrito no alto da porta do armário aberto por ele era de fato o seu. Na porta vizinha, leu o de Pedro Boa Sorte. E a mente se foi inquirindo, o que vocalizou para si mesmo:

— Será que o monstro confundiu os armários? Ou, pior do que isso, foi-se esconder no meu para praticar a imoralidade; e eu, inocente e em momento de infelicidade, me apresentei como presa de ocasião? Era só o que me faltava: falta de sorte, e desse mal jamais padeci. Sempre soube em casa e na escola que tenho muita sorte, e Deus me livre de perder logo aqui nesta casa onde chego depois de abrir mão de um mundo de liberdade e perspectiva de prazeres e realizações.

De pergunta em pergunta, ele foi tentando sair da perplexidade para reconquistar a paz, a pureza da nova vida, iniciada minutos antes e já tumultuada o suficiente para imaginar que Deus apenas o testava. Mas preferiu evitar julgamento, pois terminaria achando que Deus pegou pesado ao lhe imprimir castigo, antes mesmo de ele ganhar anticorpos para o novo hábitat. Custaria muito adivinhar qual o motivo. Tentava se recompor, até pegar a primeira peça que tirou da mala e colocar no armário onde antes havia se deparado com o seminarista imoral, pronto para provocar o choque do qual não sabia quando se recuperaria. Ainda teve a curiosidade de olhar o piso e, aliviado, comprovou a ausência de sinais da conclusão do anti-higiênico pecado. E com o leve sentimento de vitória expressou-se, comentou para si mesmo de viva voz:

— Ainda bem que interrompi o coito solitário daquele satanás com o chute no local e hora certos. Nunca mais aquele filho da puta vai confundir homem com homossexual; e, praza Deus, nunca mais me faça ver cena mais tenebrosa, afinal vim me internar aqui disposto à privação e ao sacrifício pelo menos daquilo que a Igreja condene como pecado mortal; e o tempo de me habilitar às privações foi muito curto para quem engatinha nos sacrifícios religiosos.

Zé Veraz benzeu-se e nisso foi flagrado por um dos padres, que percorria os aposentos, aos poucos invadidos por novos e velhos alunos. O sacerdote apresentou-se, perguntou o nome dele e o repetiu, gesto recebido com alento pelo desvalido novato. Era o primeiro estímulo que recebia na tentativa de se recuperar do susto de duas horas atrás. Triste foi quando o superior, em gesto de hospitalidade, fez perguntas em série.

Se a chegada fora tranquila, se fora bem tratado, se no armário caberiam todos os pertences, se encontrara algum conhecido naquele primeiro momento. As perguntas aumentavam a desconfiança do quase seminarista, que deu graças a Deus quando o sacerdote quis saber se era impressão ou ele se achava um pouco assustado.

— Assustado, me pergunto se é como de fato me sinto estar. Inseguro, sim, eu me sinto e muito, ainda tentando entender os mistérios da nova vida.

Sintetizou Veraz, com medo de incluir alguma mentirinha no diálogo, já na primeira abordagem de um sacerdote da casa.

Mas o padre estava mais para cumprir rituais do que para filosofar. E antes de partir ofereceu-lhe os préstimos, recordou nome e título, padre Fernando Matos, professor e diretor de disciplina; e o chamou até a porta para lhe mostrar o corredor do primeiro andar, por onde os alunos podiam alcançar o quarto dele em caso de necessidade. O efeito da passagem do padre deixou o novato em situação mais confortável. O padre supriu-o de paz, camaradagem e algo que os espíritos bons deixam nos interlocutores de encontros programados ou fortuitos. E, ao se sentir novamente só na enorme rouparia, expressou em viva voz o estado em que o reverendo o deixou:

— Que bom que conheci uma pessoa decente, do bem, em momento que beira a decepção e muita apreensão. Eu não poderia trocar minha paz, minha casa, meus irmãos, meus pais por território estranho onde corra o risco de me deparar com um monstro, um imoral, escandaloso, um escroto que tenta assediar uma pessoa do mesmo sexo, e mais ainda num ambiente religioso, onde se estuda para pregar contra o pecado, logo na ocasião em que ia abrir a mala onde se encontravam o símbolo (batina), as lembranças, o retrato, a memória da vida que deixei longe pela opção espiritual.

E José Veraz mentalmente voltou de passagem-relâmpago por Afogados e em pensamento reenfiou-se no ônibus de volta até "repetir" a chegada ao Seminário e obviamente cair em lágrimas. Por sorte o ambiente foi invadido por outra leva de velhos e novos seminaristas, que, arrastando malas, ingressaram na rouparia, curiosos, procurando pequenos pedaços de papéis, onde identificariam seus espaços. Houve saudações, simpáticas apresentações, e finalmente ele viu algumas fisionomias jovens como a sua, que causaram boa impressão e esperança de uma convivência que passasse longe da humilhante agressão do primeiro momento. E ali, no meio de inocentes piadas, um pouco de algazarra, o assustado estudante recomeçou a ganhar vida. Mais aliviado, resolveu refazer a sua chegada. Encostou a mala vazia na porta do armário e voltou ao pátio, a área de recepção onde levas de seminaristas e candidatos apareciam de todos os pontos da Diocese de Olinda e Recife. Apareciam e eram acolhidos por padres, mães colaboradoras, veteranos e servidores. E, envolto pela multidão, encontrou tempo de se isolar para arrumar o armário e ainda fazer em voz baixa a primeira experiência que viraria rotina ao longo do tempo. Ali, como em toda comunidade religiosa, se fala baixo sempre. Foi nesse primeiro exercício que emitiu comentário sobre a inauguração da nova vida:

— Quem sabe, entrei na hora errada ou com o pé esquerdo; e agora, refazendo meus passos, revendo as fisionomias das boas almas que me acolheram, consigo me livrar de vez do fantasma da chegada.

* * *

José Veraz havia chegado no meio da manhã da véspera, depois de rodar parte do dia e a noite inteira, e o compromisso depois da missa e do café da manhã foi a reunião de apresentação geral. Ainda abalado pelo incidente da véspera, ele toureava o medo de ser obrigado a encarar e, quem sabe, apertar a mão do algoz, tratado por todos da casa como Pedrão. E no tempo livre evitou os aglomerados e foi fazer reconhecimento das dependências próximas do recreio. De passagem pela capela, aproveitou para se ajoelhar e rezar, mas o que fez mesmo em profundidade foi chorar até cansar. E a fisionomia cansada acentuava-lhe as bochechas caídas, que lhe davam a aparência de cão sofredor e com extrema facilidade provocavam a compaixão dos outros. E talvez isso tenha ajudado a ganhar um presente: o codinome de Zezinho. Isso aconteceu na chamada das 14 horas — por tradição, mesmo que ainda faltassem alunos, depois dessa prévia havia a chamada geral e definitiva às 18 horas –, feita pelo padre Fernando Matos, prefeito de disciplina. Ele o chamou pelo nome de matrícula, José Veraz; e, depois de ouvir a confirmação da presença, olhou para o aluno e perguntou sério se seu sobrenome era mesmo Veraz, como estava no livro de matrícula, ou Veras, como lhe parecia. Foi o suficiente para que um gaiato lá de trás, aproveitando-se da descontração do ambiente, o galpão do recreio, gritasse:

— Fala sério: Zezinho.

Todos riram e uns tantos aplaudiram, e Zezinho pegou de primeira. Foi quase eleito por aclamação. Melhor assim, porque ele foi poupado de explicar que, até o pai chegar ao cartório de registro civil, ele era apenas mais um membro da família Veras. A partir daí, e por vacilo do pai ou do escrivão, foi transformado em embrião da família Veraz, agora ameaçada, graças ao aborto que o sacerdócio lhe imporia ao desviá-lo dos riscos da reprodução e da consequente proliferação dos Verazes.

3

Era rotina a presença da equipe da Rádio Amigo Velho, campeã de audiência na Grande Recife, na porta do Seminário para entrevistar alunos e candidatos na abertura do ano escolar. O campo de onde se transmitiria o noticiário da tarde de 6 de fevereiro seria o edifício de mais de quatrocentos anos, bafejado por ventos barulhentos que o invadiam através dos janelões, embutidos nas paredes de um metro de espessura. À fachada envelhecida da fortaleza contrapunham-se as fisionomias dos jovens, alguns ainda sem os sinais sonoros ou visuais da adolescência, todos do sexo masculino. Eles demoravam, e eram penosos os exercícios para chegar ali. Mas, do pátio em diante, subiam meia dúzia de degraus forrados de granito preto, ultrapassavam a porta de madeira pesada e iam procurar assentos, mesas, armários que ocupariam até o dia 1º de julho, início das férias. Todo o arcabouço da nova vida convergia para compromisso sério e definitivo. Mas como na vida — enquanto dura — nada é definitivo, poderiam ocorrer mudanças, a mais frequente e sempre carregada de dores, a da interrupção da caminhada para o sacerdócio.

Antes de ingressarem para ficar, submetiam-se à maratona de apresentações, cumprimentos, recordações e reconhecimentos do complexo arquitetônico, que teve centenas de atividades antes de, em anos recentes, servir à Arquidiocese de Olinda e Recife como sede de cursos básicos, o chamado Seminário Menor, início da formação dos padres que preparariam a igreja da região para ingressar no ano da graça de 2000. Era adequada a combinação da construção antiga com rostos juvenis de candidatos a futuros líderes religiosos. E a Rádio Amigo Velho, a mais antiga do estado, testemunho noticioso dos acontecimentos e guardiã dos valores de Pernambuco, mantinha a tradição de cobrir ali ao vivo dois eventos, com forte participação de leigos: a festa da padroeira e a reabertura do ano letivo.

Aquele início do ano interessava muito à emissora por uma peculiaridade. Antes de entrarem de férias do fim do ano, os alunos foram desafiados a concurso para angariar donativos, destinados a melhorar a despensa. O ano anterior havia sido de seca na região. As receitas do velho Seminário mal deram para fechar o ano. O aluno que tivesse angariado mais mantimentos, como gêneros, material de limpeza, equipamentos para horta, peças de reposição de instalações, ganharia viagem ao Vaticano, patrocinada pelo Seminário, com direito a receber como anônimo na praça de São Pedro a bênção do papa. A hospedagem em pensão por uma semana era de responsabilidade da família do vencedor do concurso. E, desde o encerramento do ano, e a pedido dos padres e da Diocese, a Rádio Amigo Velho vinha divulgando a disputa para adicionar estímulo aos virtuais doadores.

O repórter da emissora, experiente profissional encarregado "daquela porta" havia mais de 10 anos, ficou ligadaço quando os alunos começaram a chegar. A bagagem deles estava diferente. Os católicos generosos espontaneamente incluíram bichos na lista de doações. Suínos, ovinos, caprinos e uma diversidade de aves, como galinhas, patos, marrecos, pombos e até papagaios, que, além de quase humanos, eram pobres de carne que nem compensaria esquentar água para depená-los. Eram dádivas vivas que os doadores resolveram incluir, com ponta de egoísmo. É que, devido à seca, a forragem das propriedades estava escassa e pelos olhos da cara a ração manipulada. Levadas ao pé da letra, as doações de semoventes poderiam ter o significado de presente de grego, porque, apesar dos amplos espaços em torno das construções do Seminário, a natureza havia adaptado seu latifúndio para estudo, meditação, caminhadas, disputas esportivas e contemplação da natureza. A abundância de animais sinalizava para crise; e qual a crise que se mantém na crista da mídia diante de outras, sem o diferencial do cosmético pitoresco? Os criadores do Nordeste conhecem bem o hábito cultivado pelo jegue de relinchar sob a implacável elevação da temperatura perto do meio-dia. Pois exatamente às 11h30 as vozes humanas silenciaram, porque só havia ouvidos para o relincho de uma fogosa jumenta, talvez a mais original das doações recolhidas na campanha de manutenção do Seminário inteiro no enfrentamento da seca. E o burburinho começou aí com os jovens urbanos querendo saber que mistério conectava o asno ao sol e ao relógio. Era intrigante a presença de uma jumenta entre as doações que os produtores rurais incluíram como insumo para sustentar seminarista em período de longa estiagem.

— Se a seca tem poder de adaptar o paladar humano para o sabor dos cactos, que bicho poderia ser refugado na caça à proteína animal em temporada de seca inclemente?

Indagava padre Fernando, recém-nomeado ecônomo interino cumulativamente com as outras funções. A maioria dos animais era apta ao consumo humano. Asno, não. E, como todo criador conhece bem os problemas da produção rural, logo começaram as especulações em torno da jumenta. A pergunta mais intrigante:

"Pela mão de quem? Em cima de qual carroceria o animal chegou até o pátio?"

Tudo podia ser absorvido e tudo podia ser rejeitado diante da comunidade que se dividia entre os que acreditavam em boi voador e os que, como São Tomé, queriam pegar para conferir e dar fé. A jumenta foi ficando como contrabando e mostrou a que veio no meio dos arbustos, devorando grama. Chegou sem que ninguém se identificasse como doador, sem que o candidato ao prêmio de passeio no Vaticano se creditasse a doação. O burburinho entre os padres foi grande; e entre os seminaristas, um ti-ti-ti danado. Ninguém comentava sobre a generosidade das famílias, que se privaram dos estoques de alimentos para dar combate à fome dos futuros padres. Apareceram até joias, como alianças já desgastadas pelos anos de casamento. Mas os bichos vivos dominaram as discussões e dúvidas. Como alimentar e onde acomodá-los até construir baias, cercados, comprar comedouros, bebedouros? Os padres estavam preparados para trocar produtos, mesmo os perecíveis que entraram pela boa vontade de algum incauto. Isso os pequenos supermercados, açougues e mercearias fariam sem dúvida. Mas ninguém pensou antes em trocar animais vivos por qualquer mercadoria. E, como a maioria de professores, alunos e administrativos vinha do interior, os padres sacaram que uma boa seria preparar o estabelecimento para as secas que ainda viriam. Mas festa para valer fez a Rádio Amigo Velho, que, mesmo não entrevistando nenhum bicho, transmitiu som de vários deles para mostrar a autenticidade de sua cobertura.

Toni Arara, o repórter mais popular da emissora, estava ali para animar a festa e divertir o seu público. E ele começou assim a cobertura ao vivo:

— Alô, ouvintes da Amigo Velho, aqui fala seu repórter de campo, hoje informando sobre seus iguais. Estamos na porta do Seminário São José de Olinda, este grande formador de jovens, para levar adiante as ações evangelizadoras da Igreja Católica. Estou no meio de uma roda de cerca de cento e vinte seminaristas veteranos e novatos. Como vocês sabem, todos os anos nesta data a maioria dos antigos volta à casa. Outros seguem novos rumos. Uns porque foram para o chamado Seminário Maior, onde estudarão filosofia e depois teologia, concluindo a formação de padre; outros, porque desistiram da vida religiosa, se mudam para escolas regulares, leigas. Vamos entrevistar o reitor, padre Francisco Franco, que faz questão de vir passar o dia no pátio, símbolo da tradição do secular Seminário de Olinda. Padre Franco recebe cada um dos alunos em grupo ou individualmente e deixa velhos e novos todos à vontade. Mas, como eu ia dizendo, a novidade são sempre — é redundante o que vou falar — são sempre os novatos, e sobre isso vamos conversar com o senhor reitor, padre Franco:

— Quantos novatos se matriculam este ano? — Iniciou Toni Arara.

— Trinta e dois. — Atendeu o reitor.

— Que se somarão a quantos antigos e de que séries? — Continuou o entrevistador.

— Os veteranos são noventa e três. Então, a nossa lotação neste ano é de cento e vinte e cinco, divididos entre primeiro, segundo, terceiro... até o sexto ano. Sexto ano, que corresponde ao segundo ano do segundo grau, o teto do nosso ensino. Depois, eles partem para o Seminário Maior, onde concluem o segundo grau com o primeiro de filosofia, cuja graduação se faz com o total de três anos, para enfim cursar os quatro de teologia e então receber ordenação sacerdotal. — Detalhou o padre.

— Nem todos vão terminar. Tem evasão também, como no ensino regular. E aqui, por certo, com mais um complicador. Nessa fase de adolescência, a vida celibatária termina criando entraves para que os mais espevitados continuem. O senhor comenta isso? — Provocou Arara.

— Em qualquer fase da vida para um homem normal, o celibato é sacrifício, privação, que se adota em nome da causa maior, que é o sacerdócio, a evangelização do próximo. — Aliviou o reitor.

— O senhor já viveu algum momento de dúvida aguda, em que pensou em largar a batina e cair na gandaia? — Vulgarizou o repórter.

— Desconheço o significado da última palavra. — Endureceu o padre.

— Quer que traduza? Cair na vida mundana e procurar encosto no ombro de um rabo de saia. — Manteve-se em seu nível o radialista.

— O assunto combinado para entrevista eram Seminário e os seminaristas. Prefiro e preciso continuar falando deles, dos novatos ou dos veteranos, e o senhor está se desviando para mim, minhas opções, minha privacidade. — Jogou duro o religioso.

— Privacidade é ruim, não é, padre? — Pegou atalho o entrevistador.

— Ruim é perder a oportunidade de mantermos a conversa. — Começou a dar o fora o padre.

— Então, vamos falar de outro tema. Como é que os padres e seminaristas vão encarar a vida de proprietários rurais? Acostumados com o odor das batinas, do incenso, das velas, das hóstias, das salas de aula, dos livros velhos na biblioteca, como é que vai ser agora misturar a isso o cheiro de curral, de granja e o danado desse cheiro de bode que está chegando forte aqui onde nos encontramos? — Tentou se passar por esperto o radialista.

— Sabe que nem estou percebendo? Dá para encarar. Quando a gente fez a campanha dos donativos, pensava em gêneros, materiais de limpeza e um ou outro produto que se permutasse com o comércio da vizinhança. Bicho vivo é a surpresa das doações. Mas a campanha foi feita em nome de Deus e do nosso padroeiro São José. E, se por inspiração divina apareceram bichos vivos, vamos conviver com os desígnios de Deus e do padroeiro. — Esclareceu o reitor.

— Padre reitor, junto do Seminário tem uma comunidade de freiras. Como vai ser a convivência de padres e seminaristas com as irmãs? Elas vão associar a atividade delas, assim tão recatadas, com o manejo da bicharada? — Tomou rumo de mais provocação o radialista.

— Creio que sem problemas. As irmãs têm atividade espiritual em seu Convento. Além disso, administram a despensa e a cozinha do Seminário. Nós nos encontramos apenas no refeitório, porque o trabalho delas inclui o serviço de mesa. Elas preparam a comida, montam a mesa, depois recolhem, lavam e guardam as louças. — Driblou o padre.

— Pelo que estou entendendo, elas só vão conviver com os animais no estágio da carne? — Confundiu o jornalista.

— Queria entender o sentido da pergunta. — Cobrou o reitor.

— Vou ser mais claro. Elas vão esticar pescoço de galinha, sangrar porco, descer o machado no cachaço dos bodes? Quem vai fazer isso serão os padres? — Provocou o entrevistador.

— Por que jornalista de rádio só faz pergunta que apela tanto? Você está botando o carro adiante dos bois. — Enquadrou o reitor.

— Falar em boi, só faltou isso no meio dos donativos, mas o senhor sabe que o ouvinte quer saber é se os padres vão matar animais e se isso combina com a pregação do púlpito. — Insistiu o jornalista.

— Como ia explicando, você está precipitando o problema. Primeiro vamos dar ração, acomodar os animais, que como você viu estão bem abatidos da viagem até aqui. Vieram uns caminhando, outros em cima de pau de arara e alguns até de trem. Primeiro vamos cuidar deles, aplicar as vacinas; e, quando chegar a época do abate, você vem aqui e vai ver como se processa tudo. O que posso lhe adiantar é que as freiras recebem os animais em formato de peças de carne; e nós, os padres e seminaristas, os recebemos na mesa já em formato de prato. — Explicou o reitor.

— Entendi. Vai sobrar para os animais, que vão para a panela no fim da jornada. Posso fazer mais uma pergunta sobre o papel das freiras na formação dos futuros padres? — Deu deixa de encerramento o entrevistador.

— Pode, sim, mas outro dia, porque tenho de voltar à reitoria para iniciar as rodadas de entrevistas e apresentações dos novatos. Em outra oportunidade, falamos sobre as freiras. — Livrou-se o padre do inquisidor.

4

Ela era sempre novidade, e sua presença interessava a qualquer ser humano que frequentasse seu ambiente. Ai de quem visse o rosto da irmã Rachel. Sairia falando de seus olhos. Negros, pequenos, mas sobretudo negros, com leve queda para amendoados, realçados pela pele bem clara. Lábios carnudos, quase, só quase, ultrapassando a fronteira da suavidade. Deus pratica generosidade com certas criaturas e, no caso de Rachel, exagerou a ponto de — para evitar blasfêmia diante de quem se deve gratidão — se exceder no exagero. Ali estava o rosto claro e sem espaço para retoque. Ver-lhe a face de perto era ganhar o sopro de prazerosa harmonia. Sua voz e expressões faciais tinham o mesmo efeito para os interlocutores: carga de energia com força para animar quem estivesse mais ou menos de bem com a vida e levantar pelo braço quem se encontrasse no fundo do poço. Rachel era enfim um suave polo irradiador de felicidade e bem-estar.

— A irmãzinha fala pouco, mas o suficiente para prender a atenção de quem a ouve desde a primeira vez. É mestra em atrair atenção e atiçar curiosidades.

Esta foi a opinião do reitor ao responder questionário de revista anual da Ordem das Filhas de Maria, atendendo a questionário vindo de Roma com o pedido de indicação de uma freira jovem e com perfil moral bem definido.

— Um homem que a vê pela primeira vez e reage com indiferença à presença dela precisa ir ao médico.

Esta era a impressão que Pedrão costumava disseminar pelo recreio, quando o tema era o comportamento de padres, professores e freiras responsáveis pela formação dos seminaristas.

Nenhum outro semblante poderia portar a voz da irmã Rachel Moraes. Descrita assim e mesmo assim abraçada ao voto de castidade, nada faltava à freirinha para ocupar nicho de santa acima de um altar. O que ela aparentava desejar, pois repetia sempre numa frase algo ousada e carola:

— Tudo o que penso, faço, produzo e pratico tem endereço certo, que é lotar meu cofrinho espiritual de provações para que o Pai Eterno um dia me coloque perto d'Ele.

Mas Rachel ainda teria de rodar muito até chegar lá. Ela prestava serviço religioso apoiando a formação de futuros padres, serviço que por privilégio ou castigo da tradição era restrito às comunidades femininas, encarregadas de alimentar, assistir ou apoiar ordens exclusivas de homens. Alheia a possíveis questionamentos sobre a submissão feminina, comportada como um anjo, ali na subdivisão de nutrição do Seminário vivia a mulher que um profano admitiria estar enterrando talento. Para ela e para as outras freiras, cuidar do refeitório dos padres e seminaristas tinha sentido elevado:

— É a glória ou, em outras palavras, simplesmente uma missão de Deus.

A freira Rachel gostava desse mantra, e até mesmo os mais incrédulos acreditavam na sinceridade dela.

Eram vinte as freiras que faziam esse serviço, paralelo à formação e aos ofícios religiosos próprios, independentes do que ocorria do outro lado dos vários blocos do gigantesco prédio. Aí nesse ambiente, vivia irmã Rachel, anjinho que os homens compostos de sexo, cabeça, tronco e membros viam a primeira vez e já eram tentados a acolher nos braços ou a recolher com segundas, terceiras e quartas intenções. Do outro lado da construção, onde viviam, rezavam, cresciam e estudavam os seminaristas, a mesma irmãzinha, guardadas as sutilezas da liturgia e regulamentos, era vista e ouvida como objeto coletivo de desejo, com o esplendor da unanimidade. Essa fama era mantida sob o silêncio das vozes e a deliberada hipocrisia imposta pelo medo de castigo. Na prática todos responderiam "sim", se um anjo, enviado pelo Pai Eterno, concedesse aos seminaristas de Olinda tolerância para cometer o pecado que acumpliciou gregas de troianos, sendo irmã Rachel a escolhida para dar o banquete. Diriam "sim", ainda que o contrato previsse que, uma vez com Rachel, sexo nunca mais. Por mais beato que fosse o seminarista, por mais resolvido, por mais assexuado, ele se renderia aos encantos da irmã Rachel. Na prática eles a viam sempre trabalhando e rezando ou nos encontros fortuitos e ligeiros no máximo com direito a uma palavra ou duas, o suficiente para enfeitiçar qualquer dose armazenada de testosterona. Os eunucos, e o ambiente era propício a parte razoável deles, encantavam-se porque para eles irmã Rachel era espelho, identificando-se com a religiosidade e os gestos dela. É o que gostariam de ser se fossem mulheres. Esses, por sinal, conviviam melhor com a freira do que os verdadeiramente machos. Triste era reconhecer que a mais veemente manifestação desses últimos após os encontros eram atos solitários deles nos banheiros. Ou, em caso de congestionamento, nos dormitórios com todos os riscos, como o flagra, cujo castigo seria a implacável exclusão dos quadros. Os meninos estavam em crescimento, e ninguém tem a menor ideia de como irmã Rachel reagiria, se descobrisse que sua beleza era subutilizada. Ninguém fazia ideia de sua reação, se tomasse conhecimento do alvoroço silencioso que imprimia à comunidade masculina do grande prédio. Afinal, nem o mais arguto confessor se arriscaria a especular sobre o que se passa na cabeça e no coração de uma freira. Era a irmã Rachel uma das grandes atrações e tema permanente das conversas reservadas da estudantada. As tertúlias sobre mulher, entre elas irmã Rachel, a mais constante, eram alimentadas mais pelo déficit de atividade sexual deles do que pelo contato direto. Vê-la pelas frestas do hábito depois desses hiatos lhes alimentava o imaginário, e nenhum resistia a uma roda de cochicho na hora do recreio em que o tema fosse a irmã Rachel Moraes. Entre os seminaristas já movidos pelas maquinações do sexo, a convivência era pacífica, apesar de todos desejarem a mesma e única pessoa. Entre os padres, o jogo era oculto. Eles eram em número menor, mas a maioria era normal, e nenhum deles queria desafiar o tabu ali dentro. No fundo, a briga de foice se manifestava em reuniões, em posição na mesa das refeições, quando o rodízio os presenteava com a irmã Rachel para servir. Indiferente ao rebuliço que causava à homarada, a freirinha tratava-os todos, padres e seminaristas, como superiores. Inferiores nas intenções, eles se perguntavam se irmã Rachel tinha consciência do sucesso e se praticava jogo de cena para deixá-los mais envenenados. A castidade de irmã Rachel era enigma indecifrável e de todo modo grande alento para quem estava ali vivendo as delícias reprimidas ou os devaneios ansiosos da castidade.

— Posso fazer uma pergunta sobre as freiras, o papel delas na formação dos futuros padres?

Essa foi a pergunta que, na abertura do ano letivo, o jornalista da Rádio Amigo Velho dirigiu ao reitor e que ele aproveitou como pretexto para encerrar abruptamente a entrevista. O reitor, com todo rigor, escondia a admiração que nutria pela freira, menos por medo de pecar e mais para evitar o risco de cair na vala comum de homens que perdem a cabeça por belas damas. Mas Franco tinha dificuldade de esconder que a sua aparente apatia em relação às mulheres sofria da falta de fundamento. Talvez fosse diferente dos outros na maneira de alimentar o seu encanto, mas era no esforço que fazia para esconder os sentimentos que mais denunciava o deslumbramento.

A meritocracia era critério básico para um sacerdote ser nomeado reitor. Padre Franco era reitor porque reunia esperteza e maldade para encher os quilômetros de corredores que percorria diariamente nas dependências da casa. Ele era veterano no manejo dos truques da vida religiosa e confessor de um monte de almas, ali dentro do Seminário, do lado do Convento das freiras e nas cidades de Olinda e Recife, por onde se movimentava a pedido dos vigários porque os fiéis pediam. Ele era orador bem articulado, confessor tolerante com os pecados e jamais passava penitência para um pecador que pudesse ser considerada castigo. Conhecia a penetração das evoluções da maldosa imaginação humana, quando estava em foco o sexo. Homem ponderado, padre Franco tinha sensibilidade para adivinhar que rumo um interlocutor tomaria, e foi por isso que deu o balão no radialista e cortou a conversa, quando a percebeu a caminho das recônditas freirinhas, embora tivesse encarado, ainda com a devida cautela, o espinhoso tema do celibato. No fundo, há o constante caminhar sobre ovos, quando padres ou frades têm casas de ensino ou de oração associadas a casas de freiras com idêntica destinação. Eles estabelecem diferenças de patamar de discrição entre as duas para que a das freiras se transforme em santuário, impenetrável a leigos; e entrevistador de rádio é um curioso incorrigível. Era assim Toni Arara.

5

Aos 12 anos, Dario Prudente já pedia para ser chamado por sigla, mas demorou a ser atendido na frequência desejada. Nesta história, uma das muitas contadas sobre ele, entra adulto, graduado em

Direito, sem vocação nem dificuldade para aprender, e capacidade de comunicação, ferramenta utilizada para se fazer passar por amigo do povo. Os que conviviam com o personagem em atividades profissionais tinham-no na conta de louco e perigoso. Pretendente a chefe, ele sonhava grande, e o momento político ensejava-lhe alimentar os impulsos primitivos do totalitarismo. O regime nacional não submetia os executivos federais e estaduais a voto. E Governo sem base de votos é ditadura, assim como é rapadura o mel grosso de cana, depois de cristalizado.

Acólito do regime de exceção, Dario ainda se dava ao devaneio de se passar por emissário de algum ser superior. E, de tanto desejar, pensar e proceder como se fosse de fato uma espécie de ungido, nas horas de delírio confundia sonho, ilusão e pretensões com verdade, que assumia sem o ônus da dúvida. Desprovido de pudor, tratava Deus como confidente e cúmplice e era capaz de inserir o Criador nas suas emboscadas ao praticar o bem e o mal. Sua capacidade de desagregar grupos era infalível, mas não era menor do que a facilidade de provocar a ira dos adversários. Desafetos que o temiam estavam sempre prontos para se unir em cruzada contra os movimentos expansionistas dele na política.

E ele até conseguiu atenuar restrições que o distanciavam de setores da sociedade com medidas que adotou em função de mudar a imagem pública: dedicou um dia da semana para advogar de graça em favor de famílias pobres e ganhou uma namorada, com predicados suficientes para o tornar famoso.

A escolhida foi a bonita e bem-comportada Hermínia, estudante do segundo semestre da Faculdade de Veterinária, filha do coronel fazendeiro Teodorico Ventura. O plano dele era matar dois coelhos de uma só cajadada. Sem lastro para ascender na política, pendurou o seu destino no pescoço do velho Ventura e aos poucos conquistou a confiança da família da moça. Levou pouco tempo para vender seus dotes e só sossegou quando o candidato a sogro insinuou que ficaria muito feliz se pudesse ajudá-lo a realizar os sonhos.

Ali pelo terceiro mês de namoro, ao chegar mais cedo para se encontrar com Hermínia, com quem jantaria fora, DP foi recebido por um gentil Teodorico:

— Vamos falar de uns assuntos, enquanto Hermínia troca de roupa. Ela chegou agorinha da faculdade. — Propôs Teodorico.

Até então a relação dos dois era de "bom dia, boa noite, tudo bem, até logo etc. e tal". Tanto que o jovem advogado ficou pouco à vontade, pelo menos até Teodorico abrir o diálogo, jogando simpatia como isca:

— Pelo que tenho filtrado de nossas conversas e colhido do que me relata minha filha, você tem pretensão de entrar na política. Certo ou errado? — Indagou o pai de Hermínia.

A indagação do velho poderia ser respondida com uma palavra, mas DP estava querendo fazer bonito naquele primeiro embate. E pegou carona numa metáfora, ensaiando praticamente o primeiro cacoete que pretendia praticar na futura atividade:

— Certo. Certo vírgula, porque o exercício da política depende de dois ingredientes — voto e grana — que não vingam em árvore.

A resposta de Dario foi prenúncio do reconhecimento de seu despreparo financeiro para lançar uma candidatura.

— Vamos simplificar. O x da questão é um só: o dinheiro que compra tudo, inclusive voto. O voto é uma mercadoria como qualquer outra, seja a alcatra de boi ou a farinha de mandioca. — Pôs a boiada na mesa o candidato a sogro.

Ao responder na mesma toada, Teodorico sinalizou para ganhar a confiança do rapaz. E ficariam nisso na primeira abordagem, porque o coronel precisou abrir alas para a entrada triunfal da filha na varanda iluminada do casarão:

— Pelo cheiro que vem dos aposentos da Hermínia, está na hora de vocês saírem, se quiserem voltar cedo, lembrando sempre que minha filha é uma estudante universitária aplicada e ela precisa acordar cedo. Vamos combinar uma conversa para 11 horas de terça-feira da próxima semana. Lá no meu escritório. Passe lá.
— Convidou, quase convocando, o fazendeiro.

A abordagem de Teodorico Ventura começou como prosa e, com a marcação da audiência, terminou virando música. Foi quando Hermínia, de roupa nova um pouco mais colorida que o habitual, salto alto e principalmente o perfume, encheu o salão de pensamentos e desejos elevados. O visitante sorveu o perfume e se sentiu pequeno para o tamanho da família. E era pequeno mesmo. Tanto que nem ali nem depois no restaurante se aventurou a descobrir o nome e a história do perfume. Aliás, quando mais tarde retornou à residência, deixou Hermínia e cravada no coração dela a primeira mágoa. Durante as quatro horas gastas no automóvel e no restaurante, DP nada perguntou ou comentou sobre o perfume que ela usou.

Hermínia rendeu-se ao odor e decidiu usá-lo desde que o sentiu pela primeira vez. O prazer foi tão profundo, que logo o elegeu como perfume perfeito para usar com o homem ideal. Quando DP a convidou para o primeiro jantar a dois fora de casa, a pragmática estudante de veterinária, mesmo achando cedo para decidir se Dario era o homem dos sonhos, queria aproveitar o encontro para avaliar se ele era capaz de usufruir dotes e pretensões dela.

* * *

Por obra de alguma força superior, quatro anos depois de completar os 40, estando no lugar e hora certos, Dario vocalizou palavras certas a ouvidos apropriados, e as coincidências em processo de gestação de três a quatro meses empurraram seu nome para dentro da Assembleia Legislativa, onde seria sacramentado governador pelos votos da maioria dos deputados. Sem concorrente, menos de meia dúzia de gatos pingados votaram em branco. Mas ganhar a chefia de um estado está longe de equivaler a ganhar o céu. Benza-se o governante que conseguir equilibrar os pratos da balança, um com as alegrias de governar e outro com o inferno de não ter domínio sobre a vontade de todos, inclusive os espíritos de porco que lhe atravessam o caminho. Um deles estava no salão de eventos da Assembleia, onde ele receberia cumprimentos dos governados.

— Sem calos nas mãos? Como é possível um cidadão se eleger governador com a pele das mãos finas desse jeito? Algum dia o senhor pegou instrumento de trabalho mais pesado do que uma caneta?

Essas três perguntas causaram estrago danado na festa de Dario Prudente. Ele as ouviu de um senhor que, o encarando, soltou o verbo para quem estava próximo ouvir. Também pudera. O desaforado havia penado duas horas na fila de cumprimentos, socado no par de sapatos novos e apertados pelo número a menos no tamanho. Ao terminar a maratona, encontrou DP de peito estufado, esbanjando vitória e de mão estirada como quem marcava distância. Para aumentar o grau de conforto do homenageado em relação aos convidados, ele se postava dois degraus acima deles. Ao penitente das perguntas inoportunas faltavam uma sonhada função gratificada, após vinte e cinco anos de ralação como barnabé raso, e o direito de votar para governador. Ainda por cima cansado, o ar de revolta cobrindo o semblante. Se o governador o tivesse recebido com um sorriso e um sinal qualquer de gratidão pelo sacrifício de se fazer presente, poderia ter apaziguado o servidor público e teria evitado se enfezar antes do centésimo aperto de mão. Mas DP nem se lembrou disso. Pelo contrário, olhava para a paisagem imaginando até onde iria a fila, quando o moço lhe estirou a direita. Como protagonista do cerimonial, e na condição de político, o esperado seria relevar a revolta do outro com o esquecimento de gesto descortês. Mas do ranzinza pode-se esperar tudo, menos que ele abra mão de reclamar de qualquer gesto que o moleste. E DP marcou bem os cabelos brancos com indício de velhice precoce do reclamante. E, ao terminar a cerimônia, chamou o chefe da segurança da Assembleia e o encarregou de descobrir o nome e o paradeiro do "infame" que "quis fazer graça" com a autoridade que acabava de ser eleita.

— Quem já viu o cidadão sair de casa para uma solenidade e, em vez de cumprir o dever cívico, comete atentado moral contra a autoridade homenageada do evento? — Perguntou ao chefe de sua segurança o governador.

Seu ato foi só a tentativa de dar mais solenidade à sua investidura, tingida que foi pela casual indelicadeza de um homem do povo. Ao interpelar o policial do Legislativo, ouviu promessa vaga:

— Se o senhor me mostrar fotografia ou imagem dele, passo para a Secretaria de Segurança, com quem temos convênio. — Respondeu com desapreço o homem da segurança da Assembleia.

Mas DP perdeu tempo porque pediu socorro ao barnabé, cujo contracheque invariavelmente o contrariava a cada fim de mês. Além disso, fora tênue o prestígio que DP sedimentou em sua curta passagem pela Assembleia Legislativa. Diz tudo o apelido consagrado quando era deputado estadual: "Homem da Meia-Noite", porque ele "parecia não se dar conta do amanhecer", tanto que jamais vocalizou um bom-dia para servidores.

Ao novo governador de Pernambuco, mais do que calos nas mãos, faltavam quilos de papéis com sugestões que respondessem aos sonhos dos municípios e das regiões geográficas — mata, agreste e sertão. Assim, em vez de roteiro básico de como governar, ele teria de curtir os primeiros meses da administração isolado no gabinete com vergonha de receber os eleitores por falta de assunto. A rota de fuga à ociosidade terminou sendo o rosário de críticas genéricas ao antecessor e bravatas que lhe davam aparência de valente, mas resultado, que era bom, nada, às vésperas de completar o primeiro ano de governo. Mesmo assim sorvia cada gota do exercício do poder de governante em formação. Glória para ele era a faixa com o brasão de Pernambuco descendo dos ombros, encobrindo o peito e tangenciando o abdômen ainda sarado. O exercício permanente dos discursos vazios, mas sonoros, dava-lhe tanto prazer quanto apreciar sorvete de araçá numa tarde quente de Olinda.

6

Padre Franco. Ele teve a capacidade de se meter em política a pedido de DP enquanto dirigia organização religiosa encarregada de formar padres católicos. Esse foi apenas o mais expressivo exercício paralelo de atividades incompatíveis ao longo da vida.

Figura reconhecida do alto clero, padre Franco chegou à Reitoria montado em currículo exemplar, com destaque para graduação em teologia no Seminário Pio Brasileiro em Roma, onde se ordenou padre. Deixou para celebrar na velha Olinda a sua primeira missa, rito que coroa o recebimento das ordens sacerdotais, assim como a lua de mel coroa a vida em comum do casal.

Sua primeira missão depois de ordenado foi a de pároco da igreja da Madre de Deus no coração do bairro de São José, próximo do Marco Zero do Recife. Ali pontuou a gestão pela catequese. E, num bairro empresarial dominado por bancos e companhias de exportação, famílias do baronato pernambucano, logo passaram a lotar o templo para ouvir seus sermões dominicais pontuados pelo otimismo e ricos em recomendações em favor da fé em Deus e amor ao próximo, materializado em distribuição de renda, bons salários e treinamento de trabalhadores. Em pouco tempo, a fila de penitentes que frequentavam o confessionário da velha matriz foi aglomerando católicos endinheirados.

Dessa fila destacou-se a figura do ainda jovem bacharel em Direito Dario Prudente. Mas a aproximação e parceria deles iniciou-se no intervalo entre o primeiro encontro do confessionário e a nomeação do padre para a Reitoria do Seminário de Olinda. Mais precisamente em evento social, ao qual ambos compareceram atendendo a convites de quem precisava de reforço para ganhar espaço de jornal, a posse da diretoria de clube social onde o religioso e o advogado discursariam. Houve outra coincidência. Da meia dúzia de oradores, os dois foram os mais medíocres, embora os mais objetivos: trocaram elogios rasgados e impressionaram a quem os desconhecia na roda.

— Vossa Excelência Reverendíssima está arrumando malas para assumir novo posto na alta hierarquia da Igreja Católica em Pernambuco, o reconhecido Seminário de Olinda. Certamente, o seu comparecimento a este ato foi prova de apreço aos sócios desta agremiação, já que lhe custou se desobrigar de seus afazeres mais urgentes, por exemplo preparar o programa de trabalho como magnífico reitor do Seminário. E nós, associados da casa, reconhecemos sua presença como ato de generosidade, que é virtude dos grandes homens.

O elogio arranjado pelo advogado Dario mexeu com o padre, que foi buscar longe inspiração para retribuir:

— A palavra que acabo de ouvir do jovem advogado revela o embrião de um grande vulto, formado no alto das escadarias da velha Faculdade de Direito do Parque 13 de Maio, cenário de cultura e páginas da história de Pernambuco. Antevejo da sede deste clube uma das maiores expressões do Direito e da Justiça, que cedo terá passagem pelo alto escalão da política. Mas seu campo de atuação para a fase de maturidade será, quem sabe, a cúpula do Ministério da Justiça, quiçá um Tribunal Superior, e não duvidem se esse tribunal for a nossa corte maior, o Supremo Tribunal Federal.

Passou dos limites da delicadeza padre Franco.

Depois do festival de loas, bem ao gosto dos protagonistas de debates e tertúlias em Pernambuco, padre e bacharel abraçaram-se sob aplausos calorosos. E a amizade deles cresceu, criou raízes, caminhou para entrar na história, com passagens pelo folclore.

Viam-se uma vez por semana, conversavam todos os dias por telefone. O governador frequentava a missa aos domingos, ajoelhava-se aos pés do sacerdote, confessava pecados, para orgulho de alguns seminaristas, dúvidas e ceticismo de outros, a maioria deles. Desconfiavam uns do excesso de tempo destinado a um só fiel, enquanto outros reprovavam o elevado fervor do católico ainda na sala de espera de cristão novo.

* * *

Corriam os primeiros meses com uma estrela a menos na constelação do Seminário. Pedrão, que chegara ali havia três anos, e com ascensão meteórica para o estrelato, revelou-se o melhor aluno em estudos, lazer, esporte, relacionamento, oratória e religiosidade, em grau inédito na história da comunidade. Ele adquiriu prestígio de fenômeno, festejado no universo de uma centena de diferenciados. Mas, se era botão, a rosa não abriu; e, se abriu, murchou. O segredo de tanta mudança ficara restrito ao fundo do armário e ao testemunho da vítima, o agora seminarista Zezinho. Para sorte dos dois, os colegas e os padres desconheciam por inteiro o episódio da rouparia, embora fosse da percepção geral que os santos deles não se cruzavam. Tudo atribuído à rixa, oriunda da emulação no quesito oratória, láurea pertencente a Pedrão, que por soberba ou falta de convivência desconhecia o desafeto como competidor.

Os curiosos companheiros cobravam explicação para o silêncio de Pedrão. Os padres estimulavam-no, tentavam arrancar-lhe o segredo da mudança, e nada. Pertenciam ao passado o gosto pelos estudos, a atenção às aulas, as boas notas nas provas, a participação nas aulas. Depois dos quatro primeiros anos com cadeira cativa no centro da primeira fila, recolhia-se agora lá atrás em assento que sobrasse. E foi ali do fundo do salão e do poço da vida de interno que ele se aventurou a pôr em prática já pela metade do Seminário o conselho ouvido do guia espiritual ainda no primeiro ano para abrir picada, quando se percebesse perdido na selva da vida comunitária.

A receita para reencontrar caminho nas crises agudas de dúvidas e medo eram lápis e pedaço de papel, onde deveria contar a história do drama em estado de erupção. A terapia do guia espiritual era direta, simples, rápida e objetiva:

— Colocar o histórico da crise no papel, ler, reler, discutir consigo mesmo e se indagar se a amargura da nova vida tem o peso do acontecimento que o prostrou. — Aconselhara o guia espiritual.

Pedrão buscou no baú da memória a lição. E começou a pôr em prática. Logo percebeu certo poder mágico do lápis e do papel, que o reconduziram com clarividência ao início da doença, desde a chegada à rouparia. A dor do chute no saco repetiu-se a ponto de ele se erguer repentinamente da cadeira, derrubando o lápis. Quem disse que ele desistiu com a recidiva da dor? Apanhou o lápis no chão, passou de leve as mãos nos glúteos para se certificar se ainda podia contar com o arsenal e continuou descrevendo a trajetória de tudo o que ocorreu em função do incidente.

— O poder restaurador do par lápis/papel materializa-se na edição do desconforto. — Leu a meia-voz Pedrão a frase que acabara de incluir na redação-revisão de vida.

Ele havia guardado esta frase do guia espiritual e a escrevia no meio da redação, sempre que faltavam lembrança e palavras sobre o episódio do armário. Depois de escrever tudo o que cercava o momento de tristeza, desânimo, pânico, depressão, ocorria o milagre da compreensão, seguida da orientação que brotava da alma. A receita era embrulhada em conceito.

— A combinação lápis/papel é boa aliada para separar joio do trigo em almas aflitas, porque tem força para apontar, eliminar, destacar causas e dimensionar efeitos.

Isto ainda nas palavras do padre orientador.

— Onde o bicho pega, meu Deus? — Indagou-se o seminarista.

No penoso exercício de voltar à rouparia, agora como cronista da própria desventura, Pedrão intercalava sensações opostas, de alívio e sufoco. A lembrança que ele guardava do flagrante da vã tentativa de altercação com o vizinho de rouparia tinha o condão de transportá-lo do mundo real para as raias do desespero. E foi a bordo de sua história passada ao papel a risco de lápis que Pedrão terminou alcançando o epicentro do drama, e não era pequeno o problema que, por sinal, lhe embotava até a imaginação.

Esse episódio passava pelas delícias de sua primeira paixão, completamente proibida, tão proibida quanto desconhecida em toda a extensão. A mulher desejada estava longe dali, mas fora corresponsável pelo recolhimento dele no fundo daquele armário. E, ao passar para o papel a descrição do episódio para atender a orientação do guia, imaginou que o padre poderia ter ficado de parte da missa, que concelebrara com a moça proibida das férias e não teve coragem de revelar de modo claro. Nesse momento, o lado fraco do Pedrão balançou e não foi de dor, foi de prazer escondido no porão da memória. No tipo de recordação que o homem só encontra sonhando acordado com um rosto, mãos, pernas, decote ou o desenho completo, protegido por um rabo de saia. E a mulher que lhe tumultuaria os pensamentos naquele reinício de ano letivo era menina de 13 para 15 anos. Ela e Pedro Boa Sorte eram filhos de Catolé do Rocha, sertão paraibano, pertenciam ao mesmo tronco familiar e por razões e em épocas diferentes se mudaram para Campina Grande, onde nada tiveram em comum nos primeiros anos de vida.

Lá pelas tantas, no período das férias do fim do ano do Seminário, encontraram-se em posto de saúde, ambos acompanhando irmãos pequenos à procura de vacina contra paralisia infantil. Foi surpresa e alegria à primeira vista. Ele porque jamais vira menina tão bonita e tão atraente em Catolé. Ela pela curiosidade alimentada por conversas de terceiros sobre as movimentações da família para ordenar o primeiro padre daquele longínquo sertão. Se até ali não passavam de parentes distantes, logo se elegeram primos, se de segundo, terceiro ou quarto grau, pouco importava. Primos. E os primos conversam, sorriem, deixam os corpos, assim meio abandonados, se tocarem na leve esfregação, usufruindo da oportunidade de ouro que era o interesse de um conviver com o outro a partir da manhã de vacinação no posto de saúde.

— Nunca me passou pela cabeça que poderia ser assim tão bom ficar com uma menina, só nós dois. — Escreveu Pedrão, reconstituindo a declaração que fez soprando no ouvido dela hálito quente do café da manhã que tomara de volta da missa que ajudara a celebrar no segundo dia de férias em Afogados.

O semblante dele ali em Olinda, sentado na raiz exposta da mangueira para relatar por escrito o episódio do retorno das férias, escondia agora os sorrisos, os toques de mãos ou braços da primeira tropeçada que dera na dura luta para guardar a castidade. Ao retornar das férias, dividira os momentos entre oscilações de euforia pela conquista e o doce-amargo da saudade. A impossibilidade de compartilhar a experiência inicial do amor proibido emparedara-o naquele imenso Seminário. A relação permaneceria inacabada enquanto enclausurada em alguma dobra das proibições, embora o segredo conferisse indescritível carga de emoção. Mas pensar, só pensar, já era cometer pecado cujo preço poderia subir e atingir o montante incalculável de débitos a quitar mais tarde no fogo dos infernos. E ele tentou deixar as emoções do retorno e das novidades na portaria até se isolar na rouparia.

Escondeu-se no armário — o replay do drama doía, mas era também prazeroso — para pensar na repentina paixão ou, quem sabe, dar a demonstração material de que amava, sem testemunha, mas de corpo e alma. A rigor o que acontecera nas férias fora o primeiro contato com a prima também adolescente, livre e afoita. A menina, do rosto ainda encoberto pela película da infância, revelava-se na meiguice das faces na tímida curiosidade dos olhos. Era essa a visão que as pessoas tinham dela, mas Pedrão ia muito além. Ele identificava sinais de santidade na inocência que ela proclamava na espontaneidade das falas e ternura dos gestos. O seminarista, em momentos de maximização da aguda paixão, imaginou-a possuidora das virtudes de santa, feliz combinação para seus sonhos de religioso.

— Será que o céu pode ser melhor do que ficar um tempo com você nestas férias que só Deus poderia me dar de presente?

Recordou Pedrão a pergunta mais insinuante de quantas lhe fez a prima num dos encontros que tiveram, desta vez a sós, já que a dona da casa e suas ajudantes haviam saído para compras na Mercearia Campina Grande, a quinhentos metros do local do colóquio inesquecível para o seminarista.

Foi justamente esta a única fala de um dos dois que Pedrão não teve coragem de passar para o papel-terápico, por achar que como uma joia rara a declaração tinha de permanecer exclusiva do coração dele. Compartilhar, nem com a mão direita encarregada de registrar toda a tristeza que passara a sofrer desde que voltou de Afogados.

Do assento improvisado na raiz exposta da mangueira de Olinda, coube à sua mão direita conduzi-lo a reviver os instantes prazerosos daquela manhã de julho, nas incursões pelo bolso da batina por onde encontrava a memória rígida da paixão vivida.

— Duro é sacrificar os momentos de prazer, quando me lembro dos padres ensinando que se peca por pensamento, palavras e obras. Que inferno. Sexo já não se pratica e é compreensível a proibição pelo risco de se gerar filho. Agora, eu me pergunto: "Que porra de mal pode gerar o pensamento sobre o encontro e os amassos na mulher amada?"

Indagou-se, filosofando impetuoso, Pedro Boa Sorte.

A essa altura, contou com a imunidade que se seguiu ao protesto silencioso, voltou-se com tudo para se refugiar em pensamento ao fundo do armário. E registrou:

— Eu naquele momento queria ter certeza de que pendurava entre as pernas algo rígido como pescoço de galo de briga. Como a rouparia é um entra e sai o tempo todo, aproveitei o curto intervalo de solidão e me soquei no armário vizinho ao meu.

Ao abrir o seu segredo pela primeira vez e somente para ele, embora por escrito, Pedrão reconheceu que foi tudo muito precipitado, como acontecia havia uns dois anos, em seus surtos de queima do combustível testosterona. Ele assim iniciava o mês de fevereiro excomungando o tempo, cacoete comum aos ansiosos. No caso dele, almejando estar em julho sem passar por cinco intermináveis meses.

É que Pedro deixara agendado algo muito importante. Numa de suas inocentes conversas com a prima Francisca das Chagas, a Chaguinhas, enquanto lamentavam o mal do interminável tempo de separação, combinaram encontro. Seria nas badaladas festas juninas, o grande pagode que tem como origem a religião; como instrumento de propulsão, a sanfona; e como meca, Campina Grande, justamente a terra escolhida pelos dois apaixonados.

Foi nesse clima de tímida e arriscada aventura, permitindo-se no máximo um encontro de pele, que o seminarista, quebrando o jejum dos três anos de internato sem coragem de olhar o rosto de mulher, teve o primeiro embate com o monstro sagrado do celibato. Celibato religioso, confunde-se quem julga começar a ser destravado no desejo. Vem antes disso e aflora nas pequenas facilidades, descuidos, encontros fortuitos de olhares. E Pedrão passara por aí e fora além do desejo. Com presentinhos, pedaços envenenados de declarações de amor, havia reconduzido em pensamento a menina à primeira comunhão, quando ela viu um padre pela primeira vez. Viu e ficou empolgada.

Ela reencontraria no primo ali, seis anos depois, a figura do sacerdote. Alojou-se em sua mente a imagem do extraterrestre, e esses seres naquele agreste paraibano eram entes superiores. Ela, a distância e sem nunca o ter visto, comemorara ingresso do Pedro no Seminário, porque ganhou de carne e osso não um sacerdote acabado, mas certamente o projeto que estava de bom tamanho para suas fantasias. A prima passou a contar com a possibilidade de ter um padre na família. Especial para ela.

Chegara o dia. Ela de roupa nova, ousada, viu-o de batina quando Pedrão retornou no ônibus para o casarão da família na Paraíba. Os meses de dezembro e janeiro na casa dele encheram de ternura e sonho as férias do afortunado aprendiz de padre, roubando-lhe sorrisos escondidos, piscadas de olho e elogios aos dotes físicos da bela e perfumada prima.

Suspensos os sonhos de convívio presencial em Campina Grande, restava a Pedrão o reencontro com as paredes centenárias e geladas do casarão de Olinda. As férias haviam sido curtas e poucos os momentos para ficarem sozinhos e entrosarem conversa sobre a religiosidade e suas inibidoras proibições. E, se em nenhum instante Pedrão pensou em homenageá-la no banheiro de casa enquanto durou a doce aventura, agora distante e recolhido no Seminário, depois de dois meses de convivência, só conseguia pensar na oportunidade de isolamento absoluto para afogar a masculinidade na palma da mão, apelando mesmo longe dela de viva-voz com um sonoro "Chaguinhas, meu amor".

— O que estaria pensando a minha prima Francisca das Chagas a essa hora?

O seminarista perguntou-se de voz baixa, mas já protegido pela porta encostada do armário, que ele reconhecia como frágil proteção. Mas pouco lhe importava, no sufoco que encarava já com a mão, segurando e realimentando o paudurismo. O que lhe vinha do coração para baixo era a impetuosidade para cortejá-la e de quebra viver seu momento de prazer, de delírio, driblando curiosos, ele embrulhado nos lençóis das nuvens que naquela época escureciam Olinda. Esses pensamentos levavam-no a cair na real inapelavelmente. E na tarde do retorno à realidade, a menos de dois dias do reinício das aulas, onde até o tempo para recordar estaria interrompido, deu no que deu.

Pedrão releu o papel todo e o levou picado e dividido em bolinhas ao balde de lixo, sob as vistas dos outros curiosos com as estranhas atitudes do colega cada vez mais enigmático. A tristeza sufocava-lhe a alma. E, se a impossibilidade de ver e amar a prima era a causa de tudo, o efeito amarrado à sapatada do colega Zezinho fora mais que o castigo. Virou maldição, porque lhe roubou a liberdade, a espontaneidade, o prazer de conviver.

Pedrão estava afogado nesses pensamentos tenebrosos, quando recebeu aviso do padre Franco para passar na Reitoria após a partida de futebol do final da tarde. Como se achava devedor, Pedrão ficou aturdido pelo medo. Contou as horas e pensou que nem daria para se encontrar com o reitor. Morreria antes da hora da visita. O maior receio era um pito por qualquer malfeito ou simples malentendido. E, pior de tudo, a expulsão do Seminário. Como tinha conta pendurada, a cabeça conduziu-o para horas, longas horas de pânico, quiçá aguçar o sofrimento ajudaria a amortizar a conta e encurtar a pena.

* * *

Pedro Boa Sorte apertou a campainha do quarto do reitor quando faltavam 15 minutos para as 18 horas. Ele sabia que dali a pouco o padre rezaria a Ave Maria, na curta cerimônia do Angelus. E escolheu a hora de propósito. Se a reunião fosse para notícia ruim, a reza imporia intervalo que poderia funcionar a favor dele.

Para sua surpresa, o reitor fez apenas perguntas protocolares e por coincidência a sineta indicativa da hora do Angelus soou a primeira vez antes de sua resposta à primeira pergunta temática:

— O que lhe aconteceu nas férias ou no início do semestre, que seu comportamento mudou? — Perguntou o reitor, sem dar tempo para resposta.

Os dois se benzeram, o padre rezou a primeira parte da Ave Maria, e o seminarista fez coro a partir da segunda parte. Depois se sentaram e, ao ouvir a repetição da pergunta, Pedro respondeu:

— Nas férias, nada. Aqui dentro, também nada de anormal. Se o senhor se refere a certo retraimento de minha parte, atribuo ao baixo rendimento em algumas matérias como matemática e latim. É difícil passar alegria, quando por dentro estou triste. E só estou assim porque antes eu era bom aluno em tudo e ótimo nessas duas disciplinas. — Explicou o seminarista.

— Isso tem a ver com a queda na parte pedagógica. E com relação aos esportes, por que tem faltado aos treinos do recreio e perdeu a artilharia nos jogos que chamamos de oficiais? — Puxou o padre reitor.

— Fisicamente me sinto menos disposto a fazer esforços e, se houver causa para isso, ao que eu saiba a única do meu conhecimento foi que nas férias minha alimentação foi bem inferior ao padrão lá de casa. A seca no sertão deu muito prejuízo, e isso se reflete nas privações das famílias do campo. Aliás, até aqui os padres foram obrigados a promover a campanha de doação de alimentos pela mesma razão, a seca. — Debitou o seminarista à seca a saudade da amada.

Com sinais de desinteresse pelo interrogatório, com respostas burocráticas, o reitor abriu a gaveta que lhe freava a acentuada barriga, retirou um envelope fechado e perguntou se Pedro conhecia Gilda Linhares.

— O nome é de minha mãe. — Respondeu Pedrão, ainda meio trêmulo, mas já recuperando a cor que havia deixado fora do quarto do reitor.

— Tome a carta de sua mãe que chegou no correio de ontem. — Entregou o sacerdote.

Aliviado, Pedrão agradeceu ao reitor e, com as mãos suadas quase pingando, pôs a correspondência no bolso direito da batina. O padre, por gentileza ou curiosidade, sugeriu que ele abrisse.

Pedrão tomou susto quando percebeu que a letra de forma do envelope não se repetia no texto da correspondência, e por via das dúvidas, mesmo sem ler, armou a arapuca e o reitor caiu como um pato:

— É minha mãe, que quando escreve é para reclamar da enxaqueca. — Mentiu o seminarista.

— Pois é, a minha estranheza é que normalmente quem escreve na sua família é seu pai. — Registrou padre Franco.

A resposta do reitor deu certeza a Pedro do risco que corria, diante de um observador arguto.

— Mas, quando o assunto é doença de minha mãe, ela mesma escreve. — Segurou-se Pedrão, fazendo o possível para manter a mãe como protagonista do envio da carta.

— Tranquilize sua mãe, diga que na fase dos 40 aos 50 essa enxaqueca desaparece. — Receitou o padre.

Ao ouvir o conselho instrutivo final, Pedrão levantou-se de vez, ciente de que escapara, mas deveria pular fora ante os riscos de uma surpresa, mais alta do que a fogueira que acabara de pular.

Aliviado, de volta ao recreio, o seminarista pôde confirmar que a ardilosa Chaguinhas usou o nome da mãe dele para postar a dita carta, que poderia ter deflagrado um processo de expulsão. Era falta gravíssima que contrariava o regulamento. Um dos artigos mais severos do manual de normas falava das relações perigosas com senhoras ou senhoritas que frequentam com segundas intenções a residência do seminarista. Os padres de Olinda tinham o hábito de ler o capítulo que regulamentava a conduta dos meninos nas férias.

Eram recitadas e repetidas pelo reitor. Fossem eles quem fossem, na antevéspera das férias, os religiosos promoviam a reunião preparatória, onde rolava a ladainha das relações com as meninas da vizinhança, as amigas dos irmãos, as parentes, sobretudo as primas, apontadas como "lobas em pele de ovelhas".

Enfurnado no banheiro, ele leu várias vezes a carta, onde a menina se mostrava mais mulher do que ele homem e mais madura no primeiro grau do que ele no segundo.

A carta:

— Minha relação com o tempo é mais amistosa do que a sua. Eu não reclamo do passado porque, apesar de você ter viajado, sinto você perto de mim. Revivo a cada momento tudo o que aconteceu quando estávamos juntos, mas só nas palavras (infelizmente). Não reclamo do futuro porque, pelas minhas contas, a cada dia que passa ganho um dia no calendário de nosso próximo encontro. E sua promessa está de pé? Vamos brincar o São João, juntos?

Com a carta aberta à sua frente, Pedrão parou antes da última linha, olhou para o teto com medo.

— Medo de quê? — Ele se perguntou e sem resposta nenhuma retomou a leitura:

— O tempo anda rápido, e junho está chegando. Beijos da Chaguinhas.

Se essa carta tivesse caído nas mãos do reitor, Pedrão estaria no sal. Sua expulsão teria peso de banimento. Como o reitor comeu mosca, terminou prevalecendo a ideia de que a conversa dele com Pedrão fez o efeito desejado pelo padre. E de fato o aprendiz ganhou tanto gás, que ficou patente seu processo de reinserção na comunidade depois da sessão de aconselhamento.

7

O uniforme de dormir dos seminaristas era composto de duas peças de algodão. Calça de pijama e por cima a extravagante camisola, obrigatória e detestada. Eles morriam de vergonha de usar e em casa se proibiam de tratar com os familiares sobre o que se supunha fosse recôndita armadilha para isolá-los de outras pessoas. E pessoas aqui são mulheres, categorizadas como verdadeiros demônios, se atravessassem os sonhos de um futuro religioso. Espantalho, era esse o significado da camisola, escondendo dos ombros aos pés o usuário. E por via das dúvidas nem os mais devotos aceitavam discutir em público, fora do Seminário a, vestimenta feminina que envergavam. Os mais rebeldes, em noites de insônia, quando confirmavam que os padres dormiam, tiravam a camisola e nus se escondiam sob os lençóis. Os mais afoitos e gaiatos iam mais longe. Desfilavam nus nos corredores formados pelas camas, só pelo prazer de afrontar o rigoroso regulamento. Rebeldia que tinha limites. Tanto que jamais um deles foi flagrado sem roupa, deitado, em pé ou mesmo correndo, o que redundaria em meio escândalo, pois o piso de madeira grossa era de fato um tablado com forte poder de propagação. Foi numa conversa de recreio que Zezinho com naturalidade expôs aos colegas as condições em que a indumentária chegou à mesa de refeições de sua casa, lá em Afogados da Ingazeira.

— Pegou mal. Meu pai, minha mãe, meus irmãos se assustaram quando manuseavam o prospecto com informações básicas sobre o Seminário que chegou por volta de outubro, depois de meses de espera. Virou chacota e foi uma das raras vezes em que me senti em posição de total isolamento numa discussão sobre a minha possível vinda para cá. A única pessoa tolerante comigo no episódio foi a cozinheira, que, sem interromper a lavação das panelas, comentou: "Ah, ele deve ficar bonitinho com uma roupinha aberta, mole e transparente". — Relatou o inocente Zezinho.

Um colega ouvinte interrompeu os comentários de recreio com pergunta em tom de deboche:

— Tua família aprovou ou contestou a opinião da cozinheira?

— A primeira reação que tive foi fechar a cara, e o assunto se encerrou. Desde então todos os meus passos dados em torno dessa infeliz peça do enxoval foram com reserva, e evitei novos aborrecimentos. Só voltei ao assunto, e mesmo assim resmungando comigo mesmo, aqui em Olinda e confesso que só consegui vestir a minha à primeira vez quando todos os colegas dormiram. Hoje, estou mais familiarizado e nem sei por que puxei este papo.

Reconheceu que falou muito o seminarista.

Nesta mesma conversa durante o recreio, surgira a especulação sobre a passagem do bispo visitador apostólico ainda naquele ano para a inspeção e a reciclagem obrigatórias de casas de formação de padres a cada cinco anos. O esperado seria o prelado passar um mês ou mais, dependendo das pedreiras que encontrasse nas conversas coletivas ou individuais com os padres e os seminaristas. Esse bispo que aparecia por mandado de Santa Sé informava-se sobre os modismos ditados pelo mundo profano e analisava-os com o fim exclusivo de estabelecer controles para blindar o estabelecimento contra os riscos de corrosão dos "bons costumes". Ideias novas chegavam principalmente nos retornos das férias através dos seminaristas e dos padres mais identificados com a evolução, e os rigorosos regulamentos impunham-se para limar tudo, antes que se transformassem em fato consumado. Mesmo as mudanças aceitas andavam a passo de cágado. Os estudantes e os superiores de vanguarda aguardavam com ansiedade as aparições dos visitadores, através dos quais encaminhavam reivindicações que, chegando à Arquidiocese ou à sede universal da Igreja, em Roma, podiam ser respondidas prontamente ou ser encaminhadas ao purgatório e daí para o esquecimento eterno. De qualquer modo, as décadas de 1970 e 1980 prometiam — e isso seria favorável ao avanço do liberalismo — ficar como marco de grande depressão nas vocações para o sacerdócio e perigosamente as décadas da marcha para as organizações dos evangélicos da tela, o braço mais forte da economia informal brasileira, por onde rolam bilhões de reais.

A guerra da camisola — embora restrita a Olinda e a uns poucos seminários de padres seculares (que comandam paróquias com a alcunha de vigários) — se fosse vitoriosa, poderia ser um sinal para novos avanços dos religiosos mais modernos. No meio disso, começou a se materializar a figura do porta-voz, que representaria a comunidade na hora de vocalizar publicamente o pleito coletivo. Zezinho, de excelente texto, preenchendo o retiro espontâneo de Pedrão, aproveitava todas as solenidades da agenda escolar para treinar o púlpito, sonho que o havia conduzido à trilha da vida religiosa. Focado na arte de falar em público, ele queria encomenda de discurso com qualquer conteúdo. E parecia ter chegado na hora certa ao histórico Seminário de Olinda, plantado no fértil sítio de conventos e mosteiros (franciscanos, seculares e beneditinos, afora os femininos para a formação de freiras de diversas ordens) com séculos de funcionamento.

Ele tomou gosto do exercício permanente da oratória enquanto estudante, que, além de lhe preencher o tempo, que passou a ser curto e a vida monástica menos enfadonha, fez com que se ocupasse dos seus esboços durante as horas de meditação, de caminhadas ou mesmo nas rodas de conversas de temas insípidos. O fantasma do armário surgia sempre que Pedrão cruzava com ele, como aconteceu nas discussões de programação da Festa das Mães, em reunião da comissão encarregada disso pelos padres. Quando percebeu que Pedrão estava ansioso para ser escalado, Zezinho pediu a palavra, lançou-se candidato e levou. E, embalado pela vitória na escalação, foi para o palco com faca nos dentes. E ele comemoraria as repercussões do discurso, até porque muitas mães fizeram coro nos aplausos e elogios das trocas de abraços. Uma delas resumiu as badalações com o lugar-comum:

— Eu queria ter um filho assim. — Elogiou a mãe de colega do orador.

E veio o troco do orador vitaminado por mensagem capciosa, já que dirigida à mais jovem e mais bonita das mães ali presentes:

— Eu, sim, queria muito ter uma mãe assim.

* * *

Aproximava-se o segundo semestre, e cresciam os rumores de que o visitador estava chegando para avaliar o seminário em nome do Vaticano. Era agosto, ficou para setembro, terminou ocorrendo em outubro.

A chegada do bispo foi o acontecimento do ano. As apresentações ocorreram no salão nobre no meio de uma tarde de terça-feira. A corte estava caprichosamente composta para recebê-lo. O auditório lotado de seminaristas, padres professores, professores leigos, o colegiado de padres que compunham o *staff* da Reitoria e vigários de paróquias da região da Grande Recife. Do reitor ao mais jovem dos novatos, todos nutriam grande interesse pela fala do visitante, que poderia emitir sinais da disposição do comando da Igreja Católica de arejar a vida religiosa, a reboque das evoluções de mais de setenta anos do século XX.

A excitação provocada pela sede de mudança quase explode como bolha, quando surgiu na entrada do salão um reluzente bispo, composto da cabeça aos pés de todos os adereços e cores possíveis ao hábito episcopal, inclusive peças que figuravam apenas porque eram de cores berrantes. Exagero dispensável, já que o ato era simplesmente uma sessão de boas-vindas e dispensaria o bispo de quase duas centenas de apertos de mão, seguidas de palavras adocicadas do visitante e dos anfitriões. Do solidéu vermelho aos sapatos pretos esmaltados, amarrados por fivela metálica espelhada, o senhor bispo apareceu mais enfeitado do que burra de cigano. A faixa vermelha contornava-lhe a cintura e caía abaixo do joelho, desinflando a barriga. Aspecto positivo da pança avançada do bispo era afastar a possibilidade de qualquer associação do evento a concurso de modelos. Ensimesmado, Zezinho parecia alheio à presença do visitador que em sua fala anunciou estar ali para ouvir, não para ditar normas, inovar ou renovar hábitos, mas para colher depoimentos sobre parâmetros de formação dos padres, desde o curso básico do Seminário Menor. Modéstia dele. O visitador tinha carta branca para orientação de base nas atividades e comportamentos, como pedagogia, disciplina, evangelização, bem como abordagem das conquistas tecnológicas e principalmente nas relações dos religiosos com as comunidades que iriam catequizar depois de ordenados padres. E, como vivia de correr seminários pelo país, ele estendia as visitas à imersão nesses temas.

Padre Francisco Franco foi rápido na apresentação do bispo, dom Eustáquio Conceição, e econômico no significado da reunião:

— Estamos aqui para ouvir o excelentíssimo senhor visitador, certos de que Dom Eustáquio saberá nos compreender e decidirá sobre o que deve ser mudado. E, para que ele tenha uma ideia do que pensam os seminaristas, chamo José Veraz, nosso Zezinho, que transmitirá o pensamento médio de seus colegas.

O adolescente tirou o papel do bolso da batina e mandou ver e ouvir:

— Tenho delegação dos colegas para acender a chama da esperança em nossos corações. E, a título de ilustração, recordo que nós, pobres moradores do meu sertão de Afogados da Ingazeira, somos pregoeiros da esperança. Exemplo disso é a bravura com que enfrentamos toda a inclemência dos meses de seca sem tempo para descansar. Descansar da sede? Não, que de forma alguma isso depende do homem. O que depende do homem é a esperança. E nós sertanejos não temos tempo de perder a esperança. Por isso, ao acordarmos com o sol ainda em repouso, pegamos o pote de barro, a cabaça ou a lata e vamos bater à porta do solo, lá na beira do riacho seco, para esperar que, de gota em gota, jorre das entranhas da terra a água para a sede das famílias. Eu represento a esperança mais enraizada das cidadelas do Semiárido brasileiro e dos sertões. E só isso explica a escolha do meu nome para abrir coro numa oração de nós, seminaristas de Olinda. Resumo o sentimento dos que me apontaram porta-voz da imensa vontade de alcançarmos alguns centímetros a mais de liberdade. Peço a atenção de todos e dos meus colegas. Peço, além da atenção, um gesto. O gesto é levantar uma das mãos, assim que eu acabar de apresentar a sugestão da unanimidade dos alunos. Nós sugerimos, Dom Eustáquio, e esperamos com a paciência dos humildes, a troca da camisola por pijama (a plateia inteira levantou os dois braços, batendo palmas). Se for adotado o pijama, em nada vai ser alterada a convicção de cada um. A mudança desejada não nos tornará mais ou menos homens. Trocar a camisola pelo pijama nos manterá o grau de masculinidade inaugurado no berço, e a roupa masculina vai deixar uma preocupação material a menos para quem deve ter a alma e o corpo por inteiro dedicados ao estudo da religião e à pregação da palavra de Deus. — Concluiu o discurso Zezinho.

Na mesa, uma cena inesperada. O enigmático bispo — deixando a plateia em silêncio — pegou o reitor pelo braço e o levou para o fundo do palco, onde ocorreu a voz baixa (depois todo mundo conheceu o teor da conversa) o seguinte diálogo:

Bispo:

— Quem escolheu esse moço para apresentar o pleito?

Padre reitor:

— Foi escolhido lá no meio deles no recreio. Quando me comunicaram poucos dias de confirmada a sua vinda, o orador escalado já havia escrito seu discurso. Por quê? Vossa Excelência Reverendíssima considerou insolente?

Bispo:

— Que insolente? Achei foi excelente. Só lamento que em minha época se tenha mantido essa mortalha horrorosa. Parece até que seminaristas de meu tempo eram menos machos que os de hoje.

Padre:

— Nem tanto, nem tanto, senhor bispo. Esse menino só pensa em discurso e, quando o tema é apaixonante, sabe pegar o ouvinte na veia.

Bispo:

— Espero que desta vez nos tenha pegado a todos não só pela veia, mas pelo corpo e pela alma. Principalmente pelo juízo, pois só assim vamos ter argumentos para excluir essa marmota do sono e dos sonhos de jovens de ouro como esse Zezinho.

8

Os banquetes são eventos obrigatórios nas visitas oficiais dos emissários do alto clero. E as mesas são enriquecidas com presenças de notáveis. DP, como maior autoridade do poder administrativo do estado de Pernambuco, abriria a lista dos convidados. A presença dele impunha a diversificação do cardápio, melhorava a aparência do salão, com móveis vindos de outros cômodos, mesas bem arrumadas, utensílios de raro uso e outras frescuras. Mas a grande atração eram mesmo a comida e as bebidas de convencer qualquer santo a cair na gula. Óbvio que seriam inevitáveis os efeitos colaterais de uma festa que ocupava o mesmo espaço, mas dividia os comensais em dois grupos: adultos de casa ou convidados de um lado, e do outro, seminaristas. Os adultos serviam-se em padrão faraônico, e a comunidade estudantil como modestos franciscanos. O contraste entre o banquete das autoridades e a ração dos demais geraria revolta. A resposta destes foi entrar em absoluto silêncio, ocupando mesas sob as vistas da nobreza. Almoçaram todos rapidinho, e aí começou a "sinfonia do protesto" com batidas compassadas e simultâneas de um metal (garfo, faca ou colher) nos copos. A pancada começou leve e foi subindo até incomodar a mesa das autoridades. Até que surgiu alguém do "deixa-disso" e administrou o fim da refeição dos alunos, que tinham como única reivindicação jogar bola e tomar banho de chuva.

As autoridades queriam menos barulho, mais privacidade, ambiente de paz para almoçar e silêncio (da juventude) para conversar. Agora, padres da casa, convidados, bispo visitante e governador estão à vontade para o espetáculo exclusivo de adultos. É jogo de poder, amenizado pela delicadeza das irmãs religiosas que passam a dominar os serviços cinco estrelas, trazendo as enormes vasilhas carregadas de galinha ao molho pardo, cabrito ensopado, travessas de cordeiro ao forno, leitão assado e pele crocante para pôr a padraiada lambendo os lábios como teiú ao cercar ninhada de pintos no quintal. Nesse ambiente a gula era pecadinho capital, que até incorporava a sua serventia: na hora de cochichar no ouvido do confessor, o penitente precisava de malfeitos leves para omitir os mais cabeludos.

Na composição da mesa, dividindo com os padres a celestial comida, duas grandes atrações. O bispo Eustáquio, com seus esfuziantes anel e crucifixo dourados, o solidéu e a faixa escarlate. Como contraponto, o serelepe governador DP, pulinhos alegres, educação, finura e falsidade, com acenos e sorrisos para todos. Ele fora o único dos comensais que, antes de tomar assento, deixara os demais esperando sentados de mãos sobre a mesa. Fora até o salão dos seminaristas, apertar-lhes as mãos um a um com palavras ocas, imitando incentivo para que cuidassem do futuro da Igreja e dos destinos do país. Mais de cem apertos com as mãos macias de quem não acumulava calos. As frases dele eram desencontradas de ideais, mas de todo jeito um momento de alegria e sonhos para os meninos.

E o político voltou à mesa direto ao ponto, atacando primeiro a vasilha da galinha de cabidela, não sem antes anunciar:

— O sobre é meu, e por sobre entendam Vossas Reverendíssimas e Vossa Excelência Reverendíssima, senhor bispo Dom Eustáquio, entendam, é essa peça arrebitada que no dia a dia sustenta as penas mais longas que cobrem a intimidade das aves. Aliás, terei enorme prazer de abrir mão de saborear essa divina iguaria se o senhor bispo correr o risco de cometer pecado venial da inveja. Mas me prontifico a poupar Vossa Excelência Reverendíssima desse pecado, se me conceder a primazia de pescar os sobres. Aliás, o seu solene silêncio me autoriza a meter a colher na baixela para a pescaria da nobre porção. — Exclamou DP, como se já tivesse começado a beber.

— Sim, se a primazia reivindicada for para abocanhar o que chamamos de sobrecu lá na minha terra. — Atendeu o bispo, adicionando dose de vulgaridade à mesa.

E ainda receando que o bispo se socorresse de primazia da idade e do cargo, DP pescou os três sobrecus. E os comensais foram passeando pela enorme mesa por entre saborosos pedaços de galinha, ovelha, vaca, cabrito e até um veado, preparado pelas mãos divinas de irmã Rachel, segundo explicou o reitor. E foi depois de degustar o primeiro naco do saboroso veado que o governador cochichou no ouvido do reitor, indagando qual das três irmãzinhas que serviam a mesa, qual delas era a irmã Rachel. O reitor aproveitou uma passagem da mais bonita com mais uma delícia na travessa para apresentá-la, fugindo ao script convencional:

— Irmã Rachel, chegue aqui, por favor. O governador gostaria de confirmar se foi a senhora que temperou esse prato. Do veado. — Adulou o reitor ao chefe político.

Humilde, a freira, voltando-se para DP, retrucou:

— Perdoe-me, excelência, se não tiver ficado a gosto, releve, porque essa carne chegou do sertão ontem pela manhã, um dia depois do tempo que necessitava para marinar e pegar bom tempero. Posso lhe assegurar que veio das bandas da fazenda de meu pai, e lá esses animais se alimentam de bons pastos, ricos em leguminosas, que produzem carne tenra e de fácil assimilação do tempero.

— Pelo amor de Deus, tudo o que comi até agora foi de sabor incomparável, mas o veado supera qualquer outra carne. Saboroso é pouco. Isto deve ser comida para os inquilinos do céu. E, se faltar veado à mesa no reino dos céus, prefiro ficar por aqui. Só lastimo que a esta altura da vida eu continuasse ignorando sabor de carne que, para o meu paladar, chega a superar a ovelha. — Exagerou DP.

O governador nem precisava da presença da irmã para vocalizar uma heresia em ambiente tão denso de defensores do Código Canônico. Dramático extremado, perdeu o controle ao contrapor o prato mais aplaudido ao reino dos céus. Claro que, abusando mais uma vez da regalia de maior autoridade do evento, contou com a benevolência de todos para deletar dos ouvidos as suas asneiras. A mesma condescendência pode lhe ter sido negada com o exagero seguinte:

— Vamos levantar um brinde ao almoço que se torna superlativo ao expor aos nossos olhos uma religiosa com lindo rosto de santa, enquanto saboreamos uma carne que não deveria ser identificada pelo nome do animal que a fornece, e os senhores sabem por quê. É de alta periculosidade chamar de veado o bicho que disponibiliza esta carne tão espetacularmente saborosa.

Começava a fazer efeito a bebida do governador.

Dessa os padres riram. Mas a referência à beleza da freira deixou os convidados de orelha em pé. Se alguém queria rir, teve dúvida, e na dúvida prevaleceu a hipocrisia na omissão de comentários. Certo é que, para a maioria da mesa, DP, bebendo, vencia qualquer maratona de estupidez.

Atento observador de todos no banquete, padre Franco queria impedir a longevidade do almoço. Em sentido oposto, o governador trabalhava para prolongar, com elevação da voz, intervenções nas conversas dos outros comensais. E o mau exemplo dele logo depois se reproduziu num dos padres, convidado bem abusado que a todos incomodava, pedindo empurrão nas travessas e tigelas, sempre em voz alta, como se estivesse na hora de pegar o trem. Quando o incômodo padre pediu feijão, mais do que sorrir em posição de vênia, a irmã se aproximou do infeliz e prometeu que ia providenciar "o feijão como o senhor aprecia". A deferência foi um tiro no governador, que, até parecendo o único senhor da mesa, procedia como se fosse alvo único das saudações e préstimos vindos dos demais. O político tinha seus medos, mas seu sentimento dominante era a certeza de que ninguém naquela mesa mediria forças com ele, afinal a autoridade maior do estado. O governador que o reitor e o bispo haviam tentado laçar para o campo da Igreja, com o marketing da boa mesa, caiu como um bezerro na vaquejada, pelo sorriso e a leveza da freira. E daí até o fim da refeição ele desfrutou das duas dádivas do almoço. A comida maravilhosa e a presença da freira tão bonita como educada e carismática. Sempre de olhos nos pratos que trazia, nas peças que trocava, ela estava atenta para que todos desfrutassem do sabor e se fartassem. Mas, febril, o governador se superou em mesuras a partir do instante em que olhou mais de perto o rosto da irmã Rachel. Permutava olhadelas a cada passagem dela por sua frente com o domínio da conversa, já com convincentes sinais de dominado pelo teor alcoólico dos vinhos.

Quando os convidados se retiraram, irmã Rachel veio dar passada pelo salão e, ao contornar as mesas, encontrou uma caneta deixada pelo governador, que, a 30 metros do salão, ao se virar para trás, a reconheceu na mão erguida da irmã. Foi a deixa para DP dar alguns passos de volta com a declaração apoteótica que só um louco ou um bêbado — ali eram dois em um — arriscaria:

— Guarde, irmãzinha, o que tenho para lhe falar: seu rosto e suas mãos são lindos. Uma pessoa bonita e sensível como a senhora deveria pensar duas vezes, antes de se entregar a essa vida de reclusão. Eu saio daqui, mas tenho certeza de que a senhora ficará gravada em minha retina para sempre.

Conhecedora do efeito da bebida na geração de espontaneidades, irmã Rachel, corada e muda, ficou um instante de frente para o governador, que para sorte dela bateu em retirada e foi-se incorporar à comitiva. Ele, dividido entre amaciar o abdômen e louvar a Deus pelo almoço. Ela, rumo à cozinha sem saber se agradecia a Deus pela refeição tão elogiada, pecando por vaidade, ou se ruminava os elogios do governador, pecando contra a castidade.

9

Foi-se a visita, passaram-se os momentos de fartura e alegria da temporada. A rotina ia recomeçar com plena monotonia, se não fosse uma surpresa. Quem contou foi o mordomo, Amâncio Rosário, o Rosa, que tinha a dupla função de fazer as compras e de zelar pela manutenção da despensa. Com seu infalível boné branco, ele deu três toques com as juntas dos dedos na porta de aroeira trabalhada, que o reitor abriu, ainda sonolento do porre de vinho, com perguntas:

— Qual a novidade? Estou com muito sono, e que cara é essa?

— Notícia ruim, padre reitor. — Choramingou o mordomo.

— Então conta logo, Amâncio. Estou mau do fígado e sem paciência para os considerandos. — Impacientou-se o reitor.

— Nem considerandos, nem considerados. Nossa despensa foi assaltada, saqueada, levaram tudo. Gêneros, conservas, material de limpeza. Para resumir, tiveram o cuidado de espanar as prateleiras e varrer o chão. Até produtos ainda nas embalagens. Os invasores se aproveitaram do feriado e do barulho da chuva para cometer o crime sem deixar pista. — Dramatizou o servidor.

A má notícia pegou o reitor desconectado da realidade. Tanto que instigou o auxiliar:

— Chuva? Que chuva? Chuva que só você viu?

— Ou só o senhor não viu? — Fez uma indagação o mordomo contra as três que ouviu do chefe.

A pergunta pouco respeitosa do mordomo não surpreendeu o reitor, mas o irritou, e ele se sentiu mais distante da cama. E deu troco:

— Olha o atrevimento, seu negro. Estou falando sério. — Soltou o preconceito o padre.

— Eu também. Se o senhor duvida de mim, telefone para o governador, que o senhor conduziu até o carro, segurando guarda-chuva para ele. — Subiu de tom o mordomo.

Ainda atordoado, Franco deu sinais de que continuava em zona de sombra:

— Ah, sim, teve o almoço para o senhor bispo. Mas a coisa foi assim? Pois me esqueci da despedida do governador. E Dom Eustáquio, você viu se ele ficou até o fim do almoço? Do banquete, da maior parte do almoço me lembro. Já da chuva, da despedida do governador e do destino do visitador, nem pergunte... — Apelou pelo realismo o reitor.

— Pois, se todos os convidados tivessem ficado como o senhor, os ladrões poderiam ter levado o Seminário inteiro. O movimento do final da tarde? Sim. Os seminaristas jogaram futebol com chuva e tudo, passaram pelo salão de estudos, depois caíram na rotina. As freiras sumiram na clausura, aí os ratos fizeram a festa e a despensa foi esvaziada. Vamos pensar no dia de amanhã. São mais de cento e cinquenta bocas para dar de comer. — Apelou para o pragmatismo Amâncio.

Ao recordar número tão elevado de dependentes dos mantimentos armazenados, o reitor Franco caiu de vez na real e começou a contextualizar os fatos:

— Às vezes, ladrão só quer a facilidade. — Filosofou Franco.

E o mordomo Amâncio Rosário pisou mais fundo:

— Varreram para deixar o depósito limpo e talvez esperar o próximo suprimento. E agora é ver o que se faz para encarar a nova situação de uma família grande sem comida em casa.

E, já aceso, o padre reitor ditou orientação.

— Vamos ser práticos. Organize a lista de compras emergenciais para manter esse pessoal alimentado por uma semana, que vou comprar fiado ou pagar com cheque pré-datado e depois corro aos pais dos alunos, aos comerciantes, ao bispo, ao governador ou ao Santo Padre, porque nós estamos em outubro e ainda temos de manter a casa em funcionamento até as férias de fim do ano. — Tomou rumo o chefe da comunidade religiosa.

Amâncio Rosário amanheceu o outro dia de banca em banca no mercado público, trocando tostões recolhidos de mutirão dos padres pelas porções de legumes, hortaliças e frutas. Através do telefone, o reitor relatou o assalto ao governador, que, contando com moeda alheia, autorizou injeção de suprimentos, sugerindo-lhe passar na sede do Governo para amarrar a entrega da doação. Enquanto isso, formou-se a comissão de sindicância com o fim idêntico ao das similares do mundo real: fazer de conta que era para valer.

Acomodado na sombra do governador, dentro do Palácio das Princesas, com a cobertura do policial de uniforme que o introduziu na ala residencial, o reitor foi acolhido por dona Hermínia. A primeira-dama, distinta, educada, sempre de vestido com aparência de novo, conduziu conversa maneira. Enquanto o governador se desvencilhava da agenda no gabinete, ela, fazendo sala para o padre, ainda tentou ganhar tempo em voo rasante pelos livros, ora por temas, ora por autores, ora por lançamentos. A tentativa foi infrutífera, porque o visitante estava mais focado em despensa e almoxarifado do que em livraria e literatura. Ele até tentou ser sincero e foi sincero, sim, mas incluiu na balança o contrapeso da indelicadeza:

— O livro tem o seu lugar, mas, se a senhora quiser me ajudar hoje, o melhor que pode fazer é me dar uma ideia dos estoques de víveres, gêneros, grãos, açúcares, adoçantes, materiais de higiene, limpeza, desinfetantes, tudo o que esteja entre as primeiras necessidades de uma casa. Preciso conhecer os estoques para dimensionar a ajuda que o instituto presidido pela senhora pode disponibilizar.
— Partiu para o ataque o padre reitor.

— O senhor é igualzinho ao daqui, que foge para qualquer assunto, quando se tenta falar sobre livro. Falo do Dario Prudente. Só que, na condição de educador, o senhor deveria ser mais receptivo em rodas que tratem de livros. Que acha, padre?

Foi a ducha de água fria que a primeira-dama jogou no rosto do padre e que alcançou em cheio as costas do marido, ocupado em outra ala do prédio.

E por aí terminou desalentador o início da conversa que pôs Hermínia de volta ao tema das batalhas travadas com DP no início do casamento, quando ele ainda tentava abrir um livro. Aliás, justiça se faça, abrir até que ele conseguia, mas em pouco tempo, de duas, uma (sempre porque pegava no sono): ou o livro caía das mãos dele no chão, ou caía a cabeça dele dentro do livro. Ele contava isso para as pessoas como se desejasse chocar ou, no mínimo, fazer graça:

— Minha incompatibilidade com a leitura não é pelo conteúdo, mas pelo volumoso, ou seja, tudo pelo texto, mas nada pelo compêndio. — Simplificou o padre.

Orientada para as letras desde cedo, Hermínia encontrou nos livros, além do gosto pelos bons enredos, vasto conhecimento sobre o homem e o mundo, e esse foi seu arsenal de defesa contra as muralhas da solidão. Era o preço pago para ser mulher de homem público, que dedicava o dia à agenda oficial e a noite aos "compromissos políticos". A tradução livre que Hermínia dava aos ofícios do terceiro expediente era "vadiagem compartilhada". Na concepção dela, a jornada noturna do marido contava com a participação de adeptos da bebida, do barulho e de mulheres descompromissadas. A primeira-dama, desde o início da vida em comum, fez opção de se manter acordada enquanto durassem as atividades do marido. E o livro foi a companhia que elegeu "para nunca ser obrigada a reclamar da solidão". Se lhe pediam para citar algo que ela associasse à imagem da relação dela com o livro, a resposta era curta e robusta: "Relação de devoção." Lucro para interlocutores, aficionados pela leitura.

Ao encontrar o reitor e a primeira-dama concentrados, o governador Dario pediu que mantivessem a conversa, e o esperto padre aproveitou para chegar ao ponto. Atento, o casal ouviu sua explanação sobre o assalto à despensa; e, antecipando-se ao que sabia ser uma boa notícia para o visitante, DP meteu a mão no bolso, retirou uma caderneta de notas, abriu-a, perguntou se o padre tinha caneta para fazer anotações. E foi passando orientação como um ditado escolar, que o padre resumia em itens de duas a três palavras:

"1. Agora no almoço, só estaremos nós três. Aproveite e apresente lista de produtos de cesta básica, disponível no Serviço Social para montar despensa de crise. Hermínia é a presidente do Serviço, que dispõe de armazém de víveres ali ao lado do Centro de Convenções, na pista que dá no Seminário; 2. Fale com o meu líder na Assembleia Legislativa, sugira emendas parlamentares de companheiros nossos para reforçar o orçamento do Seminário ano que vem; 3. Passe na rádio, a nossa Rádio Amigo Velho, comunique ao diretor artístico que eu peço campanha emergencial para angariar víveres, material de higiene e limpeza, dispensados perecíveis."

Enquanto o reitor, de mãos trêmulas — efeito dos excessos do almoço na véspera — anotava, o governador dirigiu os olhos para a primeira-dama e, formal, indagou:

— Que tal, dona Hermínia, nos dirigirmos à mesa para aguardar o almoço, enquanto troco ideias com o nosso reitor? — Sugeriu indagando o governador.

O governador era rápido nas decisões, conectado aos problemas do dia a dia e, mesmo sem anotações visíveis, de nada esquecia. Tinha no entanto surtos de "sumiço" ou "viagens". Os interlocutores diários conheciam esse viés cada vez mais constante no meio de longas discussões. Se ele passasse de dois minutos em silêncio para ouvir os demais, batia o sintoma. Dava para perceber porque, quando o bicho pegava, ele olhava distante e era temerário tentar reintroduzi-lo na conversa, porque, mantendo o silêncio, ele se levantava, e largava a roda sem despedida. Podia se dirigir ao banheiro, ao interior do estabelecimento. No retorno, trazia a prova, óculos escuros, quer fosse à luz do dia ou à noite. Foi o que quase aconteceu no almoço que ia se encerrar com o abandono da mesa à francesa, se a previdente Hermínia tivesse dormido no ponto. Mas ela pediu ao garçom que servisse ao padre e ao marido o licor de jenipapo, especialidade da casa, reconhecida pelo extraordinário sabor e o elevado teor de álcool. Providencial jenipapo. No meio da segunda dose, servida em tacinha de cristal verde, o governador aterrissou de volta da "viagem". O reitor, derretido em agradecimentos, despediu-se de dona Hermínia, levantou-se e estirou-lhe a mão, avisando que no retorno a Olinda passaria pelo Serviço Social, e ela lhe relembrou o nome da servidora a quem deveria procurar.

— Fico incomodado, quando me acontecem acidentes ou prejuízos em série. Contabilizo o assalto à despensa do Seminário como episódio de conclusão de uma série de infortúnios ao meu redor. — Fez-se de vítima do assalto o governador.

O governador soltou este desabafo pelo tempo que durou o aperto de mão dado ao reitor. Só que ali se introduziu um componente a mais. A associação do "sumiço" com a contrariedade. E ai de quem criticasse, contestasse ou de algum modo contrariasse o governador DP, homem de estopim curto de forte poder de combustão.

10

O reitor saiu do almoço, correu para pegar seu jipe e tocou para a rádio. Ao se deparar com o primeiro sinal vermelho, meteu a mão no bolso e pegou a medalha de Santo Antônio e lhe dirigiu quase uma oração:

— Meu padroeiro Santo Antônio, eu mais uma vez vou precisar de sua generosidade, que nunca me faltou nos momentos de agonia. Todos os objetos que perdi eu tive de volta quando implorei por sua intercessão. Hoje é mais que um objeto. São os mantimentos de uma despensa que abastece quase duas centenas de pessoas. De repente, amanheceu vazio nosso armazém, que anoitecera abarrotado.

A essa altura do pedido, Franco interrompeu a fala, segundo ele por intercessão de Santo Antônio, que também queria falar. Antes que o leitor coloque a história no rol da literatura esotérica, ou pior do que isso, em página de autoajuda, é preciso dar esclarecimento sobre a saúde do reitor. Ele tinha dúvidas sobre o fenômeno "comunicação com extraterrestre", em referência a santos de sua devoção, sendo Santo Antônio o mais frequente deles. Isso vinha de muitos anos e por coincidência passaria, depois de uma série de medicamentos receitados por clínico geral renomado em Pernambuco. Um dos remédios prescritos era diagnosticado para eliminar parasitas da espécie *Ascaris lumbricoides*, a custosa lombriga. Três meses depois de tomar a dose completa, desapareceram os sintomas da doença, tais como dores abdominais e coceira difícil de combater em público pela inconveniência da localização. O padre deu graças a Deus porque a verminose sumiu, mas ficou desconsolado com o desaparecimento das vozes com quem compunha diálogos em situação de apuros. Por sorte, naquele dia, ele foi alcançado por Santo Antônio, representado pela medalha através de quem enviou a prece. E o que ele ouviu do santo depois de pedir socorro para reabastecer a despensa do seminário foi motivo de preocupação:

— Franco, se toca. Vê se para de se embriagar. Um drinque em evento social, tudo bem. Porre até perder a razão, acaba com isso. E, pelo amor de Deus e em respeito a mim, teu protetor, deixa de ser perdulário. As megafestas vão levar o Seminário à bancarrota. Uma comemoração anual sem pompas, com comida simples e sem bebida, vá lá. Acima disso é supérfluo, é pecado, padre Franco.

Essa advertência de Santo Antônio deixou o reitor em polvorosa, e ele deu continuidade à discussão, porque precisava superar a aflição:

— Meu glorioso Santo Antônio, você sentiu as batidas aceleradas do meu coração, até porque estava aqui no bolso superior da batina, nesta maratona para nebulizar almas generosas que nos possam socorrer, ajudando a reabastecer o Seminário. — Orou o Padre.

O padre silenciou e ficou mais de um minuto sem nada ouvir, imaginando problema na fibra óptica que o ligava a Santo Antônio. Até que o som foi restabelecido:

— Estou ligado, padre Franco. Ouvi tudo, mas parece que estamos com problema na comunicação, e perdi sua resposta sobre os porres, que chegaram ao limite no banquete de ontem... — Ouviu o padre a réplica da bronca do santo.

— Ah, sim, meu glorioso protetor. Vou seguir sua orientação. Festa, a partir de agora, só do padroeiro. E vai ser festa popular com leilão, quermesse, barraquinhas de comidas típicas e mais nada. E vou estabelecer restrições até na capela do Seminário, com adoção do vinho de menor teor alcoólico para celebração da santa missa. Troco até de fornecedor, se for preciso. — Exagerou o reitor.

Disposto a cumprir o que acabava de prometer ao padroeiro, o padre reitor encontrou a primeira ajuda da medalha de Santo Antônio ao ser recebido por um generoso diretor artístico da Rádio Amigo Velho, a quem pediu espaço na programação e orientação de marketing de mobilização de massas. O homem da rádio era rápido na conversa e nas ações. Ele ouvia uma palavra e intuía a frase inteira. E em dois tempos estavam escritas as mensagens a serem transmitidas pelos microfones, pedindo víveres para cento e cinquenta vítimas do assalto em dia chuvoso. Antes de terminarem a reunião, tinham formatado programa temporário exclusivo para implorar por bens da população católica, a quem caberia o papel de sustentar a comunidade até o final do ano escolar.

O programa seria produzido dentro do Seminário por gente da casa, vítima da crise. Ele acompanhou do estúdio a divulgação do primeiro *spot*, que seria repetido em todos os intervalos comerciais durante os três primeiros dias. Da direção de seu jipe entre um encontro e outro, o padre identificava nomes para pôr o programa no ar e ao mesmo tempo listava na mente os produtos indispensáveis que pegaria no armazém do Serviço Social, situado no meio de seu caminho, precisamente na divisória das cidades irmãs, Recife e Olinda.

Quando chegou ao Seminário, deparou-se com o padre Fernando Matos, que estava irreconhecível no meio do salão da recepção, cercado de caixas, embrulhos, garrafas de plástico, latas, sacaria, tudo o que poderia configurar exibição de fartura. As espinhas mais vermelhas eram outro sintoma da alegria do ecônomo. Parecia até ministro da Fazenda de país de terceiro mundo à cata de indicador econômico caído do céu ou arrebanhado dos infernos para comemorar vitória.

E os dois padres almoçaram, comemorando o sucesso da campanha radiofônica. Voltaram-se então para os jovens talentos que poderiam protagonizar o programa e manter a campanha no ar. Entenderam-se na escolha das duas melhores provas de sobra de talento. Um era o temporariamente abatido Pedro Boa Sorte; e outro, José Veraz, o animado Zezinho de Afogados das Ingazeiras. Eles foram chamados para a reunião na Reitoria no meio da tarde.

Foi convocado ainda o diretor da rádio, e ficou assim completo o time de cinco pessoas — dois padres, dois seminaristas e um radialista — da primeira rodada de criação do programa, provisoriamente intitulado *Na Onda do Povo de Deus*, tendo como redator Zezinho, o homem que abriu a porta do armário, e Pedro Boa Sorte, o prisioneiro do armário, improvisados de redator e apresentador. Pressionado pela ansiedade, Zezinho tinha dúvida e passou aos demais com perguntas:

— Pedido de ajuda da comunidade, será que isso vai pegar? Não deveríamos incorporar à campanha um símbolo, algo material, que ao ser visto pudesse associar o povo católico, aplicando parte de seu trabalho para formar padres? — Inquiriu Zezinho.

— Você acha que campanha assim seca não pega ou pega com mais força se tiver alguma marca?

À pergunta do reitor, Zezinho deu resposta mais clara:

— Se ficarmos só nos pedidos, na confissão de empobrecimento, as pessoas, acostumadas com as demandas de mais um grupo de carentes que se multiplicam em anos de seca, podem deixar passar. Agora, se a campanha puder ser representada por algum objeto acessível e de marca forte, elas vão discutir, interagir e dar dimensão à campanha. — Opinou Zezinho.

Com o ar de quem "tirou daqui", o reitor reagiu complementarmente:

— E pergunto se vocês sabem que esse lugar está destinado a meu amuleto de estimação, a medalha de meu milagroso Santo Antônio, que eu trouxe de Roma depois de consagrada na praça de São Pedro pelo Santo Padre Pio XII e está aqui comigo, como em todos os momentos de dificuldades. — Animou padre Franco.

Essa medalha de Santo Antônio tinha uma crônica bem razoável, a começar de pequeno texto escrito anos antes por padre Franco, que a pôs à disposição do grupo:

"As cenas jamais saíram da minha memória. Tudo o que guardo com detalhes ocorreu no exato momento em que o Sumo Pontífice ergueu o braço, abriu as mãos apontando para o céu nublado e inclinou o olhar sobre a multidão de católicos. Lá estava este então aluno do segundo ano de teologia do Seminário Pio Brasileiro, como mais um figurante do enorme grupo de turistas católicos, oriundos dos cinco continentes. Entre as lembranças sacras a serem abençoadas, somava-se a medalha que eu havia levado para trazer apta a fazer e disseminar milagres na minha futura paróquia no Brasil."

Após a leitura do release pelo reitor, os demais ensaiaram pequeno debate.

Pedrão:

— Se a medalha de Santo Antônio vai ser símbolo da campanha, vamos distribuir medalhas entre os ouvintes.

Padre Franco:

— Isso tem custo. A campanha é de arrecadação, não de distribuição.

Padre Fernando:

— Se formos forçados a distribuir, a medalha tem de ser fundida em série. Meu papel como ecônomo interino da casa é fundamentado na multiplicação de recursos escassos.

Diretor da Amigo Velho:

— O compositor e radialista Almirante, lenda que chegou ao auge da carreira no Rio de Janeiro na primeira metade do século passado, fez uma pesquisa de puro empirismo, mas realista. Ele montava fileiras de objetos sobre a mesa de trabalho, como frascos de remédio, argolas, lápis, ingressos e balas, e ia recebendo as pessoas que o assediavam durante visitas à emissora. As fileiras de objetos reduziam rápido, pois todo mundo pedia um ou alguns exemplares. Foi com base nessa experiência que um seguidor dele, o grande Chacrinha, sempre distribuiu em shows os brindes como cachos de banana e mantas de bacalhau, que ele jogava para a plateia.

Padre Franco:

— Espera aí, diretor, o senhor está sugerindo que um programa de rádio da responsabilidade de religiosos se inspire no Chacrinha?

Diretor da Amigo Velho:

— Exatamente como o senhor entendeu. E ai do homem de comunicação que se esquivar de praticar essa máxima do Velho Guerreiro e grande comunicador: "Quem não comunica se trumbica."

Padre Franco:

— Se o senhor, que é o diretor artístico da emissora, assim o diz, não está mais aqui o leigo que duvidou.

Todo mundo animado, entrosado e apressado para começar o programa, só houve tempo para o diálogo de padre Fernando com o reitor:

Padre Fernando:

— Como sei que você vai se encontrar com o governador, aproveita e leva tudo o que tem para despachar com ele, pois a matéria-prima da conversa de vocês será combustível de primeira linha para aquecer o motor dele.

Padre Franco:

— Verdade. Aliás, estava me perguntando aqui qual seria a reação de DP, diante de ideias tão bem arrumadas.

Padre Fernando:

— Posso chutar? Devoto da empregabilidade sem custo próprio, o reitor vai sugerir algum colaborador para a nossa equipe.

11

O governador amanheceu com mau humor de causar assombração. Ele foi a sua primeira vítima, quando se viu pelo espelho, mas ao invés de se lamentar teve a grandeza de agradecer a Deus porque percebeu seu deplorável estado antes de qualquer outro infeliz. Esta, aliás, era a palavra que lhe definia o semblante desde a véspera. O almoço de domingo havia sido na casa do sogro Teodorico Ventura. Sabe bem o leitor o estado de espírito que é anunciado pela expressão de plástica equina "além de queda, coice". Era como começava a segunda-feira, depois de domingo infestado de contratempos.

Faltaram ao almoço os casais especialistas na fomentação de clima antiestresse. E aí a conversa chata, quase perversa, foi pontuada pelo velho, que invariavelmente perdia a espantosa modéstia, sua principal virtude, ao tilintar da primeira pedra de gelo no fundo do copo de uísque. E quando isso acontecia, e só acontecia se a roda fosse liderada por ele, a conversa ficava pobre, de tema único, que era a riqueza, igualmente única, a dele, Teodorico Ventura. Se ficassem fora os casais treinados para amaciar papo — com licença das mal traçadas linhas –, era só desventura a tarde dos visitantes. Para começar, DP, que odiava discussão sobre negócios e patrimônio de terceiros, tinha surtos de ira quando o terceiro era o sogro, porque o jovem genro se reconhecia como candidato a contraponto dele nessa especialidade. E estava longe de competir, porque alimentava no máximo a expectativa imponderável da morte do controlador do patrimônio da família de seu Ventura.

Ciúme, inveja, sensação de inferioridade são as suas dores de cabeça mais comuns. E, se a tarde do governador e da mulher foi de boca fechada para não entrarem como ativos nas discussões, a noite seria de maior retração para o casal. Um evitando o outro na balada do arrastado casamento. Foram cedo para casa e Dario direto para a suíte privada, onde caiu na cama com roupa de rua e meias. Dormiu rápido, acordou de madrugada com mais raiva do sogro e do almoço e de tarde inteira de exibição de avareza.

Os sentimentos de inveja e ciúme eram progressivos, mas, passadas as horas de abatimento diante de ataques diretos da concorrência, DP era homem para se armar e jamais desistir de competir. Antes de chegar ao meio-dia da segunda, estava de pé com ego encilhado para a luta. Queria porque queria ser fazendeiro também. Como todo projeto dele, a pecuária lhe surgiu encadeada a outra ideia. A segunda, que certamente ganhava prioridade, era angariar a matéria-prima número um do político: caixa-forte sem ressonância, longe das lupas de órgãos de controle para a posse e manipulação de dinheiro. Caiu-lhe por sugestão tão oportuna que, apressado, ele até se esqueceu de guardar a autoria, para a eventualidade de fazer consulta e evitar alguma barbeiragem ao marinheiro de primeira viagem. Tratava-se da criação de gado. Pois do nada o governador decidiu montar a toque de caixa a Fazenda Várzea Grande.

Por obra e graça dos cofres públicos, os sonhos do governador seriam materializados no município de Bonito, agreste pernambucano, serrano e frio. O lote escolhido, rico em cachoeiras de água cristalina, em tempos remotos atraíra caçadores de animais e apreciadores de quedas-d'água e bebidas fortes. Em tempos de culto à natureza, o turismo passou a atrair praticantes de esportes radicalmente ecológicos, que combinavam disputas com a preservação ambiental. Pouco a ver com o aprendiz de fazendeiro, cujo passado revelava o perfil de caçador de fortuna, não de turista. Mais inclinado a processar pasto do que proteger floresta. Ele escolheu Bonito porque o clima frio era propício à criação de gado holandês. Pode-se adicionar mais um fator positivo ao microclima da região que a saída do colo da família Ventura nos fins de semana. A convivência com o velho de uma hora para outra passou a lhe provocar urticária. Por várias vezes, deixou a pequena família na sala de refeições para se refugiar no banheiro e esfregar nas quinas das paredes e portais as partes do corpo afetadas pela coceira.

Arguto como o olhar da onça, Venturão começou a registrar o distanciamento do genro pelo semblante:

— Os sinais dos olhos, dos dedos e dos ventos são evidentes.

Foi nesses termos que Ventura, tapando os lábios, de olhos pedindo cama, cochichou para a mulher, numa tarde de domingo.

Mas passava longe do fazendeiro a ideia de tratar do assunto em público por uma justificativa simplória: "evitar a propagação da chama da desconfiança". Estava no *recall* da família essa advertência do sogro: "na baixa do pasto, sai mais barato dar a ração do que deixar o boi costeando a cerca do vizinho". O sogro do governador tinha muita experiência acumulada e enorme capacidade de armazenar conhecimento em frases, bordões. "O sertanejo pode até recolher a contrariedade, mas a espingarda permanece carregada" era dele, e certamente estava com essa ideia lhe perpassando a mente, quando baixou a sentença mais aguda contra o genro:

— A ascensão política desse rapaz, a partir do pedestal onde o entronizei, hoje está mais nas mãos dele do que nas minhas. E aí mora o perigo. É impossível a qualquer empresário, por maior que seja, declarar independência dos governos. Ao contrário deles, nós empresários somos obrigados a nos sujeitar às leis, às renovadas normas, pois os governantes são criativos e mudancistas. E os mais ativos para nos manter sob tutela são justamente os tidos como flexíveis. Esse Dario é mestre na arte da mudança, na falta de firmeza. Vocês lembram das malandragens, arranjos e ligeirezas dele na trajetória partidária?

Esse ataque o coronel Ventura fez em almoço de família de meio de semana, sem bebida, mas com a participação da primeira-dama Hermínia.

— Ora, meu pai, a postura era conhecida de todos nós. Quando ele começou a me procurar, isso era fator de insegurança para mim. Mas aqui em casa ele era pintado de probo, correto, de palavra, firme, quase santo. Até que um dia caí como uma pata e comecei a me interessar pela conversa dele. E hoje o que está estabelecido, para o bem ou para o mal, é irreversível. — Desabou a filha, primeira-dama.

De uma vez só, Hermínia soltou aí o baú de contrariedades que guardava à falta de uma nesga de abertura.

— Nunca esqueço que a posição partidária dele era anódina. Mesmo portando o título de deputado federal. — Lembrou ela.

Seu Ventura compartilha mais desencanto, confessando que deu para notar com tempo de ajudar a filha a pular fora.

— Infelizmente foi nessa fase que se candidatou a meu noivo. — Recordou a filha do fazendeiro.

Esse era o tipo de impressão que Hermínia gostaria de guardar com ternura, jamais irada.

— Lembro-me bem. Ele era filiado ao partido oficial, o famigerado Dáveis. Tinha como opositor o Mandáveis, outro partido tranqueira. Ambos foram criados como uma sociedade só, dividida em bandas — aliás, por que deixar de explicitar? — em bandos. Lembro-me de que só tinham compromissos programáticos dentro do Congresso e só na hora das votações. Para votar, eles recebiam dos líderes da bancada as chapinhas preenchidas com os votos, juntamente com os jetons correspondentes em envelopes fechados. Os parlamentares se identificavam pelo crachá que penduravam no pescoço com os nomes deles e as logomarcas dos partidos.

Dario pendurava o crachá emborcado, digamos assim, com o lado que deveria ficar visível virado e preso à roupa com velcro. Ele passava por cima de tudo quanto era norma para ocultar a opção partidária. A firmeza dele, aos olhos de hoje, era essa. Velhaco. Tenho um genro velhaco. — Bateu sem dó o homem dos bois.

A boa memória de Teodorico Ventura serve de consolo para a filha, ao ouvir do pai a recapitulação de tudo o que ela viveu alimentando sonhos.

* * *

Antes de tomar o rumo de Bonito para visitar os animais na Fazenda Várzea Grande, DP passou pela loja de produtos agropecuários da avenida Caxangá. Ficou um tempo olhando gôndolas e prateleiras e lendo publicações que lotavam quadro de avisos colocado no corredor do banheiro. Deixou para o final a leitura de aviso grande bem no meio do quadro. Tomou um choque. Anunciava-se a venda de propriedade situada em Bonito. A localização — zona central do município — era vaga. Em tudo coincidia com a sua. Tamanho, topografia, clima, natureza do pasto, dependências, lotação possível para cria ou engorda, fontes de água e um detalhe que fechava o anúncio: "rodovia recém-asfaltada, ligando a propriedade à estrada Bonito-Camocim de São Félix". Com medo, aliás, medo é pouco. Dario tremeu dos pés à cabeça, sentiu faltar chão para pisar, pensou em cano de arma na nuca, amarelou e pediu aos seguranças que o levassem de volta ao Palácio, com alerta ao chefe do serviço médico para o aguardar de maca e mala de primeiros socorros no posto de desembarque das viaturas oficiais. Suspensa a visita à fazenda, o governador foi posto no carro e acompanhado da equipe de segurança, voltou e se recolheu, sem falar com ninguém. Nem com o médico, que só teve tempo de o transferir do assento para a maca.

Ele ficou pouco tempo na agonia, que passou com um injetável aplicado já no primeiro andar e dentro de seu quarto. Logo, ele foi se recuperando e voltou a pensar no que leu no jornal do mural:

— O mais estranho do anúncio eram os dados escolhidos pelo vendedor, que atendiam a todas as necessidades de meus planos.

Se eu ainda estivesse na fase de escolha, cairia nesse anúncio e iria atrás do proprietário. — Resmungou o governador.

O desabafo do DP era mais raso do que os sentimentos. Ele estava vencido pela dor, prostrado pelo medo. E, pragmático, tinha em mente os primeiros indicativos de que só voltaria a Várzea Grande com aparato de segurança para protegê-lo e pôr medo em virtuais inimigos ou concorrentes.

E foi recordando os passos que deu, desde a localização do terreno até desembarcar a primeira carreta de novilhas holandesas. Enfim, Várzea Grande entrava em operação. Estava agora povoada de matrizes preto e brancas enxertadas com embriões de reprodutores de excelentes *pedigrees*, para a produção planejada do primeiro lote de bezerras. Alugou uma aeronave e pegou carona em outra, esta pela metade da tarifa. As duas sairiam de Roterdã. Uma direto para o Recife e a outra com escala em Buenos Aires, onde desceriam quatro cavalos para disputar o Grande Prêmio da Argentina. Foi esse o capítulo mais envolvente de uma aventura que durou seis meses para DP.

Discretamente, o governador ganhara autorização da Aeronáutica para fazer o desembarque pela Base Aérea, servida pela pista do Aeroporto Internacional dos Guararapes, no Recife. Dias depois, como estreante na prospecção do curral, DP até exibiu olfato sensível. Entrou-lhe bem o odor de estrume das vacas. Era experiência nova, e certos cheiros, sabores, hábitos e visões do campo são mais bem assimilados pelo viés atávico.

Só que o anúncio da agropecuária lhe cheirou a ação de terrorista com viés econômico, político ou familiar. Por recomendação médica, ficou prostrado até o meio da semana. E só resolveu se levantar quando tomou conhecimento da materialização do que passou a temer a partir do anúncio lido na loja de produtos do campo: atentado terrorista.

Mas o que aconteceu superou qualquer medo ou assombração. Aliás, tudo aconteceu no mesmo dia em que abortara sua visita à nova propriedade rural. Um ato ou série cruel de fazer inveja aos fundamentalistas mais extremados extinguiu a Fazenda Várzea Grande. O gado foi levado e os roçados incendiados, sem sobra de um pé de capim, se fosse necessário para fazer chá contra dor de cabeça, que viria a grassar na área dali a pouco.

Serviço executado com perfeição e espantosa dose de conduta predatória.

DP havia gasto menos de seis meses para transformar em fazenda promissora o lote de mil hectares, comprado a preço de ocasião, e teve custos camaradas para adaptá-la à criação de gado. Só sobrou a rodovia de 30km que, com ajuda de amigos, beneficiou a Fazenda Várzea Grande.

Como todo político tradicional sentado em trono alto, DP contava com duas antigas ferramentas, que por inocente eufemismo eram denominadas carona e oportunidade. Enriquecimento a jato na política é lugar-comum. E pode decorrer também de roubo, camuflado em vício. Vício este muito comum a corruptores escaldados que criam colchões para acomodar pruridos de homens públicos com algum resquício de medo. Medo, neste caso, impossível de ser traduzido por escrúpulo, que esses dois meliantes — corruptor e corrupto — estão a anos-luz de ter. Podem até pôr como enxerto na boca de algum advogado em processo judicial. Mas como enxerto. Na prática, carona e oportunidade no binômio agentes políticos-homens de negócios são cartas brancas ou convites para comprar lançamentos imobiliários de alto luxo, casas de praia, prédios e casas e ruas de bairros degradados em estágio de pré-revitalização, e "atendimento hospitalar cinco estrelas", a preços camaradas ou simbólicos.

Desconsolado, DP tinha dificuldade até de compartilhar a sua desventura, porque suscitaria dúvidas para dimensionar os prejuízos se tivesse de falar da engenharia desprendida para justificar patrimônio tão custoso. O ditado do "quem rouba de ladrão" assegurava o perdão aos autores da sua desgraça. E os eventuais doadores eram tantos e tão alheios aos meandros das doações para implantação da Fazenda que talvez poucos chegassem a compartilhar da dor do assalto e incêndio.

Com a sua mania de dar mais atenção à sílaba tônica do que à palavra toda, DP nesses primeiros dias pós-destruição da fazenda só pensava no anúncio que leu no quadro de avisos da agropecuária da avenida Caxangá: "talvez providencial", vocalizava com insistência. O "talvez providencial" dele embutia a impressão de ter escapado de ser assado vivo em pleno colóquio com suas vaquinhas. Como as viagens de sexta-feira para Bonito entravam na agenda oficial, os criminosos teriam preferido persuadi-lo a ficar longe da fazenda na hora da invasão. Era essa a lógica do governador, que se fechava com a expressão de alívio de quem pulou a fogueira:

— Os criminosos sabiam que, depois de ler o aviso da venda, eu iria fazer varredura no terreno, antes de pisar lá. Armaram então uma pegadinha, bem mais barata do que enfrentar o aparato do governador no cenário do crime. Se estava nos planos deles a necessidade de me eliminar, eu não sei. Só sei que eles recusaram o meu ingresso nos negócios da pecuária. — Desabafou DP.

12

Havia um galinheiro nos fundos da Pousada de Triunfo. E era razoável manter o estoque de aves, porque religiosos da região se umedeciam frente à travessa do molho pardo. A forte devoção era incentivada pelas casas paroquiais espaçosas, que cultivavam quintais para cria de pequenos animais. Completava-se o cardápio de alívio compensatório da austera vida de padre do interior a oferta de cozinheiras formadas na roça, onde a principal fonte de proteína eram justamente aves.

A Pousada de Triunfo estava dentro desse quadrado. E naquele dia o galo se pusera em evidência, cantando cedo e despertando o arisco DP. Ele ficou irado ao ver no mostrador do relógio que iria perder bom pedaço de sono. O único assunto que poderia preencher o vazio seriam suas prospecções na seara da irmã Rachel, mas para sua infelicidade o assédio à freira estagnara em estágio de chove, não molha. Ele se levantou para ver a cor do tempo pela fresta da cortina e deparou-se com breu puro. Sentado na margem da cama, debitou ao galo o despertar prematuro e, na busca de esperança, deixou o quarto com a porta semiaberta e foi andar. Queria alcançar, por tênue que fosse, um sinal de luz por baixo da porta do reitor em busca de companhia para conversar até o amanhecer. Impossível, e ele, acumulando sono, preguiça e raiva, recolheu-se de novo ao quarto com um olho na cama e outro nas frestas por onde pudesse ver esperança num raio de luz. A essa altura, o galo cantava mais alto. DP se deu conta de que o reitor dormia em cômodo virado para o lado das freiras, onde não ouvia um pio. Até se incluía no silêncio da clausura. Mas desistiu de dormir para planejar o sumiço do galo desafiador.

E foi esse o sacrifício que prevaleceu naquela trajetória de cama até o amanhecer. Por neura dele e não por mesquinhez da natureza, Dario tinha pavor de insônia, e a da madrugada o atormentava mais. Por isso dava graças a Deus quando percebia o sol preguiçosamente começando a encolher as cortinas e a jogar raios de claridade no seu cômodo de repouso.

Ele portava carga pesada ao tomar assento para o café da manhã. Já era homem cansado de tanto fazer força, embalando pensamentos sem passado nem presente. Besteira pura. E, por conta disso, abriu os trabalhos do dia atirando. Na mesa bem servida, e sem deixar dúvida sobre o que lhe corria pela alma, apresentou-se à freira de sua predileção, em flagrante choque contra a carinha de anjo dela:

— Irmã Rachel, tenho consulta para a exímia chefe de cozinha: a senhora sabe preparar um galo? — Indagou com elevado grau de ansiedade o hóspede DP.

— Galinha de cabidela ou ao molho pardo é o predileto do meu modesto cardápio, pelo gosto que tenho de preparar e pela aceitação da clientela. Aprendi em casa, no sertão. E me falar de molho pardo é me induzir a maus pensamentos, porque tenho convicção de que faço melhor do que a cozinheira, que me ensinou. Bem entendido, será de outra pessoa o papel de sacrificar a ave. — Baixou a bola do visitante a freira.

E os visitantes comemoraram a conversão que ela deu ao tema, fugindo do terreno da vingança para a gastronomia, que passou a ser roteiro do café. Mudou assim o humor do abusado DP e deu espaço para o reitor saudar com chapéu alheio o estimado companheiro de retiro.

— É bom mesmo o senhor governador experimentar a iguaria, antes de iniciar a sua granja doméstica. A sua motivação vai se fortalecer e, como o senhor deve saber, criação não é atividade de abandonar pelo meio. Começou, tem de seguir e sempre com gosto pela causa. — Orientou a religiosa.

— Eu convido vocês para um almoço em Casa Forte, preparado pela irmã. Se o padre Franco assegurar o fornecimento de proteína animal, levamos daqui mesmo. Aí só vai faltar a disponibilidade de agenda da irmã. — Provocou DP.

— Por tudo que é sagrado, obrigada, senhor governador. A ordem proíbe... Não é que proíba. É que está escrito em nosso regulamento o que e onde podemos prestar qualquer serviço. Fora disso é heresia. Até melhor ficarmos por aqui nesse assunto. — Desaconselhou Rachel.

Animou a freira:

— Então, vamos voltar aqui à sugestão que ia lhe fazer para o almoço de amanhã. Estou querendo convencer o reitor a resolver um problema e praticar uma boa ação. O problema a eliminar é me livrar do vizinho barulhento que me tomou o sono de quase toda a noite passada. O galo que acorda cedo emite canto alto quase colado à janela de meu quarto. A boa ação seria rechear o nosso retiro com aquele cantor que é matéria-prima supimpa para fazer o molho pardo, adicionando-lhe uma dose de aguardente antes do abate para amolecer a carne. O que a irmã acha? — Apelou DP.

— Acha de quê, governador? O senhor tratou de duas iniciativas. Quer saber o que acho de qual delas? Vamos por partes. Se o senhor fala de nosso terreiro, considere as galinhas como fontes das melhores refeições da casa. E, quando falo delas, incluo o chefe do terreiro: o galo, que o senhor acaba de pôr em alça de mira. Em tempo, se nosso magnífico reitor me permite, sugiro transferir o dormitório delas para o lado oposto da construção para se acabar com o desconforto dos hóspedes do pavilhão onde o senhor foi acomodado.

Sem meias palavras, a freira deixou claro que quem conhecia o pedaço era ela.

— Opa, o padre Franco — viu, irmã Rachel? — está me avisando aqui que manda fazer a transferência do galinheiro ainda hoje. E, já que esse bicho de penas é virtuoso, quero levar o próprio ou filhote dele para minha residência de Casa Forte, no Recife. Tenho lá meia dúzia de frangas, mas, usando a sua linguagem, falta o chefe do terreiro. — Cantou vitória o governador.

O reitor, a seu modo, aplaudiu as posições do DP sobre a problemática aviária.

— Sábia decisão de levar para o quintal de Casa Forte um filhote do galo de Triunfo. Nada como um problema a menos para a autoridade de coturno alto. O nosso galo passa a ser assim um alvo a menos na sua galeria de inimigos a dar combate. Fica mantido o almoço desejado com frango, galo, capão ou galinha. Tanto faz Joaquim como Cazuza, meia dúzia como seis. — Ajeitou o reitor.

— Sou obrigado a reconhecer que a irmã tem o dom de curar doenças ocasionais desde que se revelem antes das marcas físicas, como hematoma, corte ou sangramento. — Galanteou DP.

— Com relação a doencinhas de alma, a irmã Rachel adota procedimentos indolores e eficazes. Diante dela, tristes, mal-humorados, reclamadores, chorões e carentes derretem os incômodos num abrir e fechar de olhos. — Puxou o padre a freira envaidecida para seu lado.

O governador se inseria em quase todas as modalidades de doentes que o padre elencou, omitindo "portadores da brutalidade", na qual figuraria como mestre. E ele terminou o café com saldo. Tanto que fez as pazes com a vida, ansioso para pegar ocupação que ajudasse o tempo a correr rápido para chegar à hora do almoço e ver o rosto da freira. Na véspera, fechara o acordo para pôr em operação a máquina de arrecadação, focada nas campanhas eleitorais. E a prioridade a partir dali seria bolar evento para jogar seu trem de charme para cima da freira.

* * *

Demorou pouco a sensação de alívio de DP, que foi obrigado a fugir das discussões sobre arrecadação, porque o padre reitor achou por bem passar a limpo a invasão da fazenda, que DP evitava enfrentar.

— Cadê seu general? Ele já foi acionado? Estou falando do general de divisão, Adauto Machado, seu secretário de Segurança Pública. Acorde seu homem forte. Ponha pilha, que ele vai pegar em armas e mostrar serviço, apontando suspeitos, sumindo valentes que se recusarem a colaborar com as autoridades, fornecendo pistas da organização criminosa que violou seu patrimônio.

Com essa tirada, o padre arregalou os olhos do governador.

O reitor respeitou os instantes de silêncio para retomar o conselho. Ficou com o palpite entalado, porque, de supetão, o governador se levantou. Pegou o telefone na mesinha ao lado e, em tom menos autoritário que o habitual e em volume elevado para que o padre o ouvisse, instruiu:

— General, tenho convite a lhe fazer. Estou na Pousada do Convento, em Triunfo, em companhia do padre Franco, com quem podemos trocar ideias em conjunto para uma ação emergencial em sua área. O senhor poderia dar um pulinho aqui amanhã cedo? — Pediu DP.

Foi essa a ordem mais delicada que DP passou para um auxiliar desde a posse.

Com o fone reposto no gancho de olhos arregalados para a rua do Sol, na margem oposta do Capibaribe, o secretário vocalizou a impressão que tinha do chefe, a quem cultuava em público e de quem desdenhava pelas costas:

— Que diabos podem fazer juntos um governador e um padre no refúgio de Triunfo em plena estação de frio? É o que saberei amanhã cedo, se o teco-teco do Governo chegar lá.

Foi essa a reação que o general verbalizou para o seu chefe de gabinete, que colhia assinaturas dele para o expediente do dia.

O secretário convocou a assessoria direta e três delegados com gabinete no mesmo pardieiro da sede da Secretaria de Segurança, na rua da Aurora, todos conhecedores da invasão e, direta ou indiretamente, informados das investigações até então sigilosas e extraoficiais.

— Vou me encontrar com o governador em Triunfo amanhã cedo e queria fazer aqui um balanço das informações e ouvir a análise de vocês. Embora ele só tenha adiantado que o assunto é sigiloso, vocês hão de concordar comigo: é a invasão da porra da fazenda, que só a ingenuidade pode colocar no plano do segredo. — Posicionou-se o general Machado.

No dia seguinte, já em Triunfo, recolhido a um canto do salão de reuniões, distante de outros olhos, governador e secretário mal acabaram de se cumprimentar e entraram no assunto. O secretário Machado nem esperou que o governador perguntasse. Foi logo se explicando:

— Assim que eu soube do atentado, tive a reação natural de quem envelhece fardado. Eu imaginei que poderia ser acidente, fruto talvez de brincadeira de mau gosto de adversário político seu, e pus investigadores em campo. — Adiantou o expediente Machado.

— Obrigado, general, orgulho-me de sua capacidade de se entender comigo mesmo com linguagem não verbal. Mas me diga aí: o que encontrou até agora em torno desse misterioso atentado que me custou caro? — Perguntou DP.

— Nada. Eu, absolutamente nada. Ou quase nada, digamos assim, porque tenho olhos e ouvidos percorrendo a área de Bonito. — Reabilitou-se o secretário.

— O que o senhor acha de mandar a polícia aplicar castigos reparadores nesses terroristas? — Perguntou, adiantando proposta, o governador.

Adauto Machado mudou de ideia a respeito dos sentimentos do chefe. Até ali ele imaginava que DP conhecia as intenções e a autoria do desmonte de sua propriedade. Mas teve hombridade de reconhecer que foi omisso, pois, tão logo tomou conhecimento do episódio, deveria ao menos ter procurado o governador para se solidarizar e oferecer os préstimos da Secretaria de Segurança Pública.

— Nem precisa exagerar na autocrítica, até porque o senhor fez o seu papel com a obediência e a disciplina adequadas. Eu devo confessar que fiquei atarantado com os efeitos do ataque. Eu ingressei na pecuária despreparado e me perdi, depois da desgraça feita.

Com a raridade com que um jogador comum ganha na loteria, DP curvou-se a gesto de humildade.

O general aproveitou a inflexão dele para definir as regras que adotaria na busca aos criminosos. Anunciou que se recolheria por quarenta e oito horas com a equipe de inteligência da polícia para elaborar projeto de busca dos "inimigos do Estado".

— É tudo o que esperava, meu general, quando pedi a sua presença em Triunfo. Caia em campo e, antes de dar início à ação, apresente-me o plano detalhado: homens, equipamentos necessários e custo extra da Secretaria para executar nosso projeto prioritário. — Sinalizou DP.

— Claro, governador, porque, além da provisão extra, talvez eu necessite de autorização expressa do senhor para pôr o bloco na rua. — Reivindicou o general.

— Tem carta branca e pode trazer a minuta do ato, que assino, assumo e publico, até em edição especial do *Diário Oficial do Estado*. — Dispôs-se DP.

— Então, mãos à obra, senhor governador. — Respondeu o secretário.

Louco para fugir do calvário, o general apelou para pegar o avião de volta. E, curvando-se, Adauto Machado estirou a mão para o governador, solícito como o soldado que nunca deixou de ser:

— Vossa Excelência está aflito, eu me solidarizo com o senhor e prometo energia de minha tropa e caçada sem trégua aos culpados. E, se me permitir, quero voltar ao Recife assegurando que vou dar prioridade total a esta investigação e só sossegarei quando puser tudo às claras e enjaular os delinquentes, executores e mandantes. — Anunciou o general.

— Bravo, general comandante. — Respondeu entusiasmado DP.

O general pegou o aviãozinho e, tão logo passaram as turbulências da decolagem, ele abriu a pasta 007, de onde retirou papel e caneta. Recomendou ao piloto que, de passagem por Bonito, fizesse um sobrevoo para ele ver a propriedade assaltada do chefe. E começou a escrever o plano de ação. A primeira linha foi o valor da verba extra que ia estipular. Aproveitou a oportunidade para reparar o corte feito pelos deputados no projeto orçamentário para o ano seguinte: repôs o valor correspondente ao corte que impuseram durante a votação e que terminou prevalecendo para sua pasta.

— Aqueles putos da Assembleia Legislativa sangraram quase a metade da minha anteproposta orçamentária. Agora quero ver se eles são machos para contrariar o governador. Lógico que a caçada aos criminosos vai custar bem menos, mas assim eu garanto minhas outras despesas e ainda dou o troco aos deputadinhos que planejaram prejudicar meus serviços. — Vociferou o secretário Adauto Machado, para alegria do secretário particular e acompanhante do voo.

13

Quando o reitor voltou à sala de reunião, encontrou um governador diferente. Disposto, alegre, falante e empolgado para discutir sobre a arrecadação; e o pesadelo até parecia ter embarcado como bagagem do general.

— Só falta acertarmos os ponteiros com relação ao profissional que vai gerenciar o fundo de campanha. — Anunciou o governador.

— Estou aqui para ajudar o senhor na tarefa de descobrir o homem ideal.

— Precisamos de um gerente trabalhador, bom conhecimento de economia e finanças, pouca fala, de confiança e principalmente honesto.

Detalhou DP.

— Quase um santo, governador? — Ironizou o padre.

Se DP se sentiu zoado, relevou. Tanto que emendou outra pergunta:

— Quais os dados como nome do santo e lista dos milagres e as necessárias provas, pelo menos, padre reitor?

— Chinês nacionalizado brasileiro que desembarcou em Santos com ano de idade, cresceu e se educou em São Paulo e hoje é comerciante no Ceasa daqui do Recife. Apareceu aí com jeitão descolado de quem anda somente para manter os pés em movimento, alugou uma banquinha na feira, foi ganhando a freguesia, depois avançou na concorrência e em pouco menos de três anos virou dono de mais de dez boxes do varejo. Vende para vários municípios, tem algumas dezenas de caminhões e um bando de empregados. Anda desgostoso exatamente pelas obrigações com esse segmento e só fica por aqui se encontrar espaço para ganhar bem, mas desobrigado do quadro de pessoal.

— Ele tem outro projeto ou estamos falando de um reles candidato a emprego? — Indagou DP.

— Pelo que sinto, quer emprestar dinheiro a juro e está prospectando em alguma corporação de grande porte que lhe assegure 100% de garantia de ressarcimento. Além das obrigações trabalhistas e impostos abusivos, ele padece do mal dos fornecedores de governos: as "comissões por fora" para todo tipo de negócio com o setor público. Essa praga está contaminando até mesmo as corporações privadas, que já cobram mais caro que as estatais. — Defendeu seu candidato o reitor.

— Peça com a sua força sacerdotal o aval de Deus para dar lealdade aos tomadores de empréstimos dele. Eu jamais teria para seu candidato proposta equivalente ao que ele vai fazer. Salvo engano, a pretensão dele agora é emprestar dinheiro sem controle do Banco Central. Desejo ao seu indicado muito sucesso. — Depreciou DP.

O tom entre severo e zombeteiro pareceu mais direcionado ao intermediário do que ao chinês, por quem o chefe do Governo nas expressões faciais emitiu sinais de empatia. O mais evidente foi o ar de satisfação que exibia, olhando para cima como se procurasse ver os frutos que brotariam daquela árvore, uma vez transplantada para seu pomar.

O padre, que havia esperado autorização para apresentar o chinês ao futuro cliente, ficou meio desapontado com a reação do chefe, mas insistiu com firmeza:

— O senhor está por fora. Ele quer trabalhar para um segmento social que tem 100% de lealdade ao empresador. China vê isso na folha de pagamento dos servidores do Estado, e eu não o indicaria, se tivesse a mínima dúvida quanto à possibilidade de ele corresponder aos seus anseios. — Abriu o jogo o reitor.

DP estava louco para se dar por vencido, mas manteve o tom de provocação ao reitor, como se desdenhasse dos sábios conhecimentos do candidato a tesoureiro dele.

— Quem são esses tomadores de empréstimos, que eu também quero ser agiota? Imagina só, emprestar dinheiro a juros escorchantes com 100% de garantia de retorno. Em que arca se escondem esses clientes? — Zombou Dario Prudente.

— Estão todos na sua folha de pagamentos. São os barnabés, pendurados na tesouraria do Governo. E, entre cada um deles e o dono do capital, só existe um intermediário, que é o senhor. O que ele pretende? Emprestar o dinheiro direto a cada cliente que bater à porta dele com uma cartinha de seu secretário da Fazenda. — Detalhou o reitor.

— Maravilha. Vamos fechar com esse chinês e nos enfronhar nas operações do toma lá dá cá; e, quando este negócio de Governo acabar, eu vou ingressar no generoso mundo da agiotagem. — DP se deu por convencido.

* * *

DP terminou o almoço com sono. A manhã fora pesada, mas a solução de dois problemas estava em curso. O governador pediu tempo ao reitor para dar um cochilo esparramado numa rede cheirando a limpeza que a irmã Rachel armou nos pendentes do telhado bem próximo da sala de reuniões.

Buliçoso, antes de dormir, o governador rolou para um lado, para outro, arriscou o olho na porta que dava para o Convento e, de tanto atirar para o rumo da freira, terminou vendo o padre caminhando na leitura do breviário. E, movidos por interesses comuns mais fortes que o sono de um e o exercício espiritual do outro, quando se deram conta, estavam os dois conversando. De improviso, DP tascou uma lorota para cima do religioso, que caiu como um pato.

— Eu alimento sonhos que passam por sua capacidade de articulação. Mas receio que seus excessos de prudência sacerdotal matem as minhas ideias nas nascentes. — Arriscou-se DP, que, precisando de mais um empurrãozinho do companheiro de jornada, começou com conversa de cerca-passarinho.

— Inseguro, excelência? Está agora a se passar por adivinho? — Divertiu-se o padre ao constatar que a alma queria reza.

— Vamos começar pelo mais fácil. Passe uma boa conversa na irmã e a convença a perder o medo de pensar largo e aceitar realizar a religiosidade dela em serviço civil. Basta que prepare o terreno, mas isso tem de ser agora, antes de sua segunda missão nesta tarde. — Instruiu o governador, enquanto jogava o anzol com isca na água.

— E qual a segunda missão? — Indagou curioso o religioso, incapaz de imaginar o tamanho da volta que o governador queria lhe dar.

— É mais fácil ainda. Quero ajudar a Igreja a transformar este abrigo numa pousada comercial rentável. O Governo banca os investimentos e a Arquidiocese administra, arrenda, faz o que for mais lucrativo.

Exagerou o governador, tentando dar volta no padre com lençol de desenvolvimento econômico. Ideia que passara por sua cabeça no momento em que buscava oportunidade de conversar com Rachel.

— E o que devo fazer esta tarde? — Perguntou se rendendo o reitor.

— Visitar o prefeito e o convencer a fazer a parte dele, que é colocar a infraestrutura. Vamos abrir esta Pousada para seminários, convenções, recepções e o mais importante: refúgio para lua de mel. Contaremos para isso com a preferência de toda a clientela que celebrar matrimônio nas igrejas da nossa Arquidiocese. — Viajou DP e levou o padre de carona.

Na realidade, no curto espaço de tempo que levou na tentativa de recuperar o sono interrompido pela cantoria do galo, DP concebeu o plano. Objetivo único dessa ideia de boa aparência: realizar o desejo de conversar com a freira longe dos olhos do bisbilhoteiro colega de retiro.

* * *

Na hora marcada pelo padre Franco — que foi atrás do prefeito com o azougue da Parceria Público-Religiosa (PPR) –, a freira chegou ao escritório onde o governador a aguardava todo perfumado. E ele foi mais direto pela primeira vez. Direto, vírgula. Só falou de trabalho e ainda assim transformando em atributo para a santidade, a gestão do Serviço Social, de fundamentos precários como poucas verbas, grande e paupérrima clientela, prioridade de inclusão nos contingenciamentos habituais nas quedas.

— Posso fazer uma pergunta sobre o projeto do senhor? Todas as crianças das famílias atendidas pelo Serviço terão acesso à escola?

A freira acendeu farol verde que quase sufocou (de feliz surpresa) DP.

O político estava despreparado para responder, mas percebeu que passaria atestado de incompetente, se desperdiçasse oportunidade.

— Bom, eu tenho de ver, porque eu não acompanho de perto as atividades do Serviço Social.

— Desculpe, eu perguntei se as crianças de todas as famílias terão acesso à escola. Porque, se isso for garantido, eu admito examinar a sua proposta. — Deu boia ao governador a freira.

Se o governador fosse mais versado em mulher, ainda que indigente em relação à gestão pública, teria aproveitado a oportunidade. Terminou pregando remendo:

— Se a irmã assumir, o Governo baixará, eu próprio baixo decreto condicionando a inscrição do programa à matrícula dos

filhos e a obrigatoriedade de comprovação da frequência às aulas.
— Demorou, mas acordou DP.

— E por que o senhor não baixa esse decreto já, independentemente de minha decisão? Devo adiantar que pela primeira vez me senti atraída pela causa. Ainda sonho associar o ofício ao Convento, mas a causa hoje me comoveu. — Pegou pesado a irmã.

— Baixo o decreto assim que chegar no Recife. Vou telefonar para Franco, meu chefe de gabinete, e instruí-lo a consultar o Jurídico e escrever o decreto.

Este anúncio foi suficiente para motivar a freirinha a avaliar projeto que poderia competir com a vida do Convento. Tanto que, dali a pouco, de pé e de frente para o governador, focada nos olhos dele, ela teve gesto que o tirou de tempo. A religiosa apontou com os indicadores para os dois ouvidos e em seguida desceu as mãos sobrepostas para cima do coração, que ele entendeu como ela querendo dizer que captou a mensagem e a mensagem lhe aplacou o coração. E quase pirou o pouca-prática no trato com mulheres.

14

Na volta de Triunfo, o governador e o padre nem precisaram combinar como fariam para descansar um do outro. Tomaram assentos, apertaram cintos e cumpriram a gentileza de se desejarem boa noite. O padre emborcou silencioso como uma tartaruga e dormiu. DP virou-se para a janela do micro-ônibus com o olhar perdido de quem procurava esconderijo para ficar só. E a viagem de volta, que ensaiava ser tranquila como a vinda, tomou rumo adverso pouco depois dos primeiros cinquenta quilômetros por causa de indesejável carona, que não foi dada por qualquer passageiro ou tripulante. É que o papagaio de estimação da Pousada, conhecido pela loquacidade, apareceu de surpresa dentro do micro-ônibus. Foi percebido porque, de repente, antes mesmo de ser visto, começou a exibir seu vocabulário de poucas palavras e muita nitidez. Eram nomes de pessoas; de espécies da casa como cachorro, galinha; e atividades como reza, trabalho, comida. Como ninguém acreditava no que ouvia, ficou por isso, e o silêncio voltou; mas, assim que o carro deu solavancos de buracos mais fundos, o bicho voltou a falar e agora não mais por baixo das poltronas, mas pelo meio do corredor, batendo asas na tentativa de trepar nos assentos, e tornou-se inevitável ser visto por inteiro, porque a essa altura estava acesa a iluminação interna da viatura. O alvoroço foi geral, e até o reitor, que dormia, assustou-se e logo quis saber por que o papagaio da Pousada estava ali.

— É o que queremos saber. — Respondeu o governador, sem cuidado de ocultar a irritação.

Aí começaram as inquirições e, como ninguém se responsabilizou pela carona, o padre concluiu que o caso era de invasão. E sugeriu retorno a Triunfo para deixarem o bicho em casa, o que o governador vetou, sugerindo medida alternativa:

— Eu mando o papagaio de volta amanhã de avião e, como não estou com sono, levo-o comigo, basta que vocês me providenciem uma caixa ou cesta em que possa ser acomodado. — Prometeu o governador.

Minutos depois, a ave tagarela estava acomodada ao lado do governador, que à falta do que fazer, resolveu ajudar o parceiro a enriquecer o vocabulário. E começou por sua sigla DP, que o novo companheiro de viagem repetiu ao ouvi-la meias dúzias de vezes depois. Feliz da vida com a versão reduzida do nome no bico de um papagaio, DP ainda tentou acrescentar adjetivo e foi tentando uma, duas, dez, vinte vezes, e nada de o papagaio pegar. Também era tudo palavra pedreira para a pouca plasticidade de um bico: "ótimo", "bom", "corajoso", "esperto", "vencedor", "inteligente" e "vitorioso." Nada disso o aprendiz conseguia repetir. E, já irritado, DP mandou-o ir à merda. Foi pior. O papagaio deixou o verbo de lado e ficou repetindo "merda" até que o instrutor resolveu voltar ao seu nome abreviado. O papagaio foi mais longe e atacou: "DP merda". O governador ofendeu-se e, enquanto olhava por cima dos assentos, tentava descobrir se outro passageiro ouviu a ofensa. Confirmou que os demais dormiam ou faziam de conta. Por via das dúvidas e seguindo o princípio de não deixar sem vingança a quem o insultava, partiu para o ataque. Foi lá no fundo do micro-ônibus, pegou a garrafa de licor de jenipapo, abriu o bico do papagaio e lhe enfiou de goela abaixo algumas doses. Minutos depois, o bicho dormia docemente de asas abertas e bico caído no fundo da caixa, embaixo de poltrona da última fila.

A noite estava cruel para o governador. Lá pela madrugada, com frio e tudo, pegou no sono e sonhou com irmã Rachel. Sonho horroroso, e ele despertou aos gritos com pedido de socorro. Todos os demais passageiros se incomodaram, e até o motorista, assustado, estacionou no acostamento e saiu caminhando pelo corredor da viatura, distribuindo bom dia e perguntando se estavam todos bem. Ninguém se atreveu a falar em grito, menos ainda o autor, que calado estava e calado ficou, curtindo o sonho confuso. Na retomada da estrada, ele recompôs o episódio que provocou seu grito. A protagonista era irmã Rachel esgarçando o pescoço de um galo enorme para o matar por asfixia. O galo, no sonho, tinha cor original verde, como o papagaio. Para agravar, no meio do sonho, a ave se transformou em humano, um oficial militar fardado, figura que lhe meteu medo e, assombrado, ele gritou por socorro.

— Desculpem, companheiros de tormenta, pensei que a viatura ia desabar naquele barranco. — Tentou o governador minimizar o vexame que acabara de dar.

Uns passageiros tentavam retomar o sono, outros queriam tirar algum calor dos raios solares que se expandiam, e DP desejava trazer para perto a irmã Rachel através da última conversa deles, quando ela se mostrou mais mulher do que freira. Em raro momento de autocrítica, reconheceu que faltou a ele experiência para interpretar se os gestos dela sinalizavam troca da estável vida religiosa pela vida pública ou se ela permanecia irredutível. Sentiu-se o menor dos homens, quando pensou que, se tivesse prorrogado o encontro por cinco ou dez minutos, poderia ter compreendido melhor o sentido da dramatização dela e talvez alcançado um passo à frente na relação. Ganhou esperança na explicação que ela havia dado para a dificuldade de pensar em vida fora do Convento:

— Nós, mulheres, somos muito recatadas diante das provocações do homem. Digo "mulheres" porque guardo lembranças de minha mãe, das parentes e amigas dela. Ninguém é tola de cair em conversa-fiada, a ponto de mudar de emprego ou de profissão. Somos criadas para pensar duas vezes, ao contrário de vocês, que são atirados. Creio que por isso mesmo era o homem que na nossa pré-história ganhava o mato para caçar. — A metáfora da freira coroou a resposta, que ele gostou de ouvir.

DP melhorou de humor e lhe veio a ideia de organizar reunião com a equipe do programa de rádio para retomar as conversas que não levavam para a frente nem para trás, mas aguçavam a esperança. E foi ruminar planos, embalado pela ilusão de novo tempo de convivência, ainda que isso implicasse descer do pedestal de governador e vestir a fantasia de integrante radialista de redação.

Quando abriu os olhos, encontrou o reitor de terço nas mãos, rezando, no corredor do coletivo. Nova troca formal de saudações e as perguntas obrigatórias idênticas — "como passou?", "tudo bem?" — obtiveram respostas positivas. Mas ele percebeu a tempo que estava mentindo e corrigiu-se com um gesto: rodou a mão direita, e os dedos relaxados ajudavam na interpretação de que passou mais ou menos. Ainda foi ao fundo do ônibus, viu o papagaio esparramado por baixo do assento. E de morto se fez DP em relação ao passageiro "inconveniente".

* * *

A reunião mal começou e já estava aprovada a primeira quebra da ética do programa de rádio mata-fome dos seminaristas. Por aclamação — incluindo-se o voto do governador, desproporcional no colegiado e se excluindo a freira que por razões de foro íntimo se absteve de votar — aprovou-se resolução com espécie de regulamento do programa de rádio. Ficou assim decidido que Rachel seria responsável pela redação de respostas às correspondências escritas, acrescentando-se na decisão: até que começassem a aparecer as tais cartas, ela as forjaria e de todo jeito redigiria respostas. Ou seja, a comunicação avançada da religiosa iniciava-se pelo terreno arenoso da ficção, como no mais puro jornalismo profano, civil ou comercial, e mesmo o de picaretagem cristalina.

Só a ingenuidade da freira e a submissão dos representantes do Seminário explicavam a naturalidade com que ela acatou a missão. E, passando por cima de eventuais pruridos, ela foi logo perguntar aos dois seminaristas se havia alguma carta de ouvinte arquivada pelos escaninhos da emissora, que servisse de modelo para todas as cartas que "deveriam chegar". A resposta foi negativa e tinha de ser, pois os profissionais da rádio jamais haviam dado guarida a uma ou outra carta à redação, ou de reclamações endereçadas à produção. Mas ela encontrou base nos conselhos do colega mais velho, justamente o locutor-comunicador, o autossuficiente Pedrão, noviço na comunicação de massa, mas já tomado de gosto pelo ofício, antes de todo mundo.

Antes de encerrar a reunião de pauta, o reitor ainda tinha lições de boa convivência e, meio propagador, meio professor, soltou o verbo:

— Todos os que estão nesta função passam por fase de experiência e é bom que estejam atentos a isto: precisamos provar capacidade para desempenhar tarefas e também para ajudar todos da equipe a cumprirem as suas. Integrar-se bem com os demais está no mesmo grau de necessidade de fazer o seu trabalho do melhor modo possível. Sei da importância da colaboração de todos ao programa, mas sejamos realistas e menos generosos no quesito avaliação das próprias virtudes. — Pregou o reitor.

— Padre reitor, montar equipe competente na base da lista é fácil, o mais difícil é tirar dessa equipe conteúdo e forma de programa para ganhar audiência. Eu, por exemplo, estou aqui porque tenho voz grave. No entanto, mais importante do que o tom é a capacidade de flexionar a voz. E isso eu duvido que o senhor encontre outro aqui com essa qualidade. A minha voz, padre, vale mais pela textura, e é isso que faz o ouvinte ouvir com agrado e querer continuar. — Vendeu Pedrão o seu peixe.

Padre Franco, que estava meio cansado, retrucou:

— Olha aqui, menino, textura ou frescura, pouco importa. O que considero mais decisivo é a sinergia da equipe. Você e Zezinho pensam que deixei de considerar a desunião crônica dos dois? Vocês se mostraram unidos nas preliminares do programa por conveniência dos dois. Mas eu sei de tudo o que acontece aqui dentro. Confesso humildemente que ignoro o motivo da encrenca crônica que os desune e louvo a conveniência com que tentam empurrar para trás o eventual contencioso que deixa os dois arrepiados quando são obrigados ao embate frente a frente. — Cobrou espaço na equipe o reitor.

— Magnífico reitor, eu, na qualidade de governador, estou aqui como mero observador e cristão solidário com a campanha em favor da manutenção do Seminário. Percebo os sinais de sua preocupação com o entrosamento e a produtividade da equipe. Se bem entendi, é disso que se trata. Por isso quero meter a minha colher. Que acham o reitor e o prefeito de Ddisciplina de a casa estabelecer um prazo para que os dois colegas conversem sobre eventual estresse entre eles e, daqui a uns dias, digamos, duas semanas, numa reunião a três, portanto com a participação do magnífico reitor, põe-se isso em pratos limpos? — Abreviou o governador.

— Bem que tentei uma, duas, meia dúzia de vezes eliminar a barreira que os separa. Barreira essa imprópria para o ambiente religioso. Imaginei reverter esse sentimento, colocando-os para trabalharem juntos, compondo esta equipe, responsável por uma missão comunitária que, confio em Deus, será bem-sucedida. — Falou enviesado o reitor.

Se o reitor jogou verde, esperando a queda da fruta madura, falou mais alto o silêncio da folhagem. Nada indicou que o peso de uma fruta madura se tivesse jogado no chão. E ele novamente jogou semente no deserto. Seu sermão foi surpreendentemente ineficaz para, por exemplo, arrancar um gesto, uma expressão visual, um sinal que um bom analista pudesse usar como ponto de partida para descobrir por que até o lançamento do programa a relação dos dois variava dos monossílabos ao desprezo.

Os adversários trabalhavam para manter o segredo da tempestade que viveram entre o fundo e a porta de um armário. E olha que padre Franco era a única pessoa da comunidade aparelhada para descobrir o segredo.

Claro que Pedrão se rendeu e abriu picada que oferecia sombra para investigação. Foi sucinto, mas deu o caminho das pedras.

— Se algum incidente houve e eu fui culpado, certamente me desculpei. E de nada me recordo a respeito. E se, ao contrário disso, fui vítima, perdoei e até esqueci e me considero incapaz de participar de reconstituição do episódio que para mim está apagado. — Eximiu-se de culpa Pedrão.

Zezinho, o moita, preferiu sair de fininho, como se ele não fosse a metade do alvo focado pelo reitor; e, dirigindo-se à freira, formulou pergunta para buscar rota de fuga da labareda.

— E como vamos descobrir o modelo de cartas que os ouvintes remetem para a emissora com suas demandas, já que as cartas dos ouvintes serão peças de ficção de produção caseira? — Inquiriu Zezinho.

— Hoje mesmo vou dar uma olhada nas seções de cartas dos jornais locais e escolho pelo assunto e linguagem as dos remetentes menos assistidos. Quem sabe, aproveitamos essas cartas que são verdadeiras e as lemos no ar, falando a verdade toda, ou seja: "fulano escreveu para o jornal A e pediu providências para que seja retirado de rua tal, número tal, a quantidade de lixo, ali exposta há tanto tempo". — Iluminou a freira.

A freira de fato havia pensado naquela solução, mas a entrada dela nessa conversa tinha como objetivo ajudar a quebrar o silêncio dos dois colegas. O máximo que conseguiu foi a demonstração de generosidade de Zezinho:

— Ou seja, transcrevemos as cartas dos jornais na condição de reforço ao apelo feito pelo público deles e ao mesmo tempo nos lançamos como candidatos a colaboradores desse público. — Foi a conclusão de Zezinho.

Pedrão, que adorava discutir, mesmo sentenças claras para todos, tentou embolar o meio-campo:

— E se os jornais reclamarem?

— Registramos a reclamação deles e reforçamos o apelo para que o missivista seja atendido. — Sugeriu Zezinho.

15

Ao lhe ser apresentado com aquela cara de chinês, humildade de chinês, fingimento de chinês, DP teve a impressão de que a indicação do padre era acertada. O homem que ele queria estava ali. O governador deu bom dia com o aperto de mão e o aceno para que entrasse. A fala baixa, a fisionomia pouco afirmativa, a presença leve. Era do tipo que entrava por uma porta, saía pela outra e dificilmente deixava testemunhas no seu caminho. Chaina, que caiu no colo do governador, dava sinais de que era o homem para a missão. E a conversa dos dois começou pelo contratante:

— Quero ter um banco humano virtual. Um banco formado de correntistas fiéis, submissos e remunerados ou não, mas úteis e submissos, repito. Preciso aí de meia centena de jovens em nome dos quais abriremos contas bancárias. Essas pessoas só precisam ir ao banco para abrir conta, seguida de esticada ao cartório ao lado para lhe passar procuração com direitos plenipotenciários. Quanto me cobrará para fazer esse serviço? — Informou e pediu preço DP.

Enquanto calculava, o chinês não recorreu a caras e bocas. Simplesmente silenciou por uns dois minutos, que o governador usou para telefonar ao chefe de gabinete e pedir detalhes da agenda que teria pela frente. E, ao concluir a ligação, interrompeu a paradinha do candidato com este pedido:

— Mostre-me comprovantes da renda média de seus três últimos anos. — Pediu o contratante.

O convidado só precisou de tempo para tirar a esferográfica do bolso da camisa e escrever num pedaço de papel, que o interlocutor lhe colocou à frente junto com cópia de sua declaração do imposto de renda do ano anterior.

— Pago isto, com *plus* de 50%. Acrescente também dois salários extras para ano ímpar, portanto sem eleição, e três para anos de eleição. — Excedeu-se DP. Tinha muito.

Com mania de se julgar o mais magnânimo, DP notou na primeira intervenção do candidato que, em matéria de ambição, ele estava diante de um igual:

— Sim, governador, padre Franco lhe falou da questão dos consignados? — Cuidou o chinês.

— O secretário da Fazenda o está esperando. Trate tudo com ele. — Instruiu o chefe do Governo.

Negócio fechado, DP apertou um botão, a secretária apareceu, e ele lhe apresentou o Chaina como "novo homem dos bancos". E mandou que ela o levasse à sala do antigo e ainda responsável pela contabilidade escusa do governante, um andar abaixo, avisando que ao chegar lá pedisse ao ocupante para retirar os bens pessoais e antes do final do expediente passar no gabinete dele, governador. Deu ordens ainda para que a secretária apresentasse Chaina ao titular da Fazenda.

A partir do dia seguinte, o novo homem forte do Governo era o primeiro a chegar ao Palácio, pontualmente às 7 horas. Depois de cinco dias de trabalho, Chaina tocou o telefone da secretária do governador, pedindo comunicar a ele que o chamasse quando houvesse disponibilidade de agenda. Passados seis dias do pedido, o próprio DP ligou ao Chaina, avisando-lhe que desceria a seu escritório em 10 minutos. Ali foram mostrados currículos de pessoas dispostas a "trabalhar para o Governo". Todas sabiam que ganhariam salário-mínimo e seriam dispensadas, após estágio de exatos noventa dias.

O contratante seria uma empresa com sede na cidade uruguaia de Rivera, irmã da brasileira Santana do Livramento, no Rio Grande do Sul. E na carteira de trabalho os garranchos dificultavam a leitura do que seria a "La Carnicería de Nosotros" no espaço de contratante.

— Perfeito, valeu, Chaina. E a lista de colaboradores? — Indagou DP, recordando o listão e se perguntando que obra cada um deles ia pegar.

Esse assunto o deixava aflito, porque o pedágio começava a ser pago antes mesmo de natureza e local da obra serem identificados. E tudo seria negociado individualmente para que os empreiteiros ficassem satisfeitos com o desfecho das licitações. Esse tipo de negócio era complicado por causa das disparidades dos preços, condicionados à avaliação do mercado.

O governador quis saber se ele havia feito contato com os "colaboradores".

— Fiz contato com todos os "positivados" (marcados com asterisco), e eles estão se mexendo. Alguns inclusive depositaram os valores esperados, que, quando formarem volume, passarei ao senhor.

A resposta do Chaina agradou, tanto que DP se persignou e ainda beijou os dedos, como se agradecesse à Santíssima Trindade.

— Pode correr o resto da lista, porque terminei de falar de você para todos eles. Vamos em frente, que atrás vem gente. E essas coisas funcionam melhor no calor da novidade. A novidade de hoje é você. Amanhã será outro fato ou outra pessoa. O fato agora é pôr o trem em movimento, já que você o encontrou nos trilhos. — Orientou o chefe, acreditando que o chinês diminuiria seu preço por causa de uma frase.

* * *

Quarta-feira, 9h50 da manhã, calçada de rua comercial no Centro do Recife. Aconteceu ali fato que seria comum para qualquer transeunte. Menos para Toni Arara, profissional de rádio, antenado ao que lhe chegava pelos olhos, ouvidos e pelo tato. E foi-se comprimindo para vencer a dor de uma topada na calçada malcuidada, que lhe caiu no colo uma notícia. Arara era profissional conhecido pela constância nos noticiários da rádio. Ou porque a notícia o atraía, ou porque ele a puxava para si. E era bom que o mercado de informações urbanas o procurasse, porque ele ainda contava com força extra, a ousadia de, a partir de sinais e evidências, montar engenhosas cascatas, que, quando não se confirmavam, pelo menos divertiam. Com Arara, o tempo estava sempre bom. Bom humor para divertir ou fatos que são as unidades de história.

A intuição aguçada sob o estímulo de noite de troféu recebido na cama de uma fonte colocou-o no caminho certo, e a topada que o retirou do sério ajudou. O seu anjo da guarda apontou para a fumaça da notícia. Foi ali, ainda se contorcendo de dor na pobre unha do dedão do pé direito, que começou a se vestir a tal matéria, soprada pelo anjo da guarda. Toni Arara, da Rádio Amigo Velho, caminhava pela Siqueira Campos a passo de tigre, guiado pelo faro no rumo da caça, quando deu de cara com pequena fila de meninos dos 18 aos 23, 25 anos. Ele prendeu a respiração, levantou a cabeça e esticou a musculatura das pernas para calcular o tamanho da fila. Logo o alcançou e, dirigindo-se ao último deles, indagou que fila era aquela, que ia até à porta do Cartório de Registro de Notas. A resposta foi de quem estava a fim de continuar calado: "Do cartório, aquele lá", apontando para o letreiro em preto desbotado. Qualquer trabalhador a 200 metros de chegar ao posto de trabalho naquela manhã passava ao largo da fila. Vidrado em notícia, Arara logo se tomou de perguntas. O que fazia tanta gente parecida na idade, na maneira de vestir e na irreverência da espera? E foi formulando mais perguntas para si mesmo e sem querer resposta própria que percorreu a cerca formada pelos jovens em sentido inverso e com o cuidado de olhar os rostos. "Aqui tem", acabou de avocar a máxima que adotou desde a pauta que recebeu no início do primeiro estágio.

E, sem olhar para trás, acelerou o passo rumo à redação da rádio. Comunicou aos chefes, aprovou pauta e voltou pronto para fazer reportagem que entraria no jornal de 12h30. Deu zebra, pois só conseguiu densidade para a matéria em cima do encerramento do jornal. Como a afoiteza era uma de suas marcas registradas, atreveu-se a "vender" a manchete através da divisória de vidro, arriscando-se a perder tempo.

— Mistério em fila de vinte e cinco jovens na porta do cartório.

Apressado, o locutor leu esta manchete ao abrir o bloco da última notícia, esquecendo-se do ritual de apresentação. Mas o operador, tarimbado, rodou a chamada tradicional:

— E atenção para a reportagem de encerramento do *Jornal Meio-Dia e Trinta*.

Só então entrou a música ligeira da vinheta de apresentação da manchete, que o locutor repetiu para pôr tudo no lugar certo:

— Mistério em fila de vinte e cinco jovens na porta do cartório.

Repetiu-se a vinheta sonora e o locutor finalmente apresentou mais um furo do lendário Toni Arara:

— Há um mistério a ser desvendado em nossa cidade. É a fila de jovens que, na porta do cartório, aguarda a hora de fazer reconhecimento de firma.

O locutor leu a manchete e acrescentou:

— Detalhes no *Segundo Jornal* da Rádio Amigo Velho.

A matéria definitiva, que apareceria no *Segundo Jornal*, das 18 horas, ficou um pouco longa. Tratou do grupo de fregueses que de maneira inédita surgiu para obter reconhecimento de firma em cerca de meia centena de procurações do número equivalente de pessoas e de conteúdo idêntico: autorizar um certo chinês chamado Chaina a abrir e movimentar contas bancárias em nome deles. No encerramento do jornal, Toni Arara contou a história, e o que valorizou a reportagem foi o depoimento de um dos jovens, chamado de Pedro Abrão Penido, que ingenuamente caiu nas armadilhas do repórter:

— Estou fazendo procuração para seu Chaina movimentar minha conta bancária, e todo mundo aqui é a mesma coisa. Ele representa uma empresa do Uruguai, que exporta açúcar para a Europa, mas não sei o que vou fazer. Aliás, sei que vou fazer estágio de noventa dias, e depois, os que forem mais bem avaliados vão mexer com demerara. — Respondeu o rapaz da fila do cartório.

— E cadê esse chinês? Como eu falo com ele? — Indagou apressado o radialista.

Sem que o entrevistador percebesse, o falante Pedro Penido levou um pisão do colega da frente e entendeu que devia mandar o curioso vazar, e foi o que fez:

— Seu Chaina foi para a China e só volta mês que vem. — Desconversou o Penido.

Sem o gravador, Toni Arara continuou azucrinando os meninos, conversando com um, com outro, até montar a matéria, mesmo com a sonora empobrecida, se comparada com a promessa da primeira abordagem. Ainda voltou ao Penido e conseguiu mais uma frase, ao perguntar se aquilo não tinha jeito de jogo de político.

— De jogo de político eu não sei. Mas esse chinês tem prestígio com o governador. Isso foi o que o rapaz me respondeu. O mínimo que posso dizer é que nesse angu tem caroço. E eu, Toni Arara, vou atrás do caroço, porque é de caroço em caroço que a Arara enche o papo.

16

A glamorosa praia de Boa Viagem tem uma irmã gêmea, o Pina, e uma prima pobre, chamada (e o nome diz tudo) Brasília Teimosa. Alusão à persistência dos invasores, que ao final da década de 1940, fincaram bandeira para criar o novo bairro, enfrentando classe média e alta burguesia, ciosa da exclusividade na partição das belas praias da Zona Sul. O nome surgiu da cabeça luminosa dos pescadores, o segmento mais forte na luta para implantar o bairro, encostado ao Pina. Os moradores do então Areal Novo, ainda em construção, estavam de olhos nos peixes que costeavam a capital pernambucana. Os assentados ganharam fôlego e um pouco de charme com a ironia do nome. Já que, sem recursos e sem apoio político, resistiam às expulsões, invadiam mais lotes e levantavam mais barracos. Brasília, futura capital federal, ao contrário, um pouco mais tarde, sob a liderança de Juscelino Kubitschek, nascia, crescia e se fortalecia como catalisador político e nova fronteira socioeconômica. Gerações de pescadores residiram na Brasília recifense, ancorando seus barcos na volta das pescarias, que abasteciam e ainda hoje abastecem parte da população.

Uma família de pescadores deu forte contribuição ao surgimento do polo gastronômico de Brasília Teimosa, através de uma filha daquela praia. Mas vamos começar pela concepção da menina, prodígio de cozinheira, tão eficiente na cozinha como nas finanças do negócio. O começo foi assim: o casal se divertiu na cama de areia forrada com esteira de palha de coqueiro, e nove meses e nove dias depois, ela nasceu. Nasceu e cresceu sob a inspiração da lua cheia, abraçada ao mar azul-esverdeado, em ato de amor que só poderia conceber beleza em estado puro. A encantadora menina desde cedo revelou o gosto pela cozinha e o tino para o comércio. Os ensaios para virar empresária começaram nas brincadeiras de esconde-esconde e curiosidades pelas divisórias do barco aposentado do pai, estacionado nos fundos do casebre.

No piso do barco, caía e se acumulava a produção das mangueiras, jaqueiras e fruta-pão, até que a criançada aparecesse para retirar as frutas e montar brinquedos para os piqueniques, inspirados em parques temáticos. A brincadeira preferida das meninas eram as comidinhas, que preparavam e "vendiam" aos meninos nos intervalos da brincadeira preferida deles, a pesca, esta verdadeira com varas de anzol que jogavam na água, sentados nos barcos da vizinhança. A filha do casal era a mais velha e líder das turmas masculina e feminina. Chamava-se Marylua, e o nome tinha uma crônica que o pai a vida inteira contava para quem se engraçava dela e mostrava interesse de conhecer mais detalhes da história de uma menina bonita de rosto e de corpo pequeno e perfeito. O pai, Antero, revelava então que ao chegar ao cartório de registro civil foi abordado pelo escrivão, curioso com a origem do nome. E ele, vaidoso, justificou como realização de dois agradecimentos. O primeiro à natureza, que o inspirou com a noite de lua e a areia limpa da praia, onde comemorou com a mulher o retorno de uma pescaria que lhe custara dez dias de mar, a metade deles à deriva. O reencontro aconteceu na praia e, depois de os curiosos deixarem o casal à vontade, eles mataram a pau os dez dias de saudade.

— Esse agradecimento é uma boa história. E outro? — indagou o escrivão, cuja curiosidade se sobrepôs a uma virtude do seu ofício: a velocidade nas anotações dos registros. — Insistiu o escrivão.

— Logo que construí meu barraco em Brasília Teimosa, hospedei um marinheiro espanhol que, ao conhecer as paisagens de

Olinda e Recife, ainda nos dias de espera e procedimentos de atracação do navio, resolveu ficar por aqui. Resultado é que o navio dele zarpou com um tripulante a menos, e a capital pernambucana promoveu mais um visitante a morador. Eu o encontrei num bar próximo ao cais do porto, enquanto nós dois esperávamos a nossa vez de escolher as mulheres que levaríamos para o quarto. A gente se aproximou ali nos momentos de ansiedade para pegar quarto vago e mulher disponível. E esse espanhol, que depois normalizou sua vida e se tornou empresário, me ajudou a comprar o barco, e veio dessa colaboração do amigo o meu propósito de colocar uma lembrança dele no nome de um filho. Quem veio primeiro foi minha filha, e juntei a homenagem ao mar e à lua, colocando entre os dois o y, que eles, os espanhóis, chamavam de "i grego", nada mais que o nosso ípsilon. Foi assim que formei Marylua. — Respondeu o pai de Marylua.

Os dotes de Marylua se revelaram cedo. Aos 10 anos ela, ainda guardando recordações infantis das comidas de mentirinha, passou a cuidar das refeições da família e, mesmo tendo de frequentar a escola, encontrava tempo de se dedicar à culinária, tendo como base a herança do espanhol, repassada pelos pais. Bonita, alegre, miúda, pele uniforme, bem queimada de sol, que na parte da manhã penetrava na varanda e em quase todo o interior do bar e restaurante, Marylua concluíra o segundo grau, cultivava gosto pela leitura e acalentava o sonho de estudar nutrição, mas primeiro queria angariar dinheiro e fama. E, certa de que nascera com a sorte, proclamada pela família e vizinhança, partiu com tudo para montar seu primeiro negócio, pregando uma tábua de pouco mais de meio metro de largura na base da janela de casa para atender clientes de assados, refrescos e tapiocas, tudo da mão dela, no papel dublê de atendente e cozinheira. Depois de dois anos de trabalho ininterrupto, já agora com duas auxiliares entre a cozinha e as feiras para ajudar a escolher ingredientes, o negócio precisava de mais espaço sob pena de pecar pela demora no atendimento da clientela. Foi assim que a metros dali improvisou em barraco alugado o Bar e Restaurante Marylua. Fez questão do nome, menos por vaidade e mais por puro marketing, já que seu empreendimento ganhou fama pela boa comida, mas se tornou conhecido por seu nome. Tímida no início, a pequena comerciante semiescondida no barzinho ganhou prestígio e perdeu a timidez. Resolveu expor mais o corpo e usar menos roupa, caminhando entre as mesas, o balcão e a cozinha da nova casa, e por uma razão ou por outra, ou quiçá pelas duas, só aumentou o número de frequentadores, atraídos também pela bebida, que mantinha a temperatura dos sonhos. Tinha consciência de que os homens caíam por seus dotes físicos, mas a vaidade era escrava mesmo do movimento que abastecia o caixa, checado pelo menos de meia em meia hora. Esnobava os galanteios sem qualquer concessão. Fazia questão de encarar com suprema indiferença, como se fossem para outras pessoas. E não se ofendia se soubesse que alguém procurava o seu bar por causa do rosto e corpo que tanto estimulavam a imaginação dos homens quanto o ciúme das mulheres. E de fato a freguesia surgiu tímida e se avolumou num abrir e fechar de olhos por causa do bom serviço, da temperatura das bebidas, do humor dos garçons, do sabor do cardápio, bem avaliados, petiscos e pratos. O ambiente alegre, tudo combinado com os passeios que a dona dava de mesa em mesa, com risos de belos dentes por baixo do nariz arrebitado, sugerindo atrevimento dos rostos esculpidos a bisturi, e acenos delicados, ar de preocupação instantânea se observava qualquer sinal de quebra do padrão de atendimento. Tudo ali era limpo, bem arrumado e de modo especial eram recolhidos das mesas detritos e utensílios, depois de usados. E, se alguma quebra de presteza fosse observada a partir de reclamação de cliente, ela ficava brava e tomava o lugar do atendente, que, segundo se comentava, era retirado imediatamente do serviço, substituído por profissional pago exclusivamente para o papel de regra-três. A freguesia estava acostumada e de certo modo comemorava isso, porque a plantonista geralmente era garçonete, e uma delas era clone quase perfeito de Marylua, por sinal sobrinha dela, bem mais nova, e se diferenciava num ponto: só abria a boca em caso de extrema necessidade, e aí se via que era pura alegria. Alegria silenciosa, outra maravilha da natureza, a segunda no bar restaurante de Brasília Teimosa. Cilene era o nome da silenciosa suplente de garçonete. Suplente de garçonete com perfil sob encomenda, sutileza da proprietária, que entendia de serviços, bebida, comida, estética e marketing. Todos comiam, bebiam, riam, gastavam, enquanto a conta bancária dela engordava.

* * *

Na casa de frente para o mar de Brasília Teimosa, um pedaço de continente que invadia o mar azul límpido do bairro da soberba Boa Viagem, tudo era promissor até que um tsunami humano aconteceu. O Bar e Restaurante Marylua foi transformado em cenário de extermínio de quatro cabos eleitorais em formação do esquema DP, na infantil comemoração ao *start* da desenfreada e permanente caça ao voto, para um candidato a vencer eleições e realizar projeto político. Além de Pedro Penido, o jovem que falou demais na entrevista da porta do cartório ao jornalista Toni Arara, vieram mais três da lista de contas abertas do birô comandado pelo chinês. Eles eram de classe média baixa, mas pegavam bons bicos com os boêmios que peregrinavam pelos bares e restaurantes de Brasília Teimosa, cujos preços sempre foram focados nos níveis salariais de pescadores, carregadores de armazéns portuários e o grande comércio de Boa Viagem.

Foi ali, a passos da elegante e dedicada Marylua, que aconteceu a tragédia. O alegre bar restaurante estava reservado para um ato de terror. Tudo começou com a surpreendente presença de três mascarados que chegaram correndo, aproximaram-se dos rapazes e em segundos os esbagaçaram de pescoço para cima com saraivadas de metralhadoras. Os criminosos saíram correndo como haviam chegado.

No outro dia, a imprensa da cidade por inteiro carimbou o crime como ato do Esquadrão da Morte, a genérica entidade que elimina vidas humanas por interesse próprio ou de encomenda do comércio varejista dos extermínios. Como as organizações criminosas brasileiras não têm tradição de reivindicar execuções nem limite nas escalas do crime, é precipitado responsabilizar autorias nesse submundo da crueldade. A imprensa, por sua vez, só mantém casos policiais rumorosos em pauta até que outro seja cometido.

A Rádio Amigo Velho entrou na cobertura sem qualquer indicação de que pretendesse se jactar do furo na concorrência. O tom era de tristeza e pavor, estado em que ficou toda a população pernambucana. Um jornal associou o nome de Pedro Penido ao escritório do DP, registrando que ele morrera guardando segredo sobre a contratação para trabalhar "num escritório de política". Nem se falou de comemoração pelas inscrições, até porque os quatro eram frequentadores das sextas e eles ficavam com os olhos divididos entre as ancas da proprietária e o suor dos copos de cerveja, símbolo da esperança de aplacar o calor do Recife naqueles começos de noite, sempre que o mar estava em maré baixa, sem ventos.

A chacina dos meninos manteve-se na mídia local por algum tempo, mas, fugindo à praxe da sanha investigativa dos profissionais da área, ficou longe do foco das autorias. As famílias vítimas da tragédia, apesar de pobres, eram remediadas. Representavam segmento com alguma possibilidade de mobilização, e as fotos três por quatro publicadas pelos jornais identificavam-nos com a maioria das pessoas que tinham voz na cidade.

Veio a missa de sétimo dia, celebrada em praça de Brasília Teimosa. Entre três e cinco mil pessoas compareceram, ajoelharam-se, rezaram, cantaram e choraram a morte dos meninos. Chamou atenção o governador DP com sua comitiva, adornada por escolta formada de dezesseis jagunços ostensivamente armados. Os homens sisudos, vestidos de preto ou cinza-escuro, divergiam do chefe apenas no tom, pois o terno dele era marinho, bem cortado, abrandado pela gravata preta. Muito contrito, ora lendo e rezando baixo, ora com olhos fixos no altar, acompanhando os movimentos ditados pelo rito da missa, o governador na aparência sofria como os demais fiéis, dando-se ao luxo de ser dos poucos de paletó desabotoado, cultuando o conhecido cacoete de explorar o abdômen esguio. Os jagunços da segurança, visivelmente apreensivos, pareciam denunciar medo ou apreensão. Pesadelo, tristes sentimentos e maus pensamentos rolavam nos corações ajoelhados naquela praça de onde se ouvia o barulho do mar em início de maré alta e se sentia a chegada do odor das algas. Desilusões alimentadas pela corrida do homem na desenfreada luta para adensar as demonstrações de banalização da vida. Certamente nos corações mais sofridos se encontraria ali o verdadeiro amor que paira no coração do ser humano, o amor que liga mãe e pai aos filhos. O verdadeiro e único para sempre.

Marylua compareceu à missa, deixando na porta do estabelecimento aviso de abertura retardada para 21 horas. Ela chorou durante toda a missa e na saída sussurrou para o delegado de Boa Viagem, chefe da equipe de agentes que em número elevado ocuparam bancos da igreja:

— Além de ver com meus próprios olhos meninos que tinha quase como parte de minha família serem trucidados, me sinto agora na contingência de fechar meu estabelecimento. Sinceramente, a insegurança daqui aumentou, e eu perdi em parte os sonhos de trabalhar, de prosperar, de viver, delegado. Diante da minha absoluta impotência para socorrer aquelas crianças, só pensei que, sem força para proteger a quem precisa, nada se pode construir. Perdoe, delegado, mas hoje eu só vou abrir meu bar para não chorar sozinha. Mas sei que, após as primeiras doses, a toada será o som de lágrimas. Todo mundo ali se conhecia e se tratava como irmão. É duro, delegado, ver os pescoços de quatro meninos, quase filhos, arrancados dos troncos sob os riscos de luzes das balas. — Choramingou Marylua.

17

De roupa esporte, boné com propaganda de uma loja de tintas, óculos de sol, desacompanhado, ninguém imaginaria que na direção do jurássico fusquinha de cor bege bem conservada, sem viatura de segurança próximo para protegê-lo, estivesse a maior autoridade do estado, o surpreendente Dario Prudente. Ele foi até o fim do beco sem saída, onde estacionou o automóvel e voltou uns 20 metros para alcançar a pé o número 311 da rua do Orfanato. Enquanto crianças brincavam em escorregos dentro dos quadrados de areia e movimentavam bichinhos de plástico, ele chegou, retirou o boné antes de dar o bom dia musicalmente pronunciado. Em ritmos desencontrados, todos os meninos responderam, e o visitante, esforçando-se para passar simpatia, perguntou se ali era a casa de Mãe Benta.

— Sim, aí o coro se mostrou afinado, com a ajuda da voz-guia da orientadora mais alta.

Eficazes como o som de campainha estridente, as vozes alegres do orfanato levaram segundos para mostrar resultado: a dona da casa, com largo sorriso, realçado pela arcada branquinha e inteiriça. De vestido longo e alvo, próprio para a pele afro e enxuta da mulher que inspirava paz. Paz que ela irradiou à primeira vista e manteve até o fim do evento. De tão agradecido pelo que ouviu e recebeu, o visitante deixou baixar o espírito de algum ancestral dramático e se ajoelhou para acolher a mão aberta da Mãe Benta no beijo de despedida. Na curta caminhada até chegar ao automóvel, o governador teve a sensação de flutuar, tamanha era a leveza da carcaça que duas horas antes chegara ali pesada, e se não se arrastava era apenas por causa do chão que lhe faltava sob os pés.

Dali do sul do bairro de Casa Amarela até o Centro do Recife, o cliente de Mãe Benta estruturou a cilada para envolver a freira sensível aos apelos espirituais, independentemente da cor da religião. DP encorajava-se a recorrer a inspirações da Casa do Orfanato, porque "temendo faltar força para aguentar firme o balanço das ondas da vida", pediu conselho a Rachel. A freira indicou-lhe a Mãe Benta como sustentáculo para compensar a sensação da falta de uma âncora. Revigorado, o político estava pilhado para improvisar encontro a sós com a freira para lhe inocular "orientação", trazida do santuário. E o caminho foi o Seminário, onde o padre, consultado por telefone, se dispôs a aguardá-lo para uma emergência. E, lá chegando, segredou ao reitor:

— A campanha de rádio está sensibilizando até mesmo a classe rica. Até parece milagre. Mas pode ser obra de humano raro. Sabe o que aconteceu, reitor? Uma viúva de idade avançada, mas ainda forte, ativa e falante, de família conhecida do bairro do Espinheiro, me ligou hoje cedo, se dizendo sensibilizada com a situação do Seminário, e pediu audiência urgente. Resolvi ir pessoalmente à casa dela e, acredite se quiser, conversamos algo em torno de quinze minutos, e ela me passou cheque nominal no valor de duzentos mil reais. Aliás, antes que me esqueça, a doadora por questão de segurança recomendou que o assunto fosse tratado como segredo de confissão. E ninguém além de nós dois e da própria senhora pode sonhar com isso.

Inventou o governador a doação para desovar montanha de dinheiro arrecadado de prestadores de serviço do Estado.

— Isso será pegadinha? — Indagou desconcertado o reitor.

— Ou você ainda não calculou quantos meses de despesas de feira e supermercado estão aí nessa doação? — Insistiu o reitor.

— Imagino que de dois a três meses. — Respondeu sem convicção o governador.

— Um semestre. E já podemos até suspender o programa de rádio. — Corrigiu o reitor.

— Está tonto, reitor? Falei que era segredo de confissão e é. O cheque foi depositado em minha conta. Vamos simplificar. Passo cheque de duzentos mil em seu nome, e você vai agora mesmo ao banco, que encerra o expediente dentro de duas horas, e joga tudo na conta do Seminário. — Simplificou DP.

— Pode ser. Mas se o gerente implicar e eu precisar de socorro seu? — Duvidou o padre.

— Ligue para mim. Eu espero até a sua volta. É até bom, porque preciso tirar umas dúvidas com a irmã Rachel. Aliás, antes de sair, peça para ela dar um pulinho aqui, que nós vamos dialogar. — Cobrou a mercadoria o governador.

Saiu o reitor, veio a freira, e foram-se duzentos mil da conta bancária do conquistador, que ia pôr em ação o plano de aplicação do investimento pessoal que acabara de fazer. DP soltou carta do jogo de assédio assim que a irmã, de mãos geladas, se sentou em torno da mesa a sua frente:

— Temos novidade. Estou cheio de gás, uma força enorme que recebi dela, a Mãe Benta. Só a graça divina que recebi por seu intermédio poderia mexer tanto e tão positivamente comigo. Ela me tirou grande parte do peso que apertava meu coração. — Exagerou o político.

— E o que o senhor pretende fazer depois de se sentir livre da carga de obstáculos que enfrentou na caminhada de governador? — Fez média a freira.

— Primeiro, vou governar mais e melhor. — Passou dos limites DP.

— Por acaso, o senhor governa pouco? E o que muda, se o senhor for governar mais? — Replicou a religiosa.

— O Governo vai produzir mais, vai mostrar mais serviço, vai melhorar o bem-estar da população. — Profetizou o chefe do Governo.

— Desculpe, governador, mas desde o início de minha existência nunca soube que um governante tivesse melhorado o bem-estar de qualquer segmento da população — desconsertou a freira.

Sem nunca ter passado pelos exageros do assédio de um homem para lá de enrolado, a religiosa acumulava razões de sobra para se sentir insegura e variar tanto de posicionamento em relação aos ataques do também imaturo conquistador. Ela chegava ao ponto de perder a paciência, como diante de mais esta pergunta dele:

— Que dúvidas a irmã ainda tem a respeito da proposta clara que fiz e tenho repetido? — Voltou ao assédio o governador.

— Lá vem ele de novo. Por que a qualquer pretexto o senhor envolve meu nome em projeto de Governo, mesmo sabendo que, se eu me atirasse em processo de licença da ordem, nada aconteceria antes do final do seu Governo? — Indagou a freira na tentativa de um chega pra lá na aceleração do político.

— Porque uma luz me guia. E quem apontou essa luz agora foi a Mãe Benta. A senhora precisa conhecer a previsão dela sobre o nosso destino. Simplesmente isto: nós dois estamos unidos por uma tarefa importante e urgente. Em breve nós estaremos juntos, por uma causa histórica, segundo leitura dela.

Por mais que se esforçasse para transformar a força da Mãe Benta, DP obtinha pouco resultado nas expressões da freira.

— Previsão? A Mãe Benta fazer previsão sobre o futuro de um político, de alta autoridade, vamos lá que seja. Mas de uma freira no meio da carreira, qual o sentido disso? Fora que entre nós dois há diferenças intransponíveis e na aparência quase nada a ser feito em comum. — Jogou água fria na relação a irmã.

— A senhora esquece que estamos apenas iniciando a caminhada, e vou repetir agora as palavras dela, que ouvi poucas horas atrás: "Trabalharão juntos, vencerão juntos e se houver outro mundo estarão juntos quando chegar a hora da mudança."

Teimou DP, queimando cartucho até da perspectiva de vida eterna dos dois.

— Se eu falar agora, talvez lhe cause mal-estar, porque estou longe de me imaginar fora do Convento, separada das irmãs, desgarrada de meu ofício diário naquela aconchegante cozinha. — Confessou a freira.

18

O delegado Chaparro, de Boa Viagem, frequentador fundador do Bar e Restaurante Marylua, levou algum tempo para retomar os jantares de quinta-feira, onde nos bons tempos compunha mesas de seis a dez pessoas. Surpreendendo a todos que o davam como transferido para alguma delegacia do interior, chegou abatido, pondo em dúvida se conservava as características de bonachão, camarada, bom prato, bom garfo, boa conversa. Era como se a chacina o tivesse atingido tanto quanto a Marylua e aos acompanhantes, em número reduzido para o retorno. Pediu mesa pequena ao lado da tradicional, de onde observava nas noites de lua a movimentação do mar e tinha domínio da chegada e saída dos fregueses. Foi recebido pelos garçons, já que a proprietária havia ido ao supermercado em busca de suprimentos de última hora.

Parece que ela adivinhou. Trouxe as pimentas-de-cheiro. Sorte dela e dele, pois o complemento era indispensável no prato do delegado, uma peixada pernambucana, com legumes da época e ainda por cima ovo cozido, tudo complementado com pirão de farinha fina. Estava na temporada da cioba, peixe de sabor marcante, e foi a cioba que trouxe Chaparro de volta. Ele voltou ao restaurante de suas noites de fazer confidências. Só que as daquela noite deixariam de ser dele para ser dela. E, em vez de confidências, ela fez desabafo com descrições fortes e explosão de ódio à indiferença dos poderes públicos contra o crime. Quando falava sobre a chacina, todas as suas palavras eram marcadas pela dor que lhe comprimia a alma. Se reapareceu para sessão de descompressão de suas agruras da caça aos criminosos como quem apelava para massagem nas costas, o delegado se deu mal, porque as aplicações foram na cabeça dele; e o instrumento, pau puro. Mais magra e abatida, Marylua conservava a beleza, agora inspirando mais delicadeza, pelo menos. Meio arisca num primeiro momento, ela foi anotando os pedidos enquanto o delegado a interrompia para saber como iam os negócios.

— Acabando, delegado. Aqueles tiros disparados — tenho quase certeza — por mãos vestidas de luvas oficiais levaram pedaços de todos nós, e a minha casa desmorona a conta-gotas, a pingos. A cada dia perco um pouco, e todos os acontecimentos que se seguiram à tragédia vão amortecendo, vão matando também a minha esperança e a de meus funcionários. Os melhores foram atraídos para outras casas. Até mesmo a sobrinha de quem eu morria de ciúme, porque a freguesia masculina só tinha olhos para ela. Pois é, a Cilene se mudou para uma churrascaria. — Lamentou Marylua.

— A senhora tem ideia de que bando era aquele? Seria mesmo o pessoal da droga? Já recebeu proposta ou sondagem de interessado em comprar o restaurante, dos tipos de olhos grandes que surgem na espuma do sucesso? Ou será que algum lixo acumulado ou o barulho de fregueses abusados teriam gerado a ira dos vizinhos incomodados? — Fingiu inocência o delegado.

— Lixo? O único imóvel de toda Brasília Teimosa com contêiner vedado e próprio que conheço é o do meu bar. E o único barulho que incomodou a vizinhança foi o da saraivada dos bandidos. Por acaso o senhor veio aqui pensando que eu acredito na sua inocência, ou tenta me fazer algum tipo de lavagem cerebral, me retirando do lado das vítimas, que é o meu lado também, para me pôr do lado dos criminosos? Era só o que faltava, delegado Chaparro. — Reagiu inconformada a dona do bar.

— Que interesse teria alguém da polícia ou de mandante dela para ceifar a vida de quatro jovens, se nem certeza havia de que eram da droga? — Inquiriu o delegado.

— Agora, o senhor me apertou sem abraçar. Se a polícia faz essas perguntas, o que restaria à testemunha ocular do ataque criminoso e às famílias das vítimas? Será que só me resta apelar à justiça divina para castigar quem matou inocentes e indenizar quem recebeu os estilhaços das balas e acolheu o sangue dos meninos? — Ironizou Marylua.

— A senhora parece que está me estranhando, hoje. — Complicou Chaparro.

— Sim. Após anos de convivência, custa-me crer que o senhor sofra do mal do autismo. Nasci e me criei nesta comunidade, que se formou lutando por pedaços de terra na beira da praia. E quem nasceu em casa própria e valorizada combatia a ferro e fogo aqueles intrusos que, vindo de fora e sem recursos, ainda tinham a ousadia de querer se estabelecer construindo barracos. Meus pais intrusos chegaram aqui em grupo formado para conviver com o preconceito e o enfrentamento desigual que fez a nossa comunidade forte, unida e sem concessão à adversidade. — Exaltou-se a dona do negócio.

— Quem aqui tem medo do enfrentamento? Eu, por acaso? — Incomodou-se Chaparro.

— O delegado à minha frente está incompleto. Ou o senhor se finge, ou acha que me finjo de morta. Por que o senhor se cala quando eu declaro que os criminosos pertenciam a uma corporação oficial? Olha aqui, delegado, o rotineiro exercício de estender as amarras dos barcos para prender em troncos e mourões da prainha nos ensinou a esticar a corda. Pois eu vou ao limite. Negue agora, se for capaz, que foram policiais, ou pior, estudantes de polícia que cometeram a monstruosidade do assassinato coletivo. — Apertou Marylua.

— Comadre Marylua, desculpe-me se fiz perguntas idiotas. E, pelo amor de Deus, pare de chorar, que minha intenção foi outra. Aliás, vou soltar a pergunta que este tempo todo tenho presa na garganta: alguma vez os policiais vieram conversar com você? — Fez-se de tolo o policial.

— Não, graças a Deus, não. Queria conversar com eles coisa nenhuma. Eu não sou confeiteira de bolo e muito menos de bolo de policial. Meu desejo era ser intimada a depor como testemunha na delegacia, responsável pelo inquérito. Por que faria sentido conversar aqui? Aliás, passe para o seu chefe imediato e lhe peça para chegar ao governador uma informação preciosa para as investigações, que duvido fazerem parte do inquérito: os atiradores eram mais ou menos da mesma idade, vestiam-se bem e todos tinham o cabelo cortado rente. Quer saber, delegado? Eram pessoas pertencentes ao mesmo grupo profissional. — Apertou Marylua.

— Eram militares ou aprendizes, repito. Eles foram recrutados do serviço público para invadir um estabelecimento privado e matar meus fregueses. E, se houvesse justiça neste país, o pequeno depósito onde coloquei e guardo até hoje a mesa com os estilhaços de corpos, copos e garrafas já teria sido aberto para exame pericial. Isso aconteceu, delegado? — Forçou a proprietária do bar.

— Compreendo sua revolta, mas a senhora pode estar fazendo juízo precipitado. — Tentou aliviar Chaparro.

— Quer saber, delegado? A nossa amizade pode até perdurar. Mas a sua presença nesta casa eu vou dispensar. E a lembrança que vou ter do senhor estará para sempre associada à dos facínoras e mandantes que espalharam pelos ares pedaços dos meus meninos fregueses. — Apelou Marylua.

— A senhora está exaltada. Parece nervosa. — Tentou acalmar Chaparro. Em vão.

— Se existe uma autoridade maior neste estado, deve existir um intermediário para o senhor fazer chegar a ele esta informação. Droga pesada, álcool, fanatismo, preconceito, inveja, ensaio bestial do Esquadrão da Morte, nada disso comandou a operação sangrenta. — Bateu firme a dona do estabelecimento.

O antigo freguês de Marylua tinha procurado o bar de Brasília Teimosa com o sonho de reviver noites de pré-início de fim de semana para se esquivar dos sentimentos de frustração que o atormentavam naquele dia de término da missão mais delicada e mais frustrante de toda a vida profissional. Os trinta anos de policial foram julgados naquele dia e receberam como sentença nota humilhante. Chaparro estava condenado e, antes de voltar para casa, ver a mulher e os filhos, quis ganhar gás na mesa de seu refúgio. Era o primeiro contato que tinha com o mundo civil depois da luta insana e do castigo verbal por mau desempenho que ouviu do coronel Machado. Afinal, ele martelara a cabeça por três meses, tentando descobrir que fim tinham levado os bois e os bens permanentes do governador e da fazenda assaltada.

* * *

O policial dirigiu-se ao restaurante depois de entregar o inquérito ao secretário de Segurança Pública, que o leu de um fôlego. E comentou:

— Muito fraco. Um fiasco, delegado. Foi para produzir peça deste quilate que você adquiriu o diploma de bacharel e a aprovação em concurso público de delegado? Dê graças a Deus pela tábua de salvação posta à disposição de sua modesta capacidade. Vai ser salvo porque a vítima, ou seja, o nosso governador, até há pouco de calças na mão, está jogando o anel fora para salvar os dedos. Ele quer sair urgentemente dessa encrenca, antes de cair na mira da imprensa do Sul.

Pior para o secretário de Segurança, coronel Adauto Machado, cujo currículo dava dó. Era oficial graduado na rabeira de sua turma na Academia de Polícia, inveterado acendedor de cigarros dos chefes, único recurso até então movido para lhe alavancar a carreira, coroada com o comando da Secretaria de Segurança Pública, onde entrava em pânico quando publicavam ameaças ao emprego pela falta de capacidade. A entrega do relatório ensejou o confronto de um policial ansioso com um desesperado.

Mas, voltando ao auxiliar mais prestigiado do general, justamente o delegado Chaparro, o ansioso. Ele havia passado meses pensando no cumprimento de grande missão que completaria sua coleção de medalhas e comendas para enfeitar roupas em grandes eventos após a aposentadoria. Já o secretário queria esticar o quanto possível a presença de DP no Palácio do Campo das Princesas, porque só um inocente lhe daria a oportunidade de imperar no pardieiro da rua da Aurora. Estavam os dois naquele momento medindo perda de forças, e coube ao delegado pedir clemência:

— Se o senhor protelar a entrega do relatório ao governador, quem sabe ele esquece disto? — Procurou abrigo para se esconder o investigador.

— Apesar da insolência e quase desrespeito à pessoa do governador, vou lhe dar uma oportunidade. Você vai ser salvo porque, como eu disse, o governador está totalmente descoberto. O homem se pendura agora numa brocha de 30km. O acesso à fazenda estorricada, que serviu de rota para os ladrões, foi de fato doação de amigos ocultos.

Ao ouvir aquilo, o delegado silencioso recitou dois ditados: "Quem rouba de ladrão tem cem anos de perdão", mas "quem tem cu tem medo".

A humildade do delegado ao assumir o medo no mínimo foi a atitude mais conveniente. Afinal ele estava em desvantagem, quando entregou o papelório ao chefe imediato sem apontar um boi vivo ou mesmo um boizinho dos folguedos de São João. A dança que rolou foi do trio de ouro: DP, Adauto Machado e Chaparro.

— Ora, secretário, percebi que a propriedade ficava isolada, distante de tudo e com a via de asfalto novinha em folha. Havia até um barranco como ponto natural para embarcar o gado. O pasto estava escasso e o rebanho faminto, portanto presa fácil de quem fizesse volume de ração perto da cerca. — Tentou amenizar para seu lado o investigador.

— E por que não escreveu isso no seu relatório, seu barnabé?

— Inquérito não é suposição, nem impressão. Sem uma só testemunha nem recursos para examinar tocos, pedaços de estacas ou tábuas que sobraram, o que é que o senhor queria que eu fizesse? — Indagou o delegado.

— Você é um homem de sorte. Pois, se algum dia precisar declarar a origem dos recursos investidos na obra, será obrigado a esconder tudo ou revelar que os 30km de asfalto foram doados por uma empreiteira baiana, cujo representante conheceu nos passeios de lancha pelo lago Paranoá, povoado por um molusco, o *Lobber brasiliensis*. Viagens a Brasília sempre "atrás de verbas" se prestam a tudo.

Chaparro ouvira aquilo, morto de vontade e medo de fechar a boca do coronel; e, ao tomar o automóvel, esqueceu-se da casa, dos filhos, da mulher ou dos amigos e correu para o bar e restaurante de Marylua. Perto da meia-noite, percebeu que dera com os burros n'água. Cabisbaixo, com a moral embrulhada nas vísceras, ainda deu uma olhada para o mar, onde viu as boias de um barco de pesca balançando, e se imaginou tentando se agarrar numa delas para evitar se afogar com tanto desgosto, quando lhe surgiu a ideia de que, se tentasse tal gesto naquela noite, era capaz de um braço traiçoeiro lhe descer o leme fatal na cabeça.

Com as mãos na direção do automóvel e a cabeça pelos ares, o delegado fechou a noite arrependido, quase se confessando:

"Bem-feito para mim, que sempre fui meio babaca. Quem me mandou escolher profissão tão vulnerável e ainda por cima cercado de más companhias? Diz-me com quem andas e dir-te-ei quem és", foi esse o ensinamento evangélico que deixei de seguir, quando me candidatei a delegado e me fiz polícia, e polícia do governador em vez de policial de Estado".

19

Os padres Franco e Fernando cercavam a mesa para a primeira refeição do dia, e as xícaras cheias sob o frio engrossavam as nuvens de fumaça como se fossem tampas em movimento. Mesmo assim, a temperatura do café ficava bem abaixo da que embalaria dali a instantes a conversa dos dois. O reitor havia celebrado a missa das freiras; e o prefeito de disciplina, a dos seminaristas. O clima de paz à mesa deveria ser apenas a vinheta a separar o ato litúrgico da grade de aulas. Mas primeiro precisavam recarregar as baterias nas graças de boa culinária. Por iniciativa do reitor, veio à tona mais uma vez tema para lá de explosivo:

— E as investigações do assalto à despensa, alguma conclusão, padre Fernando? Nunca mais se falou disso. — Provocou o reitor.

— Verdade. Parece até inquérito de queda de avião, cuja sequência é a queda de outro avião e depois as profundezas do esquecimento para as vítimas da primeira queda e assim por diante. Mas, no caso do assalto à despensa, nos aproximamos do desfecho. Finalizei o relatório, distribuí cópias com a comissão de apuração e dei prazo de uma semana para me devolverem com as revisões. — Explicou padre Fernando.

— Alguma revelação bombástica? — Ironizou o reitor.

— Bombástica? E que tal se lhe responder que o resultado colhido deu no óbvio? Teve a participação de gente da casa no roubo do nosso depósito, possivelmente o caseiro Amâncio, que tinha três funções convergentes com as intenções dos saqueadores: era o responsável pela segurança da entrada principal, guardava cópia de chave do depósito e... — Esquentou o clima o chefe do inquérito.

— A terceira nem precisa mencionar, porque conheço seus pensamentos e o tamanho do seu dedo indicador quando precisa apontar culpado. Você acha que ele é vulnerável às más intenções de qualquer estelionatário que ameace tornar públicas as preferências sexuais dele. Sei bem do preconceito que povoa essa cabecinha contra o nosso mordomo, que por diversas vezes você tentou me vender como presa fácil de ardil dos chantagistas. Portanto, ele deu cobertura aos ladrões para que se abastecessem sem deixar vestígio. — Tomou as dores do mordomo Amâncio o reitor.

— Menos, reitor. Menos paixão, magnífico reitor. No relatório, Vossa Magnificência... — Solenizou o chefe da investigação.

— Para que tanta cerimônia? Quer me zoar? O superior daqui ainda sou eu, mereço respeito. — Melindrou-se padre Franco.

— Você vai ler o depoimento comprometedor. É do ex-chefe de compras do Armazém Dourados, aqui mesmo em Olinda. Ele garantiu que ali foi descarregada de um caminhão grande quantidade de mantimentos, alguns produtos a granel ou mal embalados. Tudo isso no final do dia daquele almoço oferecido ao bispo visitador com a presença do governador. — Detalhou padre Fernando.

— Vou te interromper novamente. Sua vontade férrea de apresentar relatório contra o caseiro enfraquece, quando você o atribui à revelação do segredo a um ex-funcionário do comerciante corruptor. — Expôs-se o reitor.

— E você queria o quê, reitor? Que o dono do armazém confessasse que comprou mantimentos roubados dos padres? Eu pessoalmente estive duas vezes com o denunciante. Uma delas no barzinho de Porto de Galinhas. O bar-mercearia, que abriu com a indenização recebida do Armazém Dourados e que vai de vento em popa. E sabe por que ele foi demitido? — Treplicou o chefe do inquérito.

— Apresente a resposta-bomba. A bomba atômica de seu segredo de polichinelo. — Achincalhou o superior.

— Ele ouviu do motorista do caminhão do roubo, transportador de nossos mantimentos: "os padres são uns tolos, pois entregam a chave da despensa a um hermafrodita, que morre de medo de perder o emprego". Esse depoimento consta do relatório como estou lhe falando. E o depoente foi demitido porque reprovou a atitude desonesta do patrão.

Amenizou padre Fernando.

— Sim. E quem quer ficar no desemprego num país como o nosso? — Amenizou o reitor.

— Reitor, decida se você quer saber do resultado das investigações ou quer isentar um suspeito. Nesse último caso, me destitua da comissão de inquérito agora, antes de eu assinar o relatório e lhe entregar com cópia à sede do Bispado. — Bateu o padre professor.

— Queria apenas isenção dos investigadores para evitar injustiça contra um trabalhador de minha confiança, mais antigo na casa do que todos nós e que, por ser negro e ter lá suas preferências sexuais, carrega na testa uma plaquinha com a palavra-chave dos investigadores: "Culpado." — Apelou Franco.

— Com a autoridade de quem enverga 70% de afrodescendência, asseguro que fico do lado da minha gente, quando nós estamos com a razão. Eu sou refratário a cotas. E, quanto à preferência, aposentei cedo as aptidões muito definidas e, se eu me privei do que a natureza me facultou, como me oporia a quem talvez sequer tenha descoberto as suas? Amâncio entra assexuado no inquérito e dele sai inteiro, mas vai ser incriminado. — Engrossou o caldo o chefe da equipe de investigação.

— Conclua, padre Fernando. — Falou bem incomodado o reitor.

A discussão acalorada em momento algum interrompeu a tertúlia gastronômica, testemunhada por freiras. Entre canecas de sucos, os padres briguentos iam apreciando carne de sol e queijo do sertão derretido, tapioca, tubérculos de solo frouxo, mole de se servir de colher. Por sinal, de modo espontâneo, talvez motivada pelo cansaço dos dois, rolou discussão sobre um subtema: dois tipos de tubérculos que se confundem, inhame e cará; e serviu para acalmar os ânimos. E acalmá-los e tirar o padre reitor da sombra da incerteza, porque padre Fernando, nascido em propriedade rica em hortaliças, era um craque no ramo dos tubérculos, e ele trocou a azeda discussão sobre Amâncio pela agricultura familiar, a única atividade que o pôs em dúvida alguma vez sobre a profundidade de sua vocação. Quanto à carne de sol, concordaram que havia de boi, de ovelha, de cabra e de porco.

— Conclua sua chorumela, seu padre Fernando.

Esta o padre reitor soltou em tom de brincadeira. Mas Fernando ainda portava munição:

— Vou concluir. Vou concluir no relatório escrito. Agora, o que ouvi da testemunha informal, o dono do bar de Porto e ex-chefe de compras do Dourados, foi o seguinte, se eu puder concluir: quando deu ordem ao motorista para fazer o serviço, o mandante orientou com instruções esclarecedoras. "Ao surgir o primeiro sinal de chuva forte no nascente, vá no caminhão até o portão do Seminário. O portão vai estar fechado. Dê três buzinadas seguidas, a primeira curta, a segunda um pouco mais longa e a terceira até aparecer o caseiro na frente do portão. Ponha a mão esquerda para fora do vidro pedindo para abrir. O homem vai abrir, você entra, ganha pequena distância do portão para ele fechar, depois lhe oferece carona. — Detalhou o padre prefeito de disciplina.

— O caseiro foi ouvido? — Insistiu o reitor.

— Recusou-se, alegando que só deporia se fosse autorizado por você. — Respondeu por cima da carne-seca padre Fernando.

— Mande para mim a cópia do relatório. Vou ver depois o que faço. Deus me livre da tentação de avalizar um roubo, de agir com leniência diante do crime de um predador. Mas é indiscutível que foi um grande negócio descobrir que através da rádio podemos fazer campanhas para abastecer uma, duas, dez comunidades. — Pregou o reitor, tentando aliviar o clima.

— Já eu considero a descoberta positiva pelo outro lado. Seria uma subversão de valores transferirmos para terceiros o sustento do Seminário, tradicionalmente mantido pelas famílias dos seminaristas.

Padre Fernando, aí pensando como privatista, caprichou na formação dos padres como responsabilidade exclusiva de suas famílias.

As duas cadeiras foram arrastadas simultaneamente, e os debatedores, tão divergentes na prosa, eram no fundo muito parecidos nos sonhos, embates e desilusões.

20

Era questão de honra para o governador. Ele não dava o braço a torcer com relação às críticas da imprensa e propagava aos quatros ventos que passava longe dos noticiários de rádio e televisão. Com impressos, por concessão à própria vaidade, prendia-se a critério seletivo, privilegiando temas e autorias. Temas, tudo o que enaltecia sua administração. Autores, só os que sem tergiversar o reconheciam como gênio da administração pública, ás na política, estadista quando se tratava de redesenhar Pernambuco para chegar ao século 21, com o aposto de Leão do Norte Ressuscitado. Essa ojeriza à mídia conservava, no entanto, uma traição muito bem escondida. Na prática, ele passava por cima da rigidez, pois não dispensava seu radiozinho de pilhas, mantido em gaveta que só ele abria e fechava, jamais na frente de alguém da casa ou de fora. Mas de uma hora para outra virou hábito escutar o radiozinho na hora de programa do Pedrão. Tudo secretamente. E foi durante expediente interno que flagrou Pedrão aprontando com ele. O tema era doença que lhe foi imputada pelo comunicador sem detalhar sintomas ou mencionar fontes da informação. Simples assim: "Trata-se de grave depressão, que obriga o chefe do Estado a passar a maior parte do dia isolado." E, como se quisesse atenuar a enfermidade que acabava de "descobrir", anunciou também a "circulação de uma corrente pregando solidariedade, apoio, aplausos e orações pela recuperação de nosso estimado DP". De quebra, sugeria que canalizassem as manifestações escritas através da produção do programa "aos cuidados do apresentador Pedro Boa Sorte, ou simplesmente Pedrão". Ao ouvir a monstruosidade, o governador não pensou duas vezes para trancar o rádio transistor, falando sozinho na gaveta, e convidar o padre reitor para reunião urgente.

Quando deu de cara com DP, padre Franco amarelou ao perceber o rosto do homem, que pela primeira vez via na tonalidade vermelho-pimentão. Ao levantar a mão para cumprimentá-lo, pensou em reclamar de Deus por não o ter advertido sobre o estado deplorável do grande líder. O político estava de meter medo. Impressionado, o padre pensou que, se aquilo não fosse uma criatura de carne e osso, seria uma estátua de cera para personificar a ira. E, irado, o governador o recebeu na porta, sem dar uma palavra, embora tenha estirado a mão trêmula. Ato seguinte, trancou a porta por dentro. E, como se vomitasse, partiu para cima do agressor, perante o padre reitor:

— A vontade que tenho é de contratar um pistoleiro para no mínimo castrar aquele seminarista Má Sorte, Maldita Sorte, inventor de doença depressiva para mim. Eu estou deprimido, reitor? Você já me viu macambúzio, choramingando pelos cantos e limpando lágrimas com punho de camisa? Vontade de chorar eu tenho agora de raiva de mim mesmo, porque me compadeci da invasão da casa do Seminário e aceitei dar voz àquele deletério na campanha de reabastecimento do armazém de vocês. Que força, que interesse move um candidato a religioso a expor ao ridículo a maior autoridade do estado, submetido agora ao papel de beneficiário de uma famigerada corrente popular com pedido de apoio, solidariedade, oração, o diabo a quatro?

O reitor, que estava pasmo, encontrou ali a brecha para apartear:

— Por tudo que é sagrado, não profane, aproximando palavra sagrada como oração de outras impronunciáveis por um pobre sacerdote ou por um cristão na frente dele. Tem mais, governador, o senhor já viveu o suficiente para barrar fofoqueiros que se aproximam das autoridades para os inocular, que podem ser letais para elas e perigosos para seus próximos. E agora, neste momento, me sinto atingido por sua fúria, percebo o ensaio de sentimentos de ódio vindo do meu interior, que jamais deveria brotar da alma de um sacerdote. Imagino só que desejos maus o devem aturdir neste instante.

O sermão do padre mais agravou do que apaziguou o atormentado DP, que reagiu com ideia extremada:

— Eu quero sangue. Eu preciso ver aquele salafrário sofrendo no mínimo um corte na carótida com lâmina afiada, uma navalha de barbeiros com toda a fauna que acumula de clientes de natureza ruim como esse Pedro Boa Sorte. Eu exijo enforcamento dele. Não em praça pública, porque ele teria momentos de celebridade, mas num buraco escavado nas profundidades do solo.

A inesperada pausa do governador, no meio do surto de ira, motivou o padre a abrir finalmente a boca:

— Menos, governador. Um homem público, um chefe de Estado, é proibido de perder a razão. As asneiras que você acaba de cometer passam do razoável. O limite do líder é a razoabilidade. E o que acaba de falar o põe fora e longe disso. Aterrissa, que precisamos conversar. — Aconselhou o padre, exercitando deveres sacerdotais que se ausentavam dele sempre que começava a conversar com o governador em estado natural.

Nesse episódio, o padre conteve-se a ponto de manter a liturgia da função e pôde assim encarar o parceiro DP, mesmo depois que ele alcançou o estado de apoplexia. As faces vermelhas como se o sangue fervesse eram uma ameaça. Mas o reitor se investiu do pulso forte.

— Castrar. Só me sentiria desagravado encomendando a um pistoleiro de aluguel a castração de um ser abjeto como esse padre seminarista. — Ameaçou o indomável DP.

— Desculpe-me, governador, mas o senhor em estado colérico está sem noção, exagerando na opção por esse tipo de castigo. Seria redundante castrar um futuro religioso. O voto de castidade é autocastração. Esse estágio está previsto na carreira estudantil dele. Pense medida aplicável e necessária. Isso, sim, é o razoável — aconselhou o padre em raro momento de exercício de sua autoridade em atuação conjunta com o governador.

— Pergunto: de que adianta sedar a virilha de quem armazena a testosterona no bolso? — Suavizou Franco.

— Ele me pôs foi na fogueira, que deve incendiar a cidade a partir de agora. Como vou sair pela rua e encarar curiosos para ver a cara de um governador deprimido? — Insistiu DP.

— Acalme-se, governador. O senhor não pode acreditar em todo mundo. Sem ver televisão, ouvir rádio nem ler jornais e revistas, vai viver sob o fogo cruzado de pessoas do mal. Acompanhe a mídia, em vez de acolher leviandades de intrigantes de ocasião — argumentou o padre, deixando o governador em posição delicada, pois estava impedido de confessar seu chamego com o radiozinho da gaveta.

— Por questão ética, vou omitir a fonte que me repassou os ataques infames do radialista. E o que se faz agora para evitar a contaminação do povo, que vai disseminar não uma, mas dezenas de correntes, incentivando as tais manifestações de apoio? Isso vai ser uma aporrinhação. O que vou responder, quando nas solenidades os desavisados ou mesmo um gaiato — com o intuito de chafurdar a porra desta administração capenga — perguntarem sobre a suposta doença? Vou sorrir, agradecer, desmentir? Aliás, ficam suspensos eventos coletivos neste palácio e todas as viagens programadas para o interior por noventa dias a partir de hoje. E quero desmentido forte de imediato, a ser lido por seu Pedro Boa Bosta.

O governador bota tropa nas ruas com essa declaração de guerra.

— O caminho para desfazer o boato, se for da lavra de profissional neófito ou suspeito, é outro. Desmentir só vai dar força ao enunciado. O silêncio dos ofendidos é o meio mais eficaz de passar esponja por cima da injúria, como se fosse apenas uma leve camada de vento do começo da noite. — Aconselhou o padre, sempre querendo desinflar o ambiente, relevando o assunto da depressão e da famigerada corrente.

— Aliás, corrente é crendice de gente de baixo nível de instrução, e o que se deve fazer para cerrar seus efeitos, o melhor é deixar por aqui. Igual a dano de batida de carro. Transformar o acidente de automóvel em pingue-pongue de culpa só adensa o prejuízo.

Esse último conselho pegou o governador em fase de esgotamento ou tocou o seu ponto de fusão:

— Proíba esse seminarista locutor e os redatores de falarem em governo, governador e sobretudo em meu nome. Concordo com você num ponto. Nem precisa de desmentido ou de qualquer tipo de esclarecimento, porque isso só vai botar o balão de merda para subir mais e daqui a pouco espalhar tudo na cabeça do povo rude morador da periferia. — Orientou o governador.

— Pelo amor de Deus, governador, quem contextualiza e conceitua para a produção sou eu, o reitor do secular Seminário de Olinda. Os meninos trabalham sob meus cuidados. De algum contrabando ninguém está livre e pode ser que, no afã de dar assistência, como se fala no futebol, tenhamos tomado bola nas costas. Mas, já que o senhor me deu a deixa, vou redobrar a atenção aos virtuais riscos de inclusão de muambas nos programas. — Tentou tranquilizar o reitor.

O governador, que ainda estava por se convencer da influência do reitor na redação e mesmo na narração da campanha do rádio, jogou mais lenha na fogueira, já agora para desmontar o padre:

— Se você policia tudo, me explica aí que campanha é essa dos selos. O seminarista locutor está usando meu nome para arrecadar selos e a falsa doença para pedir que os ouvintes comprem no guichê do correio as estampilhas no valor da postagem de uma carta e mandem junto a quaisquer cartas que desejem encaminhar ao Governo do estado através da emissora. Como o endereço é o escritório da produção do programa, ele vai embolsar esses selinhos. Você faz vista grossa disso por pura ingenuidade. — Solicitou o governador, anexando ao pedido um ataque.

Sempre disposto a aliviar para Pedrão, o reitor se saiu com esta pérola de inocência:

— Mas eu sei onde e o que ele faz com os selos. Pedrão é colecionador e tem contatos com o mundo todo. Esses selos serão usados para postagem de cartas que remete aos parceiros no movimento de permutas.

Descrente, o governador contestou o argumento do reitor:

— Se fosse outra pessoa na posição dele, até se poderia acreditar que se trata de atividade filatélica. Mas, em se tratando de Pedro, aprendiz atrevido de radialista achacador, o movimento é enviesado de propósito para vazar grana no bolso dele.

— Vou ver isso, governador. E, voltando ao tema da doença, eu sei que, se o senhor estiver afetado, deve ser mal passageiro. Que nome o senhor daria ao probleminha que visivelmente o deixa abatido vez por outra, que está em movimento ascendente?

Para mudar de assunto, o reitor cometeu a indiscrição, adicionando ao receituário a doença do governador.

— Hermínia. Chama-se Hermínia, cuja história matrimonial comigo chegou ao fim. — Segredou o chefe do Governo, já correndo do assunto que ele havia agravado.

Muito rápido, o reitor ficou desnorteado e pediu detalhes:

— Que assustadora surpresa. O que houve nesse casamento que eu celebrei, quando debaixo de minha bênção vocês fizeram promessa de amor eterno?

DP subiu nas tamancas:

— Entre os humanos, tudo o que é eterno só é eterno até se acabar. E com pedido de perdão, pelo extravio de sua bênção e de nossa promessa desfeita com a tortuosa caminhada, comunico-lhe que o casamento era de humanos e se acabou.

— Que pena. Você vai ser ave rara na galeria de governadores, aliás, desconheço governador sem a simbólica figura da primeira-dama. — Advertiu inutilmente o padre, a quem o interlocutor tentou reanimar:

— Isso eu resolvo. Depois que ela desocupar os aposentos do Palácio das Princesas, vou atrás de uma pessoa mais afinada com o ofício e comigo. E vamos parar, porque nosso recanto de relatar, encenar e discutir dramas é Triunfo. Cuida de organizar a viagem que combinamos. E lembre-se de levar a irmã Rachel, que nós vamos precisar nos alimentar bem. E a receita está com ela.

— Ela vai, sim. Vou conversar com a madre superiora. Vou fazer isso até com antecipação, hoje ainda. — Prometeu o reitor.

* * *

Os dois foram recebidos na porta do refeitório da Pousada de Triunfo pela irmã Rachel, de hábito leve, cor azul-clarinho, com os acabamentos em cima dos ombros para esconder o pescoço, a cabeça, já que todo o corpo, excetuadas a face e as mãos, deveria ficar escondido. E o governador deu asas à pontual religiosidade:

— Deus é grande. Você aqui, irmãzinha, Nossa Senhora de Triunfo te abençoe. — Rogou DP, beijando a mão da freira e levantando a sua esquerda para tocar-lhe o ombro.

Mas a esperta religiosa se esquivou, inclinando-se para o lado direito, e ele ficou com a mão e cara bobas no ar.

Depois do café, o governador, deixando-se passar por carola, acompanhou o reitor na curta passagem pela capela para agradecer aos santos pela viagem e a primeira refeição do passeio à serra restauradora de almas e carcaças humanas. Apesar de apressados para chegar aos aposentos, ainda se ajoelharam a pequena distância, e cada um fez a sua oração. Verdade ou falsidade, ambos saíram se jactando de ter pedido a Santo Antônio a graça de um bom retiro. Para o governador, a graça veio. Pois, apesar de a freira lhe ter negado o ombro, ele desfrutou a manhã inteira do perfume que roubou do dorso da mão dela no beijo do reencontro. E, na sala de reuniões, em torno da mesa, conversaram, só os dois, item por item da pauta. As discussões correram em clima de harmonia, cordialidade, sem divergência, muito pouca objetividade e platitude, como esta do governador sinalizando para encerramento de capítulo:

— Padre reitor, viver é conquistar tecnologia, e nós elevamos a rádio à condição de alavanca da filantropia, da mobilização de comunidades para as obras sociais. Sei que isso é pontual. Mas, emergencialmente, nem precisamos mais testar outros mecanismos. Daqui até outubro a gente conduz o programa da rádio, ainda à cata de donativos, mas é bom ir desacelerando. Um programa diário sempre oferece risco para quem se expõe, e esses radialistas da palavra rasa e bolso fundo são umas saúvas. Quanto mais cedo se encerrar esta campanha, menos exploração do povo e menos assombração para a nossa administração. Aliás, no Governo, cada vez mais me socorro do ditado preferido da minha avó, que costumava aconselhar a se ter cuidado com o manejo das mãos diante da proximidade que têm do rosto. Ela repetia sempre: "Às vezes a gente pensa que se benze e quebra a cara."

Franco, percebendo o perigo de voltarem à doença e à corrente, provocou assunto com força para mudar o rumo do governador:

— Assunto perigoso para seu Governo é a inacabada história da chacina e a valente coadjuvante Marylua.

— Já que você tem capacidade de fazer previsão para rumos da imprensa e natureza dos noticiários, o que poderia conceber para arredar a senhora Marylua do pódio de presumível testemunha do crime no caso de Brasília Teimosa? — Perguntou DP.

— O primeiro passo seria a inclusão dela em atividade promissora para se reconstruir o negócio, que andava bem e hoje caminha para o desmonte. Está me ocorrendo aqui. Ali mesmo no seu palácio tem a Companhia do Corpo de Guardas, onde mais de cem militares fazem pelo menos uma refeição por dia. Já pensou entregar a exploração da cozinha a dona Marylua? — Sugeriu o padre com uma pergunta.

— E quem tem credenciais para abrir o diálogo com ela? — Indagou DP.

— Converse com o secretário de Segurança, que essa gente tem prática de apartar unha de dedo sem anestesia.

— Grande ideia, que nunca me ocorreu, reitor. Você é a peça que falta para pôr o Governo em movimento. Incorpore-se à minha equipe, que ainda há tempo de se fazer administração-padrão a ser transposta para Brasília.

— A minha decisão, aliás, indecisão, está em mim. Tenho um teto na Igreja, o Bbispado, sonho que evito até confidenciar com medo do maior castigo — e eu morro de medo de castigo —, que seria tomar carona. Nas nomeações autocratas, quem perde a vez vira freguês, e, uma vez freguês, vêm a desgraça da idade e o linchamento do ostracismo.

21

O segundo expediente só foi iniciado após a rotineira sesta do reitor. E, enquanto ele cochilava no quarto, DP em ponta de pé percorrera dependências da Pousada, procurando brechas por onde pudesse flagrar a presença da irmã. E, quando pensou que estava ficando próximo do alvo, foi surpreendido pela chegada do aplicado companheiro de retiro, de rosto lavado, caderneta e lápis de grafite pendurados nas pontas dos dedos. Mas, antes que o padre abrisse a boca, o governador em poucas palavras deu o bote para afastá-lo do set, onde ele, DP, pretendia protagonizar ato, tendo a freira na contracena e nada de coadjuvante:

— Já que você acha mais fácil tocar problemas de terceiros do que os próprios, também vou meter minha colher na massa do bolo desta falida diocese. Vá lá na Prefeitura conversar sobre o uso deste prédio para realização de eventos leigos. Vamos transformar isto aqui em fonte de incremento ao turismo e receita para o Seminário. Será a Pousada do Seminário. Isto aqui é clausura, reflexão e paraíso para lua de mel? Lembre-se do rigor das Escrituras Sagradas contra os que enterram moedas.

O padre desdenhou num primeiro instante:

— Tenho medo de empreendimentos nascidos de estalo. Um projeto assim nasceria para pegar, se fosse imaginado por personalidades de expressão social, algo tirado de assembleia, conferência, seminário ou, melhor ainda, se a sugestão tivesse partido da mídia.

O chefe do Governo havia lançado a ideia com o intuito exclusivo de ocupar o padre fora da Pousada para não testemunhar nem atrapalhar conversa dele com a freira. E dali a pouco passou a comprar o projeto de verdade.

— Olha aqui, magnífico reitor, esqueça que você vai passar a tarde se esbaldando na nossa confortável Pousada. O rito de casamentos cria relação de dependência dos noivos com a Igreja. Os nubentes saem bem motivados para prolongar a festa e consolidar a união sob as franjas do altar. O primeiro luxo de uma nova família é a lua de mel. — Bateu forte o governador.

— Governador, nem precisa filosofar. A ideia é genial e se fundamenta no enredo que tem princípio, meio e fim. Como me falta vivência no ramo do marketing, imploro que sugira maneira de abordar o prefeito. Que tal Vossa Excelência dar telefonema preparatório para o prefeito?

— Está louco? Fazer isso é puxar o garfo dele para dentro do meu prato. Pode tocar o barco você mesmo. Deixe que ele vai me procurar, e eu já entro na história para atendê-lo dentro de disponibilidade financeira, por sua vez compatível às conveniências locais. Eu já me encaixo no tobogã deslizando. — A metáfora de DP animou o reitor.

— Eu concordo com tudo, mas insisto que sou ruim de convencer pedindo.

— Para o bem da Diocese e de Triunfo, deixe o prefeito se envolver como líder da empreitada. Ele deseja voltar à Prefeitura. E primeiro mandato tem duas vertentes: fazer caixa para a campanha da segunda eleição e mostrar obras e serviços de fácil exposição. — Orientou o governador, cheio de vontade de afastar o padre da Pousada.

— Como posso chegar do nada ao prefeito para argumentar que se pode transformar em fonte de renda um empreendimento ocioso há décadas? Além do mais, eu nunca me dei ao cuidado de visitar o prefeito. Como posso de repente chegar à Prefeitura esbaforido com um presente na bandeja para ele? — Pediu pancada o reitor.

— Delicadeza é virtude que se traz do berço ou se adquire com a vida e se pratica por sobrevivência. Como é que o representante da Arquidiocese visita o município com frequência e jamais se dá ao trabalho de fazer sua apresentação à autoridade suprema local? Como nunca é tarde para fazer o certo, vai hoje se desculpar pelo passado de omissão e oferecer polo econômico para o município.

Com essa, o inspirado reitor deu a última martelada na cabeça do prego.

— Eu vou ensaiar aqui a pergunta que temo ouvir dele e preciso estar prevenido: "Como é que, utilizada uma vez na vida outra na morte, essa casa mal-assombrada de uma hora para outra emerge do nada para se transformar em pousada romântica, recanto insinuante para acolher casais de primeira noite e com a classificação de empreendimento produtivo? E, de quebra, sinalizando lucros para duas entidades em crônica situação financeira?" Esmola grande, governador. É esse o epíteto que mais temo ouvir da boca do prefeito.

A conversa estava se alongando, e o governador, que segurava a impaciência com receio de abortar o encontro a sós com a freira, partiu para a canelada no interlocutor:

— Padrezinho pessimista, apresente a Pousada do Seminário como agente econômico e justifique a necessidade de a Prefeitura se empenhar para potencializar o primeiro grande polo turístico da serra. Prometa, em nome do governador, que o estado será cliente, centralizando aqui todos os eventos de estudo, reciclagem, entrosamento, motivação e alinhamento, que são no mínimo uns vinte e cinco por ano, reunindo barnabés de bom nível intelectual. Tudo receita segura, pois os custos são nossos, do governo estadual.

— Agora, senti firmeza. Faltava apertar o peito da vaca para jorrar o leite. — Alegrou-se o padre.

— Ganhei o dia. Praza Deus a Arquidiocese ganhe uma fonte de receita robusta num espaço ocioso que, se demorar a ser ativado, entra em procedimento de prejuízo. — Comemorou o governador.

Afeito ao zumbido da mosca azul, seu inseto de estimação e o mais ligeiro dos veículos que tripulava, ora para afagar aliados, ora para infernizar desafetos, DP despachou o padre rumo à Prefeitura com os mantras ambientais de sua predileção:

— Pancada grande é que mata a cobra. Vai lá, seu padre: mata a cobra, mas mostra o pau.

Se o padre ia convencer o prefeito, pouco se lhe dava. Era o sentimento de DP que se ardia por um momento de privacidade a dois antes de retornar ao Recife. Ou bem encontraria afinal o conforto espiritual de internar seus sentimentos na mente e no coração da religiosa, ou se obrigaria a reconhecer a incapacidade de conquistar o mais belo rosto que lhe cruzou o caminho. Foi assim que mandou bala. O padre, como todo abstêmio sexual, era desconfiado de tudo, imaginou o mundo de maquinações. Mas, já que caía do céu a ideia de transformar o anexo remoto e frio do Convento numa fonte de rendas, ele se via dentro de um achado inestimável para a comunidade religiosa. Ele controlava o ciúme que tinha dos dois e até alimentava a volúpia do político, acreditando que, quanto mais se estreitasse a enviesada relação Rachel-Dario, mais ele conquistaria a proximidade deles. E seu sonho era controlar as pessoas que admirava, se possível fazendo delas aliadas por força de qualquer vínculo material, virtual ou espiritual.

Mal o padre deixou o pátio da Pousada, começou conversa do político e da religiosa. Os dois estavam limpando direitinho as arestas e reduzindo os preparativos para engatar os pensamentos. O encontro fluía bem, com agrados que iam e voltavam mais afoitos. Pouco mais de uma hora de arrulhos dele, coices de égua nova que ela ensaiava mais para entreter do que para despachar o cavalo, até que a conversa engrenou. Por infelicidade, o governador se empolgou, cometeu precipitações até cair em impropriedades que arranharam a pele fina da moça. E, para complicar, eis que de supetão surgem na varanda da Pousada o padre arrastando o prefeito ou o prefeito arrastando o padre. Não deu para entender no primeiro momento. Certo é que dois empata-fodas invadiram a conversa de DP com Rachel. E, sem qualquer cerimônia nem tempo de cumprimentar as autoridades, o prefeito destampou o discurso preso na garganta e começou a falar:

— Gostei da proposta, governador. Tanto que, mesmo desaconselhado pelo padre reitor, estou aqui invadindo o seu retiro espiritual para declarar meu apoio total ao empreendimento. E vim — abrindo meia folha de papel com mal-ajambrada planilha de custos — aqui com este rascunho do que precisamos fazer de imediato. Primeiro que tudo, o acesso rodoviário à Pousada e mais uma perna pavimentada da Pousada ao Centro da cidade. Este projeto faço com minha equipe e mando para o senhor aprovar. Eu lhe asseguro que, sessenta dias após o senhor liberar os recursos, nós inauguramos as duas vias. Depois disso, tocamos as demais obras de infraestrutura, sempre em parceria. Parceria igual a esta que acabamos de aprovar, ou seja, Prefeitura entrando com o projeto de engenharia, o Governo do estado com as obras, e implantamos tudo a toque de caixa até a inauguração da Pousada do Seminário.

O governador havia levado um tempo para deslocar a mente do colóquio com a freira para a sangria desatada da fala do prefeito, dono do prodígio de calar parceiros sem muito esforço além de falar como um tagarela. DP olhou o papel e, de frente para o padre, pediu aos dois:

— Voltem à Prefeitura, refaçam as contas, trocando a qualidade dos materiais, considerando presteza, mas também economia. Estudem também a opção de utilizar mão de obra local e, nesse caso, por conta da Prefeitura. Vocês vão, recalculam e voltam, enquanto isso as irmãs vão pôr mais água no feijão, porque o prefeito almoça conosco.

— Que tal almoçarmos antes? — Precipitou-se o padre a confundir as fomes.

Antes que a freira embarcasse na ideia de antecipar o almoço, DP cortou o padre faminto e, chutando a bola para escanteio:

— Não. Eu tinha acabado de consultar a irmã Rachel. Ela foi lá dentro, deu uma guaribada nas panelas, e o almoço foi adiado por umas duas horas em função de vocês.

Aí foi o prefeito quem quis alterar os planos do governador:

— E que tal se nós dois, o reitor e eu, dermos o acabamento na planilha aqui mesmo?

Por baixo da mesa o governador desceu de pisão no padre, que captou a mensagem e, mesmo com dor danada no dedão do pé, deu assistência ao chute a gol do DP:

— O governador tem razão. Seremos obrigados a fazer as modificações com apoio técnico. Seguinte, prefeito: convoca a assessoria por telefone, e vamos matar a tarefa em duas ou três horas no máximo. Mas tem de ser agora, porque precisamos bater ponto no Recife amanhã cedo, deixando o trem em movimento aqui. E, mais urgente ainda: a fome é grande e em processo de expansão.

22

Depois que o padre e o prefeito retornaram à sede do município, o governador, ao se voltar para a freira com ar de "novamente a sós", teve a sensação de que estava outra pessoa à frente na mesa de reuniões. Rosto vermelho, lábios murchos, fisionomia caída para o papel com manuscrito dela, calada, sem qualquer comentário para o teatro que ele havia encenado. DP era do tipo de gente que tinha um auditório imaginário na cabeça. Toda vez que anunciava medida, decisão, sugestão ou a mais prosaica ideia, ele fazia igual a macaco de circo: olhava ao redor, cobrando palmas.

O feito dele minutos antes foi dizer que a irmã Rachel pedira prorrogação do almoço, o que foi invenção para os dois voltarem à Prefeitura para ele retomar o diálogo com a freira. Desta vez ele não viu nada de alentador no rosto de Rachel. O que aconteceu foi diferente. Depois que encabrestou o prefeito e o padre e os pôs de volta à Prefeitura, pensou que a irmã ia aplaudi-lo. Que nada. A freira estava pra lá de lá embaixo.

— Pelo amor de Deus, que cara é essa? Ficou triste de uma hora para outra? Deu fome? Preocupada? Conte tudo, senão quem vai morrer de triste sou eu. — Apelou o político.

— Tem nada disso, governador. Eu de repente bati de frente em grande obstáculo no projeto de unir seus sonhos às minhas possibilidades. — Confessou a freira.

— Entendi mais ou menos. Mas o que se revelou de novidade, enquanto conversávamos com os que estavam aqui e saíram? — Perguntou o governador.

— Antes fosse novidade. O que aconteceu é que confirmei a impressão de que temos grave incompatibilidade em relação ao quesito "valores". E, quando falo "valores", não estou recorrendo a metáfora. Falo de valores materiais. — Explicou a freira.

— Será que uma religiosa pura como você está levantando alguma dúvida sobre meu comportamento em relação a recursos públicos? — Ele abriu a caixa da curiosidade.

— Públicos e privados. Mas não estou fazendo mau juízo de você, governador. Quem sou eu para desconfiar de uma pessoa que tenho na conta de íntegra? — Explicou a freira.

— Querida irmã Rachel, a esta altura, você está no dever de esclarecer direitinho o que considera de incompatível entre nós dois no que diz respeito ao uso e manuseio de bem público. — Insistiu DP.

— A diferença entre nós dois, para ser mais clara, é quanto à importância que nós damos à moeda, ao valor. Eu acho que, como você tem muito, perde a noção de quantidade. Até porque você só lida com os montes, grandes quantias. Ainda outro dia, eu estava conversando com o padre Franco, e ele tocou no assunto. — Detalhou a religiosa, ampliando o arco do debate.

— E o que foi que aquele expoente do baixo clero falou a respeito de minhas relações com recursos financeiros próprios, públicos ou privados? — Magoou-se DP.

— Desculpe, governador, o senhor ao se exaltar depreciou uma pessoa a quem admiro, respeito e a quem devo muito pelas oportunidades. Ele é um dos religiosos que guardo na galeria de santos, quando evoluir desta para outra vida. E falo do alto, pois acho que, pelo que já fez pela Igreja Católica, ele tem lugar garantido no céu. — Assegurou uma serena Rachel.

— Céu? Só se for o céu da boca de uma onça. Baixo clero é o que ele representa, e para esses não sei se tem muita vaga no céu. Morrem muitos. Baixo clero é a maioria. É grande maioria no céu; e, se não estou enganado, o gargalo deles estreitou. — Ironizou o governador.

— Se o senhor aceitar minha sugestão, ficamos por aqui com relação ao padre Franco. Até porque ele tem menos altura que o senhor, mas é homem de estatura mediana. Está na média do brasileiro. — Corrigiu Rachel.

— Mas fiquei curioso. Por favor me conte detalhes, inclusive contextualizando essa conversa e as teorias que o reitor esboçou a respeito de meus contatos com verba, dinheiro. — Pediu DP.

— Foi em mais de uma oportunidade, e eu posso resumir porque para mim o que vale é o peso que representam os recursos financeiros na sua vida de cidadão, político, governador etc. Os fatos que expõem divergências entre nós dois são gritantes. Vou relacionar a partir dos episódios mais recentes: previsão de custos de hospedagem de vinte e cinco turmas anuais de funcionários na Pousada de Triunfo; recentemente transporte de uma mala de dinheiro de São Paulo para você; duzentos mil reais doados por uma viúva do bairro do Espinheiro para o Seminário; destruição de fazenda de sua propriedade, de valor incalculável, em Bonito; montagem da mesma fazenda em tempo recorde, apesar de ter sido transportado um rebanho inteiro da Holanda. Ora, eu nasci de família da classe média do campo. Fora isso, eu morei grande parte de minha vida no Convento, onde só existem pobres. Quantas vezes uma freira toma emprestado a agulha de outra para costurar uma prega, porque a que trouxe de casa desapareceu. Como é que vou sair deste ambiente e fazer parte de uma equipe que fala de mil, milhão e milhões que perdeu ou pagou e não treme? — Concluiu a freira.

— Tudo o que você falou sobre previsão e movimentação realizada de recursos eu confirmo. Tem mais. Está tudo contabilizado, e impostos vencidos pagos. E o que isso pode vir a ter com a nossa relação funcional ou pessoal? — Cobrou o governador.

— Eu simplesmente me vejo com perfil anão para exercer atividade com operações desse montante. — Amarelou a religiosa.

— Vou sugerir o nome de um terapeuta que pode prepará-la para esses enfrentamentos, que para mim é tudo café pequeno. Vou ajudá-la na matrícula de curso de gestão para distinguir valores. E mandar aquele padre fazer um curso de homem com H para parar de aterrorizar pessoas inseguras diante de empreendimentos de médio e grande porte. — Sinalizou DP.

— Olhe aqui, governador. Obrigada pela primeira aula. Aliás, prefiro o treinamento à terapia e quero um compromisso seu, que é condição sem a qual vamos ter dificuldades de voltar ao estágio que havíamos alcançado quando eu, somente eu, amarelei. Minha cor está recuperada, e você, em respeito a mim e por gratidão ao padre, você encerra o que diz respeito a ele e nunca dará uma palavra sobre isso que envolva o nome dele, o meu nome e os nossos. Aperte a minha mão e vamos prosseguir, que daqui a pouco chegam dois ansiosos famintos. — Conformou-se a freira.

— Tudo bem. Ele está perdoado, e você vai parar de tremer diante dos custos do serviço público. — Previu o governador.

— Asseguro-lhe que vou tratar qualquer real como dinheirão. E voltará para o Governo como serviço, como obra, ou troco tudo o que chegar à minha mão. E jamais serei leviana ou irresponsável com o dinheiro que estiver sob minha guarda. Emociona-me o contato com o que é importante e move o mundo. — Amenizou Rachel.

— Tentarei, a partir de agora — em homenagem à futura servidora, que tem espírito público e merece fé —, ser menos leviano com o dinheiro dos outros e mais cuidadoso com o que pertencer ao erário, a mim e aos meus. Agora vamos acelerar os trabalhos, porque somos dois famintos perto de dobrar a dose. — Sugeriu o governador.

— Voltando à sua conversa com o padre Franco e o prefeito. Quando você fez referência a mim, à cozinha, ao almoço, certamente se enganou ao dar como acontecidos fatos que não aconteceram. Você se lembra? — Cobrou a freira.

— Ah. Sim. Lembro. Isso é o método como nós, políticos, trabalhamos. Criam-se histórias, relatam-se episódios e se atribuem a pessoas os papéis que elas teriam desempenhado se as situações mencionadas tivessem ocorrido de fato. Chamamos este recurso de fatos simulados. — Doutrinou o político.

— Se bem entendi, assisti a uma peça de teatro fora de palco, fui citada como personagem, assim como outras pessoas. Tudo ficção? — Admirou-se a freira.

— Por aí. Na política é assim. — Exagerou na sinceridade o governador.

— Então, vamos combinar. Se um dia eu for nomeada para trabalhar no serviço público, serei apenas servidora pública. Política, de modo algum. Isso deve ser serviço para autor e ator de teatro.

E eu, que já me acho pequena para um serviço, jamais aceitaria trabalhar em dois simultaneamente. — Advertiu a freira.

— Toda vez que ficamos a sós, mesmo que em silêncio, eu me vejo mais perto de aumentar esforços para tê-la perto. E gostaria de sentir o sopro de sua vontade, para lhe repetir, eu queria ser alvo do seu assédio. — Galanteou sem jeito DP.

— Pare, governador, pelo amor de Deus, eu sou uma religiosa. Acredito que o senhor me convocou para conversarmos de acordo com as normas do Convento. Percebo sinais de embaraço para outros encontros nossos. Eu gosto disso, mas Deus me livre de continuar com medo de ficar perto do senhor. — Reclamou ela.

— Perdoe-me, irmã, se venci os próprios bloqueios por alimentar sentimentos naturais. — Filosofou o governador.

— A vocalização de sentimentos, mesmo que naturais, nem sempre é conveniente, governador. — Corrigiu Rachel.

— Admito que me excedo às vezes, e a senhora deveria ver nisso reforço para expressar argumentos em favor dos pobres. Vou ser direto. A senhora admitiria examinar a hipótese de trabalhar no Governo, dentro ou fora desse hábito, ou de preferência como cidadã? — Falou claro DP.

— Esse tipo de abordagem passa longe de mim. Sou uma religiosa com votos sacramentados, proibida de pensar em atividade diferente da minha missão aqui no planeta. — Tergiversou a religiosa.

O leve sorriso que ela esboçou demonstrou o desejo de ser convencida. Já DP reagiu fechando os olhos como se fosse rezar. Mas permaneceu em silêncio por dois minutos, acompanhado com respeito pela freira. E, quando ele abriu os olhos e os direcionou para a frente bem distante, começou a falar em tom mais de religioso do que de político. Só no tom.

— Quando a senhora chegar amanhã em Triunfo, um emissário do Pai Eterno estará à sua espera. Tive neste curto silêncio a visão do que vai lhe acontecer. Na primeira vez que entrar na capela para rezar, pode ser amanhã ou depois, a senhora vai receber mensagem através de um anjo. Na mensagem de alguma maneira aparecerá, por um de seus sentidos, pode ser pelos olhos ou ouvidos, o nome do Serviço Social. A partir daí se dará calmamente a sua transferência para o setor público. — Blefou o político.

— Tenho a percepção de que você saltou do mundo dos pecadores e, sem levantar os pés, atingiu elevado estado de santidade. — Brincou a freira.

— O governador dos pernambucanos quase alcança o meio dos santos, mas foi barrado na entrada porque pecou hoje. Pecou ao mentir sem cerimônia para motivar um padre e um prefeito ao sacrifício de algumas horas de fome. — Derreteu-se DP.

— Agora, governador, se me permite, gostaria de voltar à cozinha, onde as minhas companheiras já devem estar sentindo a minha falta. E lhe sugiro trocar ideias com o reitor, porque eu estou confusa, e a comida de nossa comunidade corre o risco de cair de qualidade, se eu embarcar na onda de pensamentos sobre a possibilidade de deixar a vida religiosa antes de me preparar para a mudança. Converse com o reitor, que o consenso entre vocês sobre o projeto será bom ponto de apoio para me atirar nessa experiência. — Encerrou a freira.

O prefeito abriu mão do almoço e de dar uma puxadinha no saco do governador. Padre Franco voltou do encontro na Prefeitura com muita disposição. Afinal, o sucesso é candidato a pai do sucesso. A missão inacabada de DP punha-o novamente sob a aba do reitor. Antes de falar do resultado da reunião na Prefeitura, padre Franco encheu duas taças de licor de jenipapo.

— Duplas. Traga duas doses duplas de jenipapo. De licor, quero dizer. — Foi a pedida do governador.

Pouco depois, o padre ouviu o que queria e algo mais. Na terceira dose de jenipapo, DP acendeu as bochechas de vermelho, recobrou a capacidade de falar e falou mais do que deveria. Propôs ao reitor encampar duas heresias. A primeira era se licenciar da Reitoria, a segunda se preparar para largar o sacerdócio e voltar a ser leigo em definitivo. Tudo por cima de pau e pedra, uma largação de batina pura e simples. Mas DP foi mais longe. Sugeriu que ele convencesse a freira a largar, simplesmente largar o hábito, para assumir a presidência do Serviço Social, em lugar da primeira-dama, Hermínia. O padre, bem equilibrado pela sagrada bebida, até que se soltou com relação a si próprio:

— De minha parte, o trem está em movimento, porque faz tempo que sofro do desejo de largar o sacerdócio, sem prejuízo de me manter cristão, católico praticante, mas leigo. Desde sempre sonhei com o bispado. O sonho permanece, mas cada vez aponta menos para mim. Com relação à freira, vejo duas aberrações na operação.

Pôs mistério na mesa o reverendo reitor.

— Qual a diferença, qual a altura da gradação de pecados de vocês dois? — Quis saber DP.

— A mulher é sempre mais reticente para mudar de posição, dando saltos dessa magnitude. Eu vou agir pela razão. Foi a razão que me pôs em dúvida certos preceitos do cristianismo. E a soma de minhas dúvidas por acaso vem se associando aos desejos irresistíveis de experimentar presumíveis atividades e prazeres, que o celibato me impede. A minha tendência é ir em frente. — Animou-se Franco.

O licor estava ajudando os dois no alinhamento dos discursos.

— O que estou oferecendo a ela é o Serviço Social com seus milhares de carentes que precisam de sensibilidade, vocação para a filantropia, capacidade de gestão e senso de justiça. Tudo isso a irmã tem, e ela é do tipo de gente que curte pelo serviço que presta. Ela faria uma revolução com os parcos recursos de que dispomos para democratizar cidadania, dar ensino profissional, orientar mães de família na educação dos filhos.

— Pode, mas me dê um tempo. Quando chegar no Recife, cuido disso. De tentar convencer aquela cabecinha-dura.

Prometeu o padre Franco.

23

Uma semana depois do retorno de Triunfo, irmã Rachel incorporou-se às demais colegas que compunham a fila, emoldurando a parte inferior da parede lateral da igreja. O destino da fila estava acomodado no assento de palhinha dentro do confessionário, recostado à mesma parede, protegido pela treliça de madeira de pouca espessura. Ninguém menos que o reitor ouvia pecados e absolvia as penitentes, numa das muitas rotinas de quem tinha o cargo de capelão delas, cumulativamente com a Reitoria do Seminário.

Dos lábios da irmã Rachel, ele ouviu confissão dos chamados pecados veniais. Que pecados eram esses que a cada período de dez a quinze dias tinham de ser confessados, julgados e rotineiramente absolvidos mediante a contrapartida de algumas orações para as almas ou algum santo da devoção do confessor? A matéria-prima que se derretia no detergente do confessionário posto à disposição das poucas freiras e de mais de cem seminaristas formava-se nas dificuldades próprias da ordem como exageros do regulamento interno, relacionamento com colegas ou afins, como padres e seminaristas, e deslizes em quatro ambientes distintos: dormitório, recreio, capela e cozinha, no caso delas, e salão de estudos para os jovens. Eram pecadilhos de baixo nível de danos, pois não ofendiam nem prejudicavam o próximo e em nada poderiam comprometer a imagem da instituição. Mas eram relatados, porque, era assim que penitentes se livravam da dor de consciência. "Maus pensamentos" era o débito mais frequente no confessionário e o genérico de qualquer sentimento que, posto à prática, poderia desagradar a Deus e incorrer em prejuízos ao próximo. Ou ainda gerasse algum tipo de prazer, do tipo de se desejar não esquecer. E só padres muito exigentes impunham a penitentes esmiuçar o tal do mau pensamento.

No caso dos seminaristas menos rigorosos nos escrúpulos, tudo era mais fácil. Eles se viravam, vocalizando pequenos desleixos como preguiça de estudar, raiva de pito de superior ou gula. Esse último venial — despertava pouca curiosidade no confessionário — era raro e exclusivo dos peraltas: na calada da noite, invadiam a cozinha e se empanturravam na geladeira dos padres. As freiras preferiam fazer vista grossa e até sorriam quando flagravam os estragos na preparação do café do dia seguinte.

Quando irmã Rachel se ajoelhou perante o padre para contar as suas aventuras pecaminosas, o confessor abriu uma picada a Dario Prudente, inoculando o vírus do serviço público na inocente. O confessionário é o menos vulnerável dos santuários da Igreja Católica para o exercício de disfunções éticas. Mas o padre reitor naquele dia prevaricou, subjugando a irmã no rito que põe o fiel aos pés do sacerdote em estado de extremada humildade e de subserviência. O reitor, também subjugado, dividido entre o desejo de servir ao político e o de aliviar a religiosa das pressões para pular fora da ordem, rendeu-se à causa do mais poderoso, o chefe do Executivo. Por medo, recorreu à sutileza, arma mais poderosa que a força bruta, quando aplicada com sabedoria. E a pressão de que o padre era vítima provocou-lhe reação contraditória, útil aos desejos do governador. Ele pegou pesado com a freira de hábito e véu. Mais grave ainda, de joelhos, postura de humildade suprema e pronta para receber perdão de faltas infinitamente pequenas no jogo duro do bem e do mal.

— Irmã, se Deus lhe mostrou um caminho mais sinuoso para servir ao próximo, mantendo-lhe na trilha do céu, tenha juízo e siga o caminho indicado pelo dedo de Deus através da proposta do governador. — Prevaricou o padre confessor.

E ela saiu dali para rezar a penitência com o zumbido perturbador. Mas cumpriu a penitência, a reza de um Padre-Nosso e três Ave-Marias, inclinada a pensar na "proposta" e não mais numa "tentação satânica" que soava nos seus ouvidos desde o encontro de Triunfo.

Por ter sido a última da fila do confessionário, irmã Rachel terminou alcançada pelo padre, a passos da porta da capela. E ele deliberadamente, na maior cara de inocente, tentando produzir sinergia do ato litúrgico, recém-terminado com as planejadas atividades executivas, injetou-lhe mais uma dose de veneno:

— Se a sondagem de Triunfo estiver entre os maus pensamentos, passe na Reitoria hoje às 4 da tarde para limparmos sua alma e você tirar da gaveta do coração tudo o que possa haver de resíduo atrapalhando a descida do sinal de Deus em seu coração. — Prevaricou de novo o padre.

A confissão requer muita humildade do penitente e não menos compreensão, respeito e compaixão do confessor. E nada mais gritante no comportamento dele do que levar segredo do confessionário para conversa de corredor, agredindo a freira, ainda sob o peso do enfado do confessionário.

As folhas das palmeiras-imperiais sugerindo queda na temperatura começavam a desviar os raios da base das janelas do Seminário, quando a irmã Rachel baixou na Reitoria. Bonita, para variar, humilde como se estivesse prestes a se pôr de joelhos na lateral do confessionário, preparando-se para o ataque por via transversa do impossível governador Dario Prudente, ela foi recebida de braços abertos pelo reitor. Ao sentar-se à frente dele, amparando os braços no tampo de jacarandá maciço, foi logo pedindo em silêncio as bênçãos da Virgem Santíssima para ouvir os conselhos do magnífico.

— Então, irmã Rachel, nem parece que há quase dez anos, oito com certeza, nos encontramos neste barco, enfrentando tormentas como a de Triunfo na semana passada. — Especulou o reitor como se caçasse sarna para se coçar.

— Sabe, padre reitor, a última conversa a sós com o governador mexeu muito comigo. O senhor conhece a vida religiosa por período bem superior ao meu. Então eu tenho dificuldade de me livrar do ruído daquela conversa, que entrou nos meus ouvidos e se alojou em minha cabeça com o peso da comida que o estômago se nega a digerir. — Confessou Rachel.

— O nosso líder é muito ansioso e, quando imbica para projeto, proposta ou trabalho, quer ver tudo finalizado imediatamente. Ele chegou a Triunfo me surpreendendo com a ideia de me nomear para a chefia de Gabinete no Governo do estado, proposta que vira minha vida de cabeça para baixo, se eu cair na tentação de acatar. — Tergiversou o reitor.

A freira, como se fosse de brincadeira, insinuou que ele parecia se inclinar para acolher a proposta do político.

— Sim. Mas não atabalhoadamente nem pela metade. Ele sugere que eu largue o sacerdócio para entrar na administração pública ou me entorte de corpo e alma para acumular atividades incompatíveis como cargo público e sacerdócio. Ou, mais complicado ainda, me licencie do sacerdócio pelo tempo que demorar o Governo dele. Doidice em estado puro. Eu já o tinha convencido de que preciso de tempo para decidir e tenho ritos a cumprir. E ainda por cima tenta associar minha decisão à intenção de entregar o Serviço Social da primeira-dama à Ordem das Filhas de Maria, na ilusão de que vocês aceitem. — Esclareceu padre Franco.

— E o senhor acha isso impossível? — Perguntou a freira.

— Muito pouco provável. E o pior é que o plano B dele é entregar esse abacaxi para você descascar. Isso se as freiras correrem da parada. — Assustou o reitor.

— Ave Maria, todo santo dia agradeço a Deus e a Nossa Senhora pela missão que a ordem me confiou de cuidar da alimentação do Seminário e todo dia, repito: estou pronta para receber outra missão. Mas deixar a Ordem, tomara que o Criador me poupe de um momento como esse. — Abriu o coração a freira oprimida.

— Será, meu Deus, que sou anjo anunciador da nova missão, vinda do Pai Eterno, que põe nas nuvens os sinais de prenúncio? — Indagou-se o padre.

Silêncio e um pouco de tremor das mãos foram a reação da religiosa.

— O homem está com o casamento em frangalhos. Dona Hermínia, a primeira-dama, assumiu, como é tradição, o cargo de presidente do Serviço Social, que toca mal e pobremente. A indigente administração dela tem agravado a crise conjugal e vice-versa. Nem sei se deveria lhe revelar a intenção dele, mas vou ser realista: disse-me ele com todas as letras que vê em você todos os predicados para retirar o serviço do fundo do poço, dar-lhe perfil moderno. O homem está cheio de ideias, e você sabe que a ambição chegou ali e ficou. — Escancarou o padre reitor.

— Padre, me responda se em algum lugar do mundo uma freira já administrou esse tipo de empreendimento. Responda-me também, padre Franco, se é razoável entregar a gestão de órgão autônomo da alta administração estadual a modesta cozinheira de primeiro emprego. — Exagerou a freira ao se apresentar inteira, mas com modéstia.

— Esqueceu-se, cara irmã, de acrescentar outros predicados do seu currículo, como o título de freira da Ordem das Filhas de Maria. Goza da confiança do governador. Considere ainda que a alma dele é caidona pela sua. — Aprofundou-se o padre no papel de cupido.

— O senhor conhece experiência de freira na administração pública com resultados concretos? — Indagou a freira.

— Muito perto daqui, na Bahia, a irmã Dulce faz milagres com grandes parcelas das comunidades excluídas do estado. — Lembrou o reitor.

— Mas a irmã Dulce é uma freira veterana, celebridade mundial e em vida já candidata a santa. E, se não me engano, líder da comunidade religiosa a que pertence, nesse caso uma comunidade de freiras, associada a profissionais da área social. — Explicou a irmã.

— Detalhes, irmã Rachel. O governador Dario Prudente a elegeu e pronto. Pense nisso, tire os macaquinhos da cabeça. Fique certa de que, melhorando a vida de milhares de infelizes, pavimentaria o seu caminho para a eternidade em condições bem melhores do que comandando sua fidalga cozinha. É disso que se trata. — Aliviou o religioso.

— Só para me posicionar melhor, quando o senhor pretende trocar a Reitoria pelo Palácio do Campo das Princesas?

A freira se mostrou curiosa. E o padre, pensando apenas no seu lado, surgiu com retaguarda:

— Mais dia, menos dia. Aliás, esqueça o que falei. Foi ato falho. Estou pensando e ainda em dúvida se escrevo a um colega de seminário, que trabalha com um dos cardeais brasileiros no Vaticano, para me aconselhar.

Adiantou-se o reitor.

— E se estivesse no meu lugar, o que o senhor responderia diante da hipótese de destacar uma equipe de freiras — eu no comando — para gerenciar o Serviço Social?

Insinuou-se a religiosa.

E o padre aproveitou a tentação dela:

— Diria "sim". E se ele estiver blefando nesse discurso de entregar o Serviço a uma equipe de freiras? Ele quer lhe entregar o gabinete, chaves, cofre, a conta bancária do Serviço Social de Pernambuco, com seus quatrocentos servidores e clientela de milhares de famílias.

Sintetizou o padre.

— Deus me acuda, padre reitor. — Persignou-se a religiosa.

— Calma, irmã, que eu preciso sair daqui com resposta minimamente palatável, como a de que a senhora vai pensar no assunto.

Esclareceu o reitor.

Diante da pressão insuportável do reitor, ela tentou abrir janela como se desejasse se evadir:

— Dizer que eu admiti pensar no assunto remediaria mais ou menos? Na versão que o senhor vai responder está de bom tamanho. Pode dizer que vou pedir a Deus e a Nossa Senhora que me ajudem a rezar, a meditar, antes de me pronunciar sobre a sondagem. — Emitiu sinais de esperança a irmã.

— E eu fico mais reconfortado, porque agora tenho companhia nessa peregrinação de medo, incerteza e indecisão. — Cobrou cumplicidade o sacerdote.

— Meu medo maior é de pensar que me benzo e quebro a cara. — Dramatizou a irmã.

— Vai com Deus, irmã Rachel, que preciso correr ao gabinete do homem para deixá-lo em situação confortável. — Despediu-se o reitor.

Serelepe, o padre acabava de arrancar de alguma parte do corpo da religiosa uma cunha incômoda. Coitada da freirinha.

24

A equipe de jornalismo da Rádio Amigo Velho havia descido para o café da manhã na padaria ao lado, o que era habitual, embora pouco adequado, pois a essa altura estava no ar o *Grande Jornal Amigão*. Sem autorização para remover uma vírgula, os narradores liam o script, um comunicador as horas e os minutos e a técnica acionava as notas de serviços pré-gravadas. Fora do estúdio, precisamente no fundo da redação, uma única viva alma, Toni Arara. Preferia tomar ali o seu café, vindo da mesma padaria e entregue na sua mesa por um velho emissário, compensado por alguma notícia ou chiste casado com fato do dia. Arte do envolvente Arara. Antigão na casa, o repórter era o tipo de profissional que, pela primazia de notícia, enfrentava ferozmente a concorrência, fosse de jornal, de outra emissora ou da casa. Só que, estando no prédio, tinha de ficar colado no auxiliar mais prestativo, o telefone. "A sorte procura o procurador", pensava assim e assim esperava a sua vez, junto do aparelho fixo na redação, mas interligado à mesa do estúdio. O que mais o entusiasmava na mesmice do emprego eram notícias quentes ou entrevistas ao vivo. Nenhum companheiro tinha a sorte dele para atrair exclusivas e boas pautas para prospectar. Toni Arara vivia os furos em dobro, porque suas matérias eram reproduzidas nos veículos eletrônicos e pautavam os impressos do dia seguinte. A sua capacidade de atrair fontes boas, somada à longevidade no setor, deu-lhe perfil de mito. Sua marca era tão forte que qualquer furo, vagando pelo boca a boca, era creditado a ele até que se tornasse público o nome do furão eventual.

Como era comum acontecer, mais uma vez, ele deixou se espatifar sobre o exemplar do velho *Jornal do Commercio* o ovo frito que recheava o pão francês e derramou o caneco de café para atender o telefone ao primeiro toque da campainha.

— Meu nome é Marylua. Quero falar com o repórter da Rádio Amigo Velho.

— Aqui é Toni Arara, seu criado. Como vai, dona Marylua? Alguma novidade sobre a chacina? A polícia já lhe deu resultado das investigações?

— Olha, jornalista, é com você mesmo que eu quero falar. Faz um ano hoje da tragédia. — Confirmou a dona do Bar e Restaurante Marylua.

Acostumado a rebater bola sem matar, desta feita Toni Arara levou segundos para, através da divisória de vidro, pedir tempo ao produtor de prontidão dentro do estúdio. Isso significava rodar para os ouvintes a vinheta de notícia de última hora, enquanto Arara segurava a fonte:

— Dona Marylua, estamos perto do encerramento do jornal. A senhora quer entrar na programação para fazer um balanço do ano, desde o assalto a seu restaurante até a morte dos rapazes? Dá aí uns dois minutos: quando eu falar "Alô, Dona Marylua", já estarei no ar. A senhora vai falar já ao vivo, para responder o que vou lhe perguntar. A senhora tem um minuto — deixe o relógio bem à sua frente — para cada resposta e, nesse tempo, por favor, responda o que lhe for perguntado. Mas pense sempre no ouvinte, porque isso vai ajudá-la a se lembrar daquilo que causa emoção nas pessoas. — Instruiu o radialista.

— É tudo o que desejo, hoje. — Respondeu ela de bate-pronto.

— Alô, dona Marylua. Atenção, ouvintes, vamos entrevistar agora a proprietária do bar e restaurante onde há um ano aconteceu a chacina dos quatro rapazes de Brasília Teimosa. Alô, dona Marylua. Repita o que aconteceu frente a seus olhos. — Anunciou no microfone da Amigo Velho Toni Arara.

— Aconteceu a tragédia que, se ainda não me matou também (pausa), e se ainda estou aqui, é para contar a história. É porque certamente cabe a mim revelar detalhes da chacina, até agora mantidos sob segredo da polícia. — Historiou Marylua.

— Que detalhes são esses, dona Marylua?

— Eu conservo ainda hoje o testemunho de tudo o que aconteceu naquela noite e jamais fui ouvida pelos investigadores. Eu vi quando quatro jovens desceram do carro, correram no rumo da mesa ocupada pelos meninos, que eles varreram de suas cadeiras a tiros de metralhadoras, e voltaram tranquilamente para o estacionamento. De lá, como se tivessem terminado um serviço, foram embora. — Relatou a dona do bar.

— E por que a senhora disse que não foi ouvida? Por quê? — Inquiriu Arara.

— Porque nunca me perguntaram nada, nunca prestei depoimento. Na madrugada do crime, apareceram dois policiais civis, que ainda olharam a mesa onde se encontravam os destroços da monstruosidade. Sugeri que fotografassem, e eles, responderam que estavam sem câmera. Mandei pegar uma em casa, mas, quando o meu funcionário chegou com a câmera, haviam ido embora. — Detalhou a denunciante.

— E por que a senhora mesma não fotografou? — Cobrou o repórter.

— Quem disse que as fotos não foram feitas? Chamei um fotógrafo profissional, e em plena madrugada ele fez mais de vinte fotos da mesa. No outro dia, recolhi a mesa como estava, com os copos, garrafas e, por incrível que pareça, partes estraçalhadas dos meninos. — Dramatizou Marylua.

— E quando a senhora desfez a mesa? — Deu deixa o repórter.

— Nunca. A mesa foi cuidadosamente removida e está até hoje trancada num quartinho do bar, do jeito que ficou depois da saraivada de tiros. — Bateu firme a senhora do bar.

— E a quem a senhora atribui omissão diante de provas tão contundentes? — Insistiu Arara.

— Aos mandantes da chacina. Aos mandantes da eliminação dos meninos. Agora não me pergunte que mal eles praticaram para receberem um castigo tão monstruoso, que eu não sei. — Pegou firme a comerciante.

— A senhora acha que esses crimes poderiam interessar a alguém ou a algum grupo? — Quis detalhe Toni Arara.

— O silêncio sobre investigações interessa, sim, a algum escalão de poder. E nesta terra quem pode, pode. O resto morre à míngua. — Julgou dona Marylua.

— Morre à míngua? — Cobrou clareza o entrevistador.

— Morreram os meninos. As famílias deles ficaram destroçadas. A dona do bar perdeu a freguesia e, um ano depois de luta inglória, vou fechar meu estabelecimento. E o que eu quero pedir hoje é a interferência da rádio, para que eu seja convocada a depor. Afinal, a mesa onde foram depositados os fragmentos da chacina precisa ser vista, periciada, porque vou limpar a casa antes de entregar o ponto ao proprietário. — Cobrou a entrevistada.

— Dona Marylua, infelizmente nosso tempo se esgotou, e o jornal vai se encerrar. Mas ainda hoje ou amanhã vamos tentar arrancar resposta da Secretaria de Segurança Pública. Muito obrigado por nos ter procurado para a entrevista e meus cumprimentos pela coragem do testemunho que deixa para a história da emissora número um do estado de Pernambuco. Só um esclarecimento: entregar o ponto por quê? — Inquiriu Arara.

— Entregar o ponto porque, depois do crime, os fregueses foram sumindo, e hoje o negócio não se sustenta. Eu que agradeço em nome das mães, das famílias destruídas, que ainda foram obrigadas a permanecer na Terra só para reviver todos os dias a crueldade daquela noite. — Encerrou dona Marylua.

Demorou menos de 10 minutos para a entrevista produzir resultados. De automóvel descaracterizado, desceu um senhor, que se apresentou no estabelecimento de Marylua como emissário do secretário de Segurança Pública. Muito delicado, disse-se encarregado de convidar a dona do bar a ir até ao gabinete do secretário. Sugeriu que ela fosse no próprio carro e prometeu esperá-la no portão do estacionamento da Secretaria, o que de fato aconteceu.

Enquanto Marylua entrava desacompanhada pela porta da rua Manuel Bandeira, a frente do restaurante em Brasília Teimosa era invadida pelos profissionais apressados, indelicados, autoritários, instigantes, inquisitoriais, caracterizados de jornalistas. Mas, como esse jeitão deles é irresistível, um soube, depois o outro e todos os outros depois e de uma só fonte que Marylua tinha sido convidada a comparecer à Secretaria de Segurança Pública. Como a procura de notícias é regida pelo binômio "ganhar e perder", o desembarque e a entrada dela no pardieiro da Segurança ficaram sem registro do pessoal de imagem.

Nos contatos preliminares dos repórteres com os policiais, foi comunicado que delegado e escrivão estavam prontos e que um advogado chegou com Marylua para a formalização do depoimento dela. Passaram-se três horas até que a liberassem, depois de lhe entregarem cópia do depoimento, que ela guardou como troféu de quem venceu fase de uma disputa. Na saída, uma altaneira Marylua enfrentou dezenas de repórteres, cinegrafistas, fotógrafos, iluminadores e uns tantos anotadores, que certamente faziam frila para algum bisbilhoteiro.

Os que estavam a fim de colher novidade saíram satisfeitos para continuar a luta, aprofundando suas apurações. Os que queriam cumprir pauta, enchendo gravador e papel de "linguiça", esbravejaram contra a dona do bar, que deu uma declaração sucinta e nem mais um pio: "Consegui como testemunha e na presença do meu advogado e do secretário de Segurança Pública prestar meu depoimento. Lamento que o fato ganhe importância menos pela gravidade do crime e mais pelos sacrifícios impostos a quem lutou para prestar o depoimento de testemunha ocular. Obrigada e boa tarde para os senhores."

Ao descer na porta do barzinho, Marylua conservava rondando-lhe os ouvidos uma das falas do secretário de Segurança e a resposta dela, na conversa que tiveram após o depoimento:

— O delegado Chaparro fala muito bem do seu restaurante. Pena que eu não tenha conhecido ainda, mas vou chegar lá um dia. — Fez demagogia o secretário.

— Vá não, secretário. Está praticamente desativado e só continua aberto esperando a sessão de fotografias que cobrei no meu depoimento. Mas o delegado Chaparro eu conheço bem. Foi um grande freguês. Perdeu a oportunidade de provar ser um grande profissional, quando falei das minhas dificuldades e insisti para que convencesse os superiores dele, como o senhor, por exemplo, a providenciarem a perícia das provas do crime múltiplo. — Queixou-se a depoente.

— Se por algum motivo ele fez a parte dele com relação à polícia, deveria pelo menos ter-lhe dado satisfação. Mas, já que a senhora nos deu colaboração tão importante, eu agora lhe peço um favor. Hoje seria o dia de Chaparro jantar no seu restaurante. Vou sugerir — se a senhora permitir — que ele lhe faça uma visita, e seguramente ele vai dar satisfação dos obstáculos com que se deparou para administrar suas informações sobre a tragédia, aqui na instituição. — Consolou o general.

25

"A disposição de doar do nordestino é antiga e atávica e tão magnânima que chega a superar a gana de pedir ajuda pelo amor de Deus. Nossa região é assim o paraíso de pedintes e doadores. Mas a natureza, quando limita os recursos de um povo, está longe de pretender depreciá-lo. Quer, sim, que ele tenha fé em Deus, se esforce, estude, crie meios de superar as limitações. Nós da Rádio Amigo Velho estamos fazendo campanha de mantimentos para o Seminário de Olinda, porque passamos por dificuldades eventuais. Mas saibam que esta campanha nos envergonha e vai durar pouco. Longe de nós, alunos seminaristas, longe de nossos superiores a ideia de pedir como meio de vida. O que pregamos como postura estável é a luta para cobrar dos governantes, dos detentores de conhecimento e de prestígio, que eles batalhem sem trégua a favor de soluções estruturais para evitar a escassez de água. A rigor, escassez é engodo. Há água que cai do céu todos os anos e ninguém aprendeu a armazenar. O subsolo tem abundância de água, mas faltam técnica e equipamentos para buscar. E querem saber por que esse problema atravessa séculos? Porque gerações de políticos e empresários gananciosos se elegem e multiplicam patrimônio, transformando o mito da seca em ferramenta para ganhar mais votos e mais dinheiro."

Foi assim que Pedro Boa Sorte abriu a edição do programa *Na Onda do Povo de Deus* daquela manhã. Ele comemorava então duas vitórias pessoais. Uma, a de ter convencido o conselho editorial do programa-campanha a admitir opinião sempre que houvesse justificativa. E outra, ele próprio redigir ou improvisar o editorial. A inovação foi adotada no meio de uma série de matérias bombásticas em horários de outros comunicadores, que estavam deixando a audiência dele de 9 às 9h30 para trás. E com o aval do reitor e sem dúvida do DP, que se metia em todo espaço aberto à sua frente, o encapetado Pedrão estava determinado a recuperar o posto de número dois na grade da emissora.

Com exceção do governador, a quem faltava paciência para reuniões e debates, todos os demais responsáveis pelo programa apresentaram sugestões para Pedrão. E ele, com maestria para terminar sob aplausos, sintetizou no ar o pensamento do grupo.

A reação dos ouvintes foi imediata. Várias cartas de apoio chegaram à redação. E aí foi que diminuíram os espaços para armazenar donativos. Os padres aceleraram tratativas para evitar excessos e desperdício de perecíveis, muitos de vida útil já alongada. Os padres recorreram ao negócio de trocas. Além de interessados em produtos de cozinha, higiene e limpeza, formou-se um banco de comerciantes, distribuídos em pontos de venda como açougues, mercearias, armazéns, padarias e quiosques. E nisso se foram os semoventes, salvando-se uma cabeça: a jumenta preta cargueira, por reivindicação do mordomo Amâncio. Em tom dramático, ele exibiu calos de tanto carregar as compras semanais da feirinha do bairro, bateu pé e, escorando-se na tecla de funcionário mais antigo, impediu padre Fernando de passar a asna nos cobres.

— Fica. Mas nada de ração. Tem de se alimentar da grama e arbustos da área verde. — Sentenciou o padre, ecônomo em exercício.

A afeição dos seminaristas pelo animal disseminou-se, até que eles organizaram concurso para lhe dar nome. Duas semanas e dezenas de sugestões depois, sem que nenhum apelido pegasse, entrou em ação o homem da palavra fácil. Pedrão Boa Sorte batizou-a de Abigail, e o nome pegou. Nenhuma novidade nisso, pois grudavam como siri em rochedo as criações desse mestre em apelidos e caricaturas, que ainda desenhava como ninguém. Ou seja, fossem impressos ou fossem orais os carimbos dele, recebiam aprovação, contando com o reforço da fama de radialista.

Pedro Boa Sorte abraçava a badalação, mesmo que isso implicasse passar por cima de regras rígidas da casa. E foi se divertindo que criou desenho da jumenta, vestindo-lhe a metade posterior com a saia longa da roupa de noiva. Se para a fêmea de asno deu apelido maneiro, ele pesou a mão ao receber encomenda da turma do quarto ano para apelidar um superior. Padre Fernando, professor de matemática, respondia também pelas contas do Seminário, e isso lhe punha nas costas o peso da crise econômica que vinha desde o assalto à despensa. Para quem já não fazia muita concessão à felicidade, o padre inflacionou o mau humor. Surgiu da onda de revolta dos alunos de matemática da quarta série a ideia de se lhe dar como resposta um bom apelido. Missão bem recebida por Pedrão, que buscou inspiração no rosto sempre inflado de saliências avermelhadas do padre. A alcunha "Dom Fernando Espinosa" foi concebida com dose de crueldade como tudo o que saía da cabeça de Pedro Boa Sorte. O "Dom" entrava com naturalidade, porque, como todo padre de Seminário, depois de dez anos formando seminaristas, Fernando passou a sonhar com o bispado. E, ao receber antecipadamente e aceitar o título honorífico de Dom, ele viajou na maionese, pelas asas da mosca azul, mas de todo jeito deu densidade ao projeto de promoção na hierarquia da Igreja. Ora, quando se tornava necessário, o mestre dos codinomes justificava as suas criações. Como ocorreria no caso do homem de múltipla função ali dentro. Ao notar a chegada de padre Fernando à sala para dar aula com aquele rosto espumante, em dia de ponto fora da curva, Pedrão aproveitou para saudá-lo com o lançamento de mais um apelido. Fez a presepada de pé ao lado do professor, com prévio pedido de licença.

— Admirador de Bento Espinosa, filósofo holandês do século XVI, nosso futuro bispo, Dom Fernando Matos, que ganha agora o sobrenome Espinosa, compromete-se a dar continuidade à pregação do seu homônimo para virar a cabeça de católicos que tratam como dogma de fé a crendice da superstição.

Tradição mantida, sugestão acolhida e aplaudida, o gaiato abriu os braços à pequena plateia, e a resposta da classe em coro uníssono foi a inevitável:

— Bem-vindo a nossa aula, Dom Fernando Espinosa.

Graça para uns, indiferença para outros, o que aparentemente foi a reação do apelidado Fernando Matos.

Apesar do acúmulo dos cargos de ecônomo e prefeito de Disciplina, padre Fernando estava em silêncio, preparando-se para ocupar o posto mais elevado na hierarquia da casa, o de reitor, garantindo nesse posto assento em todo evento ou solenidade presidida pelo arcebispo de Olinda e Recife. Ventilado pelos ares da promoção próxima, ele passou batido pela gozação embutida na "concessão" do seminarista Pedrão do título honorífico de Dom.

Se pudesse associar as mudanças na hierarquia do Seminário com a lavoura, Dom Fernando poderia até se vangloriar da boa safra que naquele momento colhia em sua horta. Melhor para alunos que dependessem dele naqueles dias.

Como delinquente só aguarda a hora propícia para delinquir, Pedrão estava louco por isso, aproveitando-se do programa de rádio. Ao perceber a entrada de mantimentos aos montes e a fácil conversão das doações em outros produtos, logo pensou incluir dinheiro vivo nas trocas. Ele próprio escolhia entre cargas que chegavam as mais atraentes e foi aos poucos transformando aquilo em moeda corrente através de emissários que descobriu nos quadros da emissora. A brincadeira de ganhar dinheiro fácil transformou-se em vício. E, lastreado pela lei do menor esforço, escolheu o microfone para transformar parte das doações em objeto de venda à clientela, já que consumidor existe para tudo o que aparece no mercado com frescor, preço bom e sabor. E foi por essa trilha que se configurou campo aberto para a ciranda de ataque aos inimigos e a lisonja aos aliados. Os primeiros poderiam pagar para serem poupados e os segundos para serem mantidos na sua "lista do bem". E Pedro Boa Sorte resolveu testar o poder de fogo de comunicador sem escrúpulos, modelo que estava decidido a seguir.

Para alvo-teste — baseado em conceito primitivo de autoajuda, segundo o qual "pancada grande é que mata a cobra" — elegeu ninguém menos que o governador DP. O tempo confirmaria sua aguda sensibilidade para explorar homens fortes e fracos na dosagem afim. Dario Prudente, personagem rico em disfunções, próprias à exploração de profissionais pobres de escrúpulos, encontrou em Pedrão o algoz perfeito. Ninguém se igualaria a esse desafeto da gratidão e do reconhecimento.

O comunicador aprendiz queria comprovar a serventia de suas maldades através da reação que viesse a ser esboçada pelo Palácio das Princesas ou diretamente pelo chefe do Executivo. Seguro da eficácia de sua arma, Pedrão patinava na dúvida sobre o alcance da voz da emissora e se seria positiva a hipótese de combinar pedido de esmolas com achaques movidos a desconstrução de imagens.

Mas foi em frente. Ele usaria dali em diante a frase "estão brincando com fogo" sempre que lesse notícias do Governo contendo o nome do governador. O jogo bruto seria iniciado sutilmente. Ele acrescentaria às notícias que vinham da redação ou nos comentários que fizesse de notas dos jornais. E foi com uma dessas que fez estreia. O mote que pintou foi o campo minado de Brasília Teimosa. Antes de ingressar no estúdio com o jornal embaixo do braço, Pedrão ensaiou em voz baixa:

— Hoje é dia de aplicar a primeira dose de coquetel virótico no campo aberto da chacina de Brasília Teimosa.

Leu, decorou e repetiu, tudo enquanto usava o tempo mínimo de vaso e descarga do banheiro.

Lá pela metade do programa, já se havia passado a seção de cartas, e a locução ocupava o microfone com agradecimentos, às vezes longos, a pessoas que haviam feito doações. A equipe considerava este o momento mais enfadonho da faixa, quando pintava a tentação de ensaiar reaquecimento de motores. E foi nesse ponto que Pedro Boa Sorte abriu o verbo. Ao terminar de ler a notícia como estava no matutino, dando-lhe o devido crédito, ele jogou a sua rede de pescar em mar revolto:

"Passados catorze meses, mais de um ano desde a morte dos quatro rapazes de Brasília Teimosa, a Secretaria de Segurança Pública ainda guarda sob sete chaves o resultado das investigações para apontar os assassinos." E emendou: "Estão brincando com fogo."

O radialista pronunciou a frase curta antecedida de pausa e com inflexão que passava efeito de carimbo sonoro. A intenção dele era repeti-la ao final de alguma notícia ou invencionice danosa em personalidade escalada para apanhar até lhe pagar pelo "cala a boca".

A repercussão do comentário foi nenhuma. No jornal do dia seguinte, como notícia secundária com toda a pinta de oficial, veio esta, mais direta, embora inteiramente incapaz de ser entendida pelo público:

"O Governo Dario Prudente está preparando novo modelo de gestão para o Serviço Social. Com a mudança, a distribuição de cestas básicas vai ser agilizada, porque a entrega será feita pelos Correios até o dia cinco de cada mês. O orçamento será duplicado no próximo ano, e a primeira-dama contará com reforço de profissionais da área de gestão. A terceira mudança será o incremento do número de famílias, que ganhará reforço de 30%."

Quando a técnica já colocava como música de fundo a trilha de encerramento do programa, o maldoso Pedrão espalhou o pacote de veneno mais forte de seu período de testes.

"A fonte da notícia é a Assessoria do Governo do Estado, e eu quero só advertir os redatores da promessa de tirar do estado de indigência o Serviço Social. Eu vou repetir: é da lavra do Governo DP esta promessa, e lembro ao meu querido ouvinte que prometer não é fazer. E o público daqui a pouco vai perceber que nesse Governo tem gente brincando com fogo." — Insultou Pedrão.

Provocações em série se seguiram a essas duas, em edições alternadas do programa, até que o padre Franco convocou Pedrão para reunião na Reitoria. A consciência pesada doeu e as pernas tremeram, quando o aprendiz de radialista recebeu o aviso através de colega mais antigo na casa e figura reconhecida como porta-voz de mensagens do magnífico reitor.

A partir do aviso para que comparecesse à Reitoria, Pedrão perdeu a tranquilidade, trocou a empáfia pela apreensão e a pressa para ter a conversa, ciente de que para receber agrado com certeza não seria. A postura de sucesso virou carcaça de modesto menino do interior, enfrentando fase de baixa na metamorfose humana.

Chegou a hora da audiência. E, ao se anunciar com pequena batida na porta da Reitoria, ele se dividia entre enxugar o suor das mãos e respirar fundo para tentar se livrar da tremedeira. Mas o peso de consciência era difuso, porque ele reunia muitas frentes no campo da disciplina, descuido nos estudos e ainda por cima, de olho no futuro, se dava a perigosos testes sobre métodos de ganhar dinheiro no rádio enquanto perseguia portfólio e fama.

Mas o padre reitor o recebeu com tanto salamaleque, que o intimado até imaginou ter batido na porta errada. O que se viu a seguir foi uma conversa amistosa, em que o seminarista recebeu tratamento de comunicador e saiu de lá com dois ganhos adicionais: elogio ao programa e ainda a transmissão de convite do governador para uma conversa no Palácio das Princesas, no sábado seguinte.

Ele ficou sem entender se a iniciativa partiu do governador ou do reitor, mas de todo modo deixou a Reitoria com a sensação de prêmio na mão.

26

De volta para casa, DP deu de cara com Hermínia, reunida com os chefes das equipes, que haviam enfrentado o recorrente colapso da infraestrutura do velho palácio. Tubulações de água, esgotos, energia elétrica, dobradiças, ferrolhos, pisos eram constantemente abatidos por panes. E era esse o motivo da reunião, coordenada pela primeira-dama. À boca pequena, atribuíam-se as panes aos "diabinhos palacianos" numa referência a efeitos de assombrações, protagonizadas por almas penadas. Mas tudo não passava de gestão ineficiente. E a discussão ia longe, tanto fazia o caminho de mão de obra desqualificada como o da verba curta. Se se confiasse a análise do problema a sertanejo de pouco estudo, ele pragmaticamente atribuiria ao "prédio véio".

Certo é que, de calça jeans, bem-humorado, cheiroso, o governador voltou de compromisso fora do gabinete palaciano e da agenda e que durou a maior parte da manhã. Num primeiro instante, ele se fez de grande, correndo os olhos na mesa de reunião do Serviço Social até chegar ao rosto da tensa Hermínia, de quem se aproximou e a quem surpreendeu com surpreendente beijo na testa. Beijo seco, simultâneo ao olhar de prospecção nas anotações da agenda à frente dela. E, já que estava tão próximo, calculou que a patroa ficaria feliz se ele a abordasse, independentemente da natureza e justificativa do assunto:

— A que horas dona Hermínia imagina que vai mandar nos servir o almoço? — Interveio o marido governador.

— Senta aqui nesta cadeira, que eu vou cuidar da mesa. — Pediu Hermínia.

Ele indagara desconfiado, mas aparentando inocência. E, na maior classe, a primeira-dama deu a resposta que o colocou no lugar de peixe precisando de água para se salvar.

Com mais gestos do que palavras, ela instruiu o chefe do gabinete militar a fazer para o governador o resumo das panes de energia e água e a esculhambação geral que havia deixado em pânico a sede do Governo.

Já a caminho da cozinha, Hermínia, rindo por dentro da inédita pergunta sobre a hora do almoço na mesa — logo ele, que tinha o hábito de sugerir ou mandar, ao invés de pedir perguntando —, reconheceu que a alma de DP queria reza ou misericórdia. Mas estava longe de imaginar que ele ensaiava trégua na vida em comum, marcada pelo papel de vilão dele nas expressões de desapreço ou em horas a fio de pancadas de silêncio. Como presidente do Serviço Social, ela logo interpretou a exibição do marido como tentativa de impressionar os integrantes da mesa para não passar o atestado de alheio à turbulência que assolava o seu palácio.

Na mesa de refeições, minutos depois, reencontram-se enfim sós. E aí pintou unidade na maneira de os dois conviverem com a fragilidade dos serviços da casa. Ele limitou-se a responsabilizar às sabotagens do sindicato dos servidores públicos. E ela concordou balançando a cabeça. Mas era notório que o sindicato debitava aos "diabinhos ou insetos de almas penadas" as panes que provocavam colapso na distribuição de água e energia e entupimento de esgotos, tudo acompanhado de barulho infernal.

Mas Hermínia concordava com a leitura dos operários, que imputavam ao antigo palácio o papel de antro de mal-assombrados. Ela percebeu, já na mesa, que o marido chegou à sede do Governo inocente do que acontecera ali, e inocente inútil ocupou lugar de líder no desfecho de reunião dos chefes de equipes. Foi com base no que passou a ouvir que entendeu como foi debelado o ataque mais feroz da série extraterrestres à unidade-cérebro da administração estadual.

Desde que deixou a mesa de reunião para ceder a cadeira e o comando da reunião ao marido, Hermínia estava vivendo no início da refeição a agradável sensação de peça útil à engrenagem do Governo. Era sua estreia nesse tipo de atividade e com mais duas coincidências: fora bem-sucedido sob o comando dela o combate à desordem que infernizara a vida palaciana por mais de duas horas. A outra feliz coincidência foi a chegada de DP bem na hora da reunião de avaliação e prevenção contra eventuais panes que viessem a acontecer.

Hermínia estava tão senhora da situação que arriscou quebrar o silêncio, levantando temas que servissem de pano de fundo para sinal de normalidade numa família tão sem graça, apesar da relevância que lhe era creditada pelo povo. E a coitada começou pelo incentivo financeiro que acabara de entrar nos cofres do Serviço Social por iniciativa de um barão da indústria canavieira. A reação do marido foi até dentro do pensamento predominante em cabeças envenenadas como a dele:

— É esperar agora a apresentação da fatura, porque usineiro não bate prego em barra de sabão. — Subestimou DP.

A primeira-dama tentou outro assunto: a visita-almoço aos pais no domingo dali a três dias. A reação dele era previsível, embora Hermínia ainda sonhasse com uma eventual reversão de conduta do companheiro de mesa. Ilusão, pura ilusão, pois o hematoma da segunda pancada foi maior ainda:

— Que domingo? O próximo? Será que vamos ser obrigados a mais um sacrifício? Quando será, meu Deus, que nós ganharemos pelo menos uma trégua nesses malditos pesadelos dominicais? — Envenenou o chefe do Governo.

Era impossível Dario ter reação mais agressiva do que uma declaração tão direta contra os pais por quem Hermínia tinha adoração. Mas a jovem senhora tinha sempre bala na agulha contra quem mirasse seus pais e atirou sem vacilo:

— Nós quem, cara pálida? Porque a casa dos meus pais ainda é minha casa; e, se arrependimento matasse, eu teria morrido, porque eu jamais deveria ter caído na infeliz armadilha de trocar uma extensão do paraíso por um poço tão profundo no recanto dos infernos, que é onde me encontro. Aliás, embora eu me veja prisioneira dos dois, não sei se o mais doloroso é o ambiente ou a companhia que tenho neste instante à minha frente... Aliás... — Reclamou a primeira-dama.

Hermínia só levou o tempo necessário para descansar o talher sobre o prato ainda servido. Depois pediu licença sem verbo nem pronome, levantou-se, encostou a cadeira na borda da mesa, tudo com delicadeza, e saiu para se recolher à suíte do casal.

O governador foi até o fim da refeição, servida em duas porções mais sobremesa, cafezinho, desassombrada palitagem de dentes, levantou-se e foi direto para o gabinete. De lá, ousou telefonar para a portaria do Seminário e pediu o ramal do Convento. Deu sorte de ser atendido pela irmã Rachel e, como se a voz e o gesto da mulher tivessem passado em branco, atirou-se no rumo da freira, ainda de posse da força adquirida pela manhã na visita à benzedeira:

— Irmã, estive hoje com a Mãe Benta e eu preciso muito falar pessoalmente com a senhora. — Anunciou-se DP.

Enquanto as outras irmãs faziam a sesta, ela se arrumou rapidinho, fez um bilhete que deixou com a noviça de plantão, encarregada de acordar as demais acionando a campainha de porta em porta das celas. No bilhete, Rachel avisava: "Fui de carro a reunião de emergência no Palácio das Princesas." Quando as irmãs acordaram, imaginaram tratar-se de campanha preventiva ou desastre.

Na volta, um ar de triunfo perpassava o rosto da freira, e às colegas ela pediu pequena reunião na capelinha, após a oração das Vésperas, às 5 da tarde. Irmã Rachel era mais do que a superiora interina, com a licença médica por uns dias da titular do Convento do Seminário. Era a líder, e todas a seguiam. Isso mais uma vez ficou provado, quando ela relatou o acontecido:

— O governador está com planos de entregar o Serviço Social à nossa ordem. Esse serviço assiste famílias excluídas. Milhares de famílias em estágio de extrema pobreza. Hoje e sempre o Serviço é administrado pela senhora primeira-dama de Pernambuco, mas, seguindo a tendência universal de terceirizar atividades oficiais, o doutor Dario Prudente alimenta o sonho de entregar a gestão do Serviço às irmãs Devotas de Maria; e rindo arrematou: "ou seja, a nós". Tenho muitas dúvidas, mas meu dever é comunicar a vocês e em seguida pedir horário à madre geral, lá no Recife, para lhe passar o problema, já que minha legitimidade é próxima de zero para discutir sobre esse tipo de trabalho. — Revelou Rachel.

* * *

DP ligou para o padre reitor e o convidou para uma rodada de licor de jenipapo após o expediente. Solícito, o padre só esperou rezar o Angelus para tomar o rumo do Palácio. E foi recebido à porta do gabinete, detalhe indicativo de tranquilidade e às vezes de alegria no gabinete de Sua Excelência.

— Magnífico reitor, que glória o ter aqui em um dos meus raros dias de paz nesta temporada de ventos e trovoadas. Convidei Vossa Magnificência porque há uma grande notícia para lhe passar em primeiríssima mão. É sobre a irmã Rachel, que acabou de sair daqui. — Confidenciou o governador.

A cor e a fisionomia do padre falavam alto por suas reações orgânicas. Ele ficou vermelho e deu rápidas tremedeiras em pontos diferentes do rosto. O governador, tentando reduzir o impacto da informação, também se apressou em levar para o lado da piada:

— Vai ser promovida a superiora geral da Ordem das Irmãs Devotas de Maria em Pernambuco. — Brincou o chefe do Governo.

— Quem lhe deu a notícia? Não foi ela, claro. — Reagiu padre Franco.

— Não, claro que não. — Respondeu o governador, ainda tentando encontrar tom e enredo para contar o encontro com a freira, sem levar o padre ao desespero pela bola nas costas.

Mas terminou perdendo o controle e abriu o jogo:

— A irmã Rachel esteve comigo, conversou sobre o Serviço Social, afinal deu sinais de interesse por nossa causa e, pelo que entendo da alma feminina, começou a receber o anticorpo contra os arroubos fundamentalistas do catolicismo. — Falou pela metade DP.

— Antes de entrar no conteúdo da conversa, uma pergunta sobre a forma do encontro: como o senhor foi armando esse encontro sem a minha participação, já que eu sou o superior dela, lá dentro do Seminário? — Inquiriu o sacerdote.

— Ardil, padre, ardil meu. Os hiatos da hierarquia religiosa são verdadeiros cânions de fundo invisível. Todas as vezes que tentei tratar do assunto foi na sua frente, mas essa depressão hierárquica blinda a mente dos subordinados. E ela simplesmente se recusava a ouvir ou processar a mensagem que eu tentava passar a ela. — Falou mais claro o governador.

— Raciocínio aceito. E como chegou a ela a sua convocação? — Prosseguiu o padre.

— Telefonei para o Seminário. Eu mesmo liguei, pedi o ramal do Convento. As outras estavam na sesta, e ela passava por perto do aparelho, atendeu de primeira, e eu de primeira avisei que tinha mandado o meu motorista apanhá-la no Convento. Ela só pediu tempo para avisar às colegas. E quando saiu daqui me disse que lhe telefonaria tão logo chegasse lá, porque queria evitar que você soubesse por outra pessoa. — Esclareceu DP.

— Ah. Quando eu estava de saída, ela me ligou e pediu uma conversa pessoal e urgente, e agora me dou conta de que marquei para amanhã. — Aliviou o padre.

— Vai me desculpando, padre reitor, mas você está lento no seu processo decisório; e, se brincar, ela vai iniciar o licenciamento antes de você. E mais: sou chegado a pular interstícios de rituais. Seu futuro cargo de chefe de gabinete engloba a articulação e coordenação administrativa das Secretarias e demais órgãos do primeiro escalão, e isso está longe de me impedir de lidar direto com os responsáveis por quaisquer serviços. Vá logo se acostumando. Essas vênias e genuflexões que pontuam as relações da Igreja Católica são extremamente rigorosas, se comparadas com a regulamentação da política. — Exagerou o governador.

— Então, padre reitor, quero você e a freira dividindo o Governo comigo. Quero os dois, brigo pelos dois, convido os dois, mas, se um vier e outro não, fico com o que vier. — Esmerou-se DP.

27

O governador estava impaciente. Queria pretexto para ver a freira com o beneplácito e na ausência do reitor. Seria muito para o mesmo pretendente. Mas, com a impetuosidade de filho único, ele sempre estimava para mais a possibilidade de saciar as ansiedades. Quando pegou o telefone para alcançar o padre, ainda estava por conceber ardil convincente para conseguir o mais difícil: deixá-lo fora do território onde deveriam se acomodar apenas ele e a religiosa. O enredo para descartar Franco caiu do céu, como sempre ocorre com quem está imprensado entre carrego grande de vontade e o vencimento do prazo para alcançar o objetivo. E, em vez de responder ao bom dia do padre, foi direto ao ataque:

— Estou na sua dependência para ter encontros separados com o apresentador e a redatora do programa de rádio. — Apressou-se o Dario Prudente.

— Faça o quanto antes e me antecipe logo a minha pauta nesses rituais. — Atirou-se o reitor.

— Com o apresentador, quero que seja no gabinete no Palácio. Com a irmã Rachel, você se encarrega de organizar, porque entende mais de freira do que eu. Só que este é o caso típico de primeiro as mulheres, porque dependo de luzes dela para preparar a abordagem do difícil interlocutor. — Propôs DP.

Se o padre agia como quem temia um mero aluno do educandário religioso, que diria o governador! Com todo o poder sob seu controle, reconhecia que no mínimo deveria se preparar para uma conversa privada com o dublê de seminarista e locutor. Os dois cobertos de razão, porque se tratava do monstrinho do Pedrão, que eles haviam concebido separados, mas estavam criando juntos. DP queria de fato conversar para conhecer bem as intenções do aprendiz de radialista. Mas os políticos consideram indispensável usar e abusar da falsidade para manipular os interlocutores. E, sempre que um deles floreia o assunto, e não raro apresenta sintomas de gagueira, com certeza está vitaminando algum pensamento com bem elaborada mentira. Foi o que aconteceu ali. Com a alegação de que precisava fazer um raio X nas intenções do comunicador Pedrão, o governador pediu que o reitor montasse uma conversa dos dois no Palácio.

— Como o raio X emite sinais perigosos para a saúde, a medicina aconselha que só pacientes e profissionais da área se aproximem desses aparelhos, quando estiverem em operação. Pedro Boa Sorte é um animal transbordando intenções ofensivas aos nossos corpos. O meu colete protetor para o encontro com ele eu vou buscar na reunião preparatória com a freira. E eu quero evitar os perigos de irradiação para outros agentes, inclusive a sua pessoa. Com relação à irmã Rachel, deixo tudo em suas mãos. — Detalhou DP.

— Se quiser passar pelo Seminário sexta à tarde, marco com a irmã para aguardá-lo na Reitoria. Só que eu vou almoçar fora e volto à noite. — Exagerou o religioso no tamanho da esmola.

DP ficou até surpreso com a moleza. Fazia tempos que seu interlocutor mais complicava do que facilitava a convivência dele com a religiosa. Candidato a pinto em território de gavião, DP era do tipo que via fantasma nas variações da cor do céu e da temperatura solar. "É armadilha desse padre possessivo", ainda pensou. Mas era insuperável sua necessidade de estar com a freira, para conversar, rezar, discutir qualquer coisa que passasse pelo permissômetro do projeto de casal.

— Marque, padre Franco. Preciso de fundamentos para enfrentar — parece maluquice o que vou falar — esse embrião de salafrário. Ele mexe com as pessoas no programa de rádio só para amedrontá-las. Vá lá que engane os desavisados, mas tentar me fazer de tolo também já é assinar atestado de ingenuidade. A mim, de maneira alguma, ele engana. Mas de todo modo amedronta, porque, se eu der vacilo a essa cobra da Paraíba, ele crau em mim. Conheço essa raça. Pode marcar com a freira para as 4 da tarde de sexta próxima na Reitoria. — Concluiu DP.

Ao ouvir o de acordo do reitor no final da ligação, o político colocou o seu fone no gancho e desembestou em pulos desconexos, até estatelar-se sobre o tapete, por sorte de altura apropriada até para um maluco em treinamento de amansar boi.

* * *

Da janela do primeiro andar do Convento, a irmã viu o carro do governador subindo a ladeira de Olinda e saiu apressada para chegar antes dele à portaria.

— Pronta para a tarefa que o governador me anunciou sem detalhes. — Prontificou-se a freira.

Iludido com os sinais emitidos pelo reitor ao abrir caminho para o encontro, o governador exagerou no ritual. E tomou um passa-moleque já nos cumprimentos. Tudo porque, no salamaleque para beijar a mão da freira, o aperto dele pareceu com mais força do que o protocolar. Ela puxou a mão com energia, e o beijo ficou no ar.

— Desculpe, governador. Eu tenho traquejo para dar beijo na mão de superiores, e não para receber.

Os dois, falando baixo e ouvindo o barulho dos ventos em busca de frestas, subiram um lance de escada para alcançar a Reitoria. Calmo, como raramente se posicionava, o governador apontou o sofá de dois lugares e ficou na confortável cadeira de balanço do reitor, bem de frente para ela e ao lado da janela que dava para o mar do ativo porto da vizinha cidade do Recife.

— Então, irmã Rachel, foi do padre reitor a sugestão de fazermos aqui nesta tarde a nossa conversa sobre os destinos do programa de rádio *Na Onda do Povo de Deus*, que tinha a função pontual

de recuperar as finanças da casa, abalada pelo assalto que nos surpreendeu. Veio o recurso da emissora de rádio, que se revelou um sucesso de programa, em grande parte devido à sua sensibilidade.
— Exagerou o governador.
— Eu, governador? Somos três os redatores fixos, um deles acumulando a apresentação do programa com brilho. — Corrigiu a freira.
— Eu fiz o possível para conduzir pelo nosso lado a difícil operação de uma emissora controlada por uma sociedade e informalmente composta pela Arquidiocese e este modesto homem público.
— Gabou-se o governador, atribuindo-se a modéstia, virtude que lhe fazia falta.
— Desculpe interrompê-lo, governador, mas o reitor me falou que o senhor estava interessado em trocar ideias justamente sobre a pessoa que acabei de mencionar, o seminarista e comunicador Pedro Boa Sorte.
— Então, o seminarista locutor é uma pessoa abordável? Ele é razoável? — Inquiriu o governante.
— Sim. Sim. O Pedro é voluntarioso, às vezes áspero, repetindo um termo muito usado em minha casa. Resumo em uma palavra a dificuldade que ele tem para relacionamento: berço. Diria que o berço poderia ter sido mais confortável. — Confidenciou a freira.
— Pedro me passa sinais claros de que está com um olho no peixe e outro no gato. E, se aproximar do peixe... e peixe no caso é um programa de rádio, isto é, se aparecer oportunidade, troca a batina pelo microfone de qualquer rádio. — Profetizou DP.
— Desculpe, eu estou longe de conhecer esses pormenores. Mas, no que me tange colaborar para que o senhor tenha boa conversa com Pedro, estou pronta. — Remendou a freira.
— Tenho duas perguntas. Primeira: a irmã acredita que ele pode ser um bom radialista? Se a irmã fosse controladora de uma emissora, confiaria ao Pedro a responsabilidade por um horário de rádio, como repórter, redator ou locutor? — Inquiriu de novo DP.
— Respondo por partes. Primeira resposta: tem talento para ser um excelente radialista. Foi testado e aprovado como apresentador. Segunda: não me passa pela cabeça nem de longe o conhecimento sobre gestão de uma rádio. Eu não tenho, portanto, capacidade de responder a esta pergunta. — Concluiu a freira.

— Quero aproveitar esta tarde, que foi um presente do reitor, para dar continuidade ao nosso diálogo sobre o Serviço Social. A irmã tem pensado em nossa conversa anterior? — Atacou DP.

— Governador, ninguém resiste à sua insistência. E hoje eu posso anunciar que vejo com simpatia a ideia de ingressar no projeto do Serviço Social. — Acenou a freira.

— Posso lhe assegurar que este é um dos grandes momentos de minha vida. — Comemorou o chefe político.

— E o momento de maior indecisão de minha vida. Estou baratinada. — Baixou o tom a freira.

Como lhe viu tremendo as mãos branquinhas e bem esculpidas, o governador cobriu-as com as suas e arriscou um beijo no rosto dela, com a cara de quem pensou: "deu mole, então aguenta". E a reação foi típica de uma mulher em formação. Fragilizada, recebeu quase confessando que precisava de sopro de revitalização. Ela olhou para a porta e tentou se segurar, mas optou por correr do que lhe pareceu por um instante a reencarnação do demônio.

— Está ficando tarde para cuidar do jantar dos meninos, que daqui a pouco voltam famintos do passeio pela cidade.

Defendeu-se a religiosa.

— Vou sair daqui para iniciar a picada da estrada que haveremos de construir juntos. Posso confiar na sua participação numa campanha forte para ajudar famílias pobres a melhorar de vida do ponto de vista de alimentação, saúde e principalmente educação? — Imprensou o governador.

— Participarei, sim. Ainda preciso ouvir mais e pensar muito sobre a extensão e as implicações disso no meu ofício religioso. — Confundiu a freira.

Vermelha, faces visivelmente afetadas pela conversa, Rachel olhou para a janela e depois voltou os olhos para DP.

— Governador, o senhor às vezes me encabula tanto, que tenho vontade de sumir. O senhor conhece bem o ser humano: ninguém resiste ao carinho, quando vem na dose certa e envolto no sentimento de sinceridade. Mas o senhor surge com tiradas que me dão vontade de curtir sozinha. Falei demais e peço a sua permissão para voltar à cozinha. Daqui até o encerramento do programa, ainda vamos nos ver e, quem sabe, encontrar tempo para conversar. — Manteve janela aberta a freira.

— Sem dúvida, teremos tempo e espaço reservados para conversar sobre sua provável nova missão. Afinal, a vida nos encarrega de serviços, funções e obrigações, mas a nossa alma reserva algumas atividades para a categoria de prazer, sejam essas atividades trabalho ou hobby. — Foi bem longe o político.

Ainda nos procedimentos de despedida, a freira, que vestia hábito vistoso, usado para compromissos externos, pôs a mão no bolso, tirou um terço e fez menção de passar ao governador, que, sem entender, indagou se iriam rezar.

— Quem vai rezar será o senhor. Pode ser à noite, nos deslocamentos do automóvel. É um presente para o senhor se lembrar de mim, quando for dialogar com os mistérios de Deus. — Pegou mais firme a religiosa.

— Que é isso, irmã Rachel? Vai passar para mim seu instrumento de oração? A senhora precisa mais do terço do que eu. — Reagiu o governador, enquanto a freira mantinha a mão estirada com o terço pendurado à disposição dele.

— Pode ficar, governador. Tenho muitos terços, sempre tive no mínimo três, em homenagem à Santíssima Trindade. Sabe, governador, tenho de lhe contar esta. Por brincadeira, o nosso Pedro, ao falar na rádio no Dia das Mães, citou meu nome como de mãe adotiva de ouvintes. A partir daí, mandam terços para mim sem parar. Mas o que estou dando de presente ao senhor é o que mais amo, e só o rezo às terças-feiras, justo meu dia de sorte. — Doutrinou a freira.

— Irmã, a senhora me mata de tanta sensibilidade. Vou rezar sempre e a partir deste instante — metendo a mão no bolso do lado direito — vou levá-lo sempre comigo. — Prometeu ele.

— Posso confiar? — Deu moleza a freira.

— Pode tudo e como a senhora imaginar. Fique certa de que eu farei o possível para seguir seu conselho. E vou pedir ao reitor para marcar nosso próximo contato, a oportunidade para a senhora presentear a minha alma com a sua linda presença. — Galanteou Dario.

— Opa. Eu sou uma freira. O senhor esqueceu? — Pulou a irmã.

28

A indumentária e a postura do visitante chocavam-se com a estampa do empertigado governador, pronto para qualquer celebração solene, naquele meio de tarde úmido e quente. Pedrão, antevendo a distância a sua despedida da vida comunitária, apresentou-se de roupa civil no evento do Palácio do Campo das Princesas. Desajeitado de batina, era jegue de calça e camisa. Pau que nasce torto não há folhagem que desentorte. Ele entrou em linha reta na direção da mesa de despachos, e o governador indicou o ambiente onde se realizaria a conversa a dez metros dali. Ocupou o sofá de dois lugares, e o anfitrião, a cadeira de encosto alto e confortável, que o ajudava a manter o tronco ereto como uma palmeira e o pescoço esticado como galo de briga, posicionado para dar combate ao predador. Nada a ver com o radialista. Sentado, o pobre-diabo postava-se torto, que parecia até três em um. Isso porque o tronco o empurrava para o interlocutor, enquanto os quartos fugiam dele.

Apesar do contraste coreográfico que colocava DP num plano quilômetros acima do visitante, por alguma razão, que poderia ser cacoete político ou sentimento oculto de inferioridade, na hora de começar a conversa, os papéis se inverteram, e quem deu o tom de coitado foi a maior autoridade do estado. Nem por sonho Pedrão poderia pensar que DP pediu a conversa, motivado exclusivamente pelo medo de contrariá-lo. E a primeira pergunta do dono da casa foi insuficiente para revelar a sua intenção.

— Tenho a impressão de que, se você pudesse escolher, hoje permutaria o sonho do púlpito pelo projeto do microfone, ou me engano? — Indagou o governador, que, se traindo, abriu plataforma de gelo para um ás do esqui.

— O microfone é projeto, e o púlpito foi um sonho. Suplico-lhe que isso passe longe dos ouvidos do reitor ou do prefeito de disciplina, o estimado Dom Fernando Espinosa. Estou falando para o senhor. Saí de casa aos pré-sinais da chegada da adolescência, porque a forma de expressão que conheci primeiro foram as aulas, os sermões, as pregações. Hoje, tenho certeza de que meu ganha-pão sairá dos microfones de uma emissora de rádio. — Confidenciou Pedro Boa Sorte.

A discussão do governador com o seminarista era tão inusitada para os personagens quanto inverossímil para as circunstâncias. No meio da conversa, o seminarista encomendou emprego, quando pudesse exercer profissão, e o governador pediu respeito recíproco no relacionamento. Ficou tudo documentado no aparato eletrônico do gabinete. Até a reação exaltada do governador ao prenúncio de uso de chantagem, se ele se negasse a colaborar com o projeto do pedinte.

— Será, meu Deus, que eu estou falando com a pessoa errada? Este horário foi reservado para um jovem seminarista até aqui com promissora carreira religiosa e que estaria inclinado a deixar a batina. E custo a acreditar que essa criatura já esteja pensando na experiência de radialista pelo lado destrutivo, criminoso. Estou surpreso que fale em caminho de ganhar dinheiro e fazer fortuna na profissão, que é de pobre. O que ouço é um apressado aprendiz, exalando ganância e certamente de olhar aguçado para caminhos tortuosos. — Escandalizou-se DP.

— A minha prioridade é vencer, e vencer é pôr grana no bolso. — Respondeu o jovem.

— Se julgasse como impossível mudança radical em suas intenções, asseguro que o mandava se retirar agora de minha sala. Em todo caso, guarde isto: se você fizer carreira por aqui, enquanto eu tiver liderança em Pernambuco, nós jogaremos juntos, e eu estou disposto a lhe entregar a bola, as chuteiras e o campo. Mas só pode correr dentro das quatro linhas. Sair fora na hora do jogo, nem para ir ao banheiro. Se pisar fora das quatro linhas, nós dois vamos jogar em times adversários, se é que me entendeu. — Ameaçou o chefe do Governo.

— Entendi, mas quero ver o uniforme de jogador e o campo da disputa. — Desafiou o "atleta".

— Quando você largar a batina, volte e me procure. Oferecer emprego a projeto de padre em demolição é custoso. Acerte as contas dentro do prazo estabelecido por você e a família. — Definiu DP.

— E por que vão acabar o programa *Na Onda do Povo de Deus?*

Mudou de assunto o visitante, sem sequer vocalizar uma estreita vinheta de passagem, como se desejasse apenas fugir do tema principal em momento de desvantagem.

— Porque é esdrúxulo tirar pão da boca do pobre e estocar no armazém de quem tem sustento próprio. A despensa do Seminário anda abarrotada. Os horários da emissora existem para garantir a sua manutenção e ajudar a sustentar pessoal. — Ensinou o governador.

— A máquina que antigamente movia os serviços radiofônicos se chamava "jabá", a gratificação que as gravadoras concediam aos comunicadores em troca de divulgação de seus discos, depois LPs, CDs. Era um incentiveco, se comparado aos regalos gigantes que os marqueteiros movimentam hoje para construir e desmontar pré e candidatos a cargos públicos executivos. Desses recursos sempre sobra alguma merreca para o rádio, quero dizer, para os profissionais do áudio. É disso que se trata. Um comunicador que tiver acesso a essa carpintaria vai ver a cor e apalpar a textura do dinheiro. — Detalhou Pedrão.

Inconformado com a profundidade das más intenções do ainda seminarista, DP fazia o possível para mostrar os desvios de conduta do seminarista.

— Estamos falando de valores diferentes. Por analogia, você encontra dono de borracharia ganhando bem. Por que isso é possível? Porque borracheiro salafrário pode manejar seus instrumentos de trabalho — chave-inglesa ou de fenda ou de roda mesmo, bem como martelos de borracha, pés de cabra — na calada da noite para arrombar portas e assaltar. Se, no estágio que fez, você vislumbrou ganhos em atividade criminosa e suicida, o mínimo que posso dizer é que você está indo com sede ao pote e pode se afogar nele. São enormes os riscos de um tiro estourar os miolos de quem veste uniforme de borracheiro, calçando sapatilhas silenciosas e portando armamento para arrombar propriedades. — Instruiu o governador.

— Todo trabalho, todo negócio, tem risco. Eu me darei por satisfeito com um programa que, conforme falei para o senhor, alavanque dinheiro, porque ninguém quer ficar mal com o comunicador e muitos querem ficar bem, e isso tem alto preço, dependendo do homem-voz. Existem mensagens para o bem ou para o mal. Isso tudo é questão mercadológica. — Prosseguiu Pedrão.

— O futuro radialista está vendo longe e por certo esquecido de que é crime vender silêncio ou direcionar informação para ofender, amedrontar, difamar ou chantagear. Pela lógica do crime, primeiro o fulano se faz profissional e depois se desvia para o campo da malandragem, do estelionato. Você, seu sujeito, sequer tem roupa para se apresentar em balcão de emprego, mas já estica os braços com uma pesada picareta. Que triste trajetória a de seus pais, professores e guias espirituais, que tudo perderam no intuito de educá-lo para o mundo. — Advertiu o governador.

— Minha intenção está longe de ser prioritariamente atacar para chantagear. A prioridade serão as finanças. Agora, se o custo para alcançar este objetivo for denunciar descaminhos em bens públicos, aí combinam bem a fome com a vontade de comer. — Esclareceu Pedrão.

— Eu lhe garanto que comigo o castigo será maligno. Ainda me molestam os zumbidos dos gracejos que você andou soltando no microfone da nossa emissora, pensando me atingir, e que certamente apressaram a decisão da Arquidiocese de retirar o programa do ar. Adianto mais: as ofensas, os insultos que você cometeu até agora, ficarão impunes porque o prejuízo foi pequeno, e uma eventual punição resultaria em mais danos para mim. Mas a minha tolerância acabou. Se voltar a fazer graça com meu nome, mesmo de forma oculta, você vai aprender com quantos paus se faz uma jangada. — Malhou DP o ferro da ameaça.

Tão logo o visitante foi embora, o governador procurou a freira, usando passa-moleque para alcançá-la sem se identificar. Ligou o número geral do Seminário, pronto para enganar a quem atendesse, se não fosse irmã Rachel.

— É da parte da residência dos pais da irmã Rachel. Daria para falar com ela? — Mentiu DP.

— Pois não. Vou passar para irmã Rachel. — Respondeu a voz feminina, que se identificou como a irmã de plantão.

— Seu colega de programa de rádio, o famoso comunicador Pedrão, acabou de sair daqui. Osso duro de roer, esse rapaz, que sinceramente custo a crer tenha desembarcado tão cedo do avião das boas intenções. Ele se alimenta de soberba. Autista ou cínico, seguramente desequilibrado, vazio da mais rudimentar virtude que um religioso deva cultivar. — Criticou DP.

— Ele é um pouco custoso, mas parece mais inseguro do que mal-intencionado, e tem vontade e disposição para ajudar o próximo. E a conversa foi produtiva? — Suavizou a freira.

— Sim. Ele está decidido a largar a batina, ensaiava hoje roupa civil, embora ainda esteja se preparando para comunicar aos superiores, que aliás vão se encher de remorso, porque afinal foram eles que o encaminharam para o microfone, que acredita ter-lhe concedido graduação, pós, doutorado, especialização e como anexo o sucesso profissional. Está convencido de que vai chegar ao pódio e, por estranho que pareça, se descuida de esconder os segredos da alma inundada de segundas, terceiras, quartas e quintas intenções. Pretende enriquecer por métodos nada ortodoxos. — Denunciou o governador.

— Mas pediu apoio ao senhor ou se arvora de autossuficiente para alavancar o próprio projeto? — Indagou a freira.

— Pediu, mas não condiciona seu intento à minha participação. Autossuficiência é uma palavra muito adequada ao estado de espírito dele. E quando podemos nos ver? — Atacou DP.

— O senhor tem falado com o padre reitor? — Chamou atenção a freira.

— Vou ligar para ele agora. Preciso passar uma ideia do desembaraço do moço. E vou aproveitar para pedir uma reunião nossa, quando devo apresentar os fundamentos do que o Governo espera de vocês. — Prometeu o governador.

* * *

Incontido no intuito de descobrir os resultados da conversa do governador com o pupilo Pedrão, o reitor demonstrou ansiedade, quando atendeu o telefonema.

— Como foi a conversa? Quais as intenções de nosso futuro radialista? E como vai ele? — Indagou padre Franco.

— Arrogante, confiado, precipitado e pode-se tornar forte candidato a dar com os burros na água, se voltar ao mundo leigo tão desafiador, imaturo. Se realmente entrar no mundo do rádio, encapsulado nessa prepotência toda, vai quebrar a cara. Hoje eu teria receio de apresentá-lo a algum empregador, porque considero impossível a convivência dele com uma equipe de trabalho. — Pegou pesado o governador.

— Eu agora estou matutando. Será que a presença dele aqui ameaça a harmonia da casa? Sinceramente, se com o programa ainda no ar, programa que parece ter-se resumido à sua razão de viver, falta a ele mancômetro para perceber que com uma conduta desregrada só tem a perder, o melhor talvez seja aconselhá-lo a abreviar sua permanência na casa. — Afirmou em tom de consulta o reitor.

— Talvez tenha razão, padre reitor. Se ele se apresentar depois daí com humildade e demonstração de boas intenções, vou ajudá-lo. Como está, evitarei trocar palavras com ele novamente. Veste o uniforme de estagiário do estraga-clima. É inconveniente para o frio e para o calor. Porta certidão positiva de péssima companhia. Se conseguir se livrar dele já, os colegas e superiores vão festejar de alívio. O sujeitinho é bem deletério para envergar a batina. — Aprofundou na crítica DP.

29

Com cinco edições pela frente, Pedrão dispensou de vez as colaborações da produção, tanto da freira quanto do colega Zezinho. E passou a entrar no ar praticamente sem script. Mandava o sonoplasta rodar músicas orquestradas de tom saudosista para marcar o procedimento da despedida. E, em vez de continuar enchendo a panela dos futuros religiosos, passou a encher linguiça com "campanha para angariar milho". O notório comunicador, de uma hora para outra, do nada, "fundou" favela nas bordas da muralha que costeava o seminário. Falava da remota favela com naturalidade e tantos detalhes, que qualquer descuidado passaria a contar como certa a existência de um verdadeiro povoado onde nunca se abriu o chão para fincar uma estaca. A rigor existia, sim, mas apenas nas inconfessáveis manobras do ardiloso Pedrão, numa tentativa de raspar a laminha do mel, depois de anunciado o vencimento do prazo de validade do tacho. Ele era da categoria de empreendedor que jamais assumia a perda total. Ante o inevitável desastre, salvava o que pudesse. Em caso de desmoronamento de casa, retirava-se levando a porta ou ao menos a chave dela. Se fosse incêndio, um pedaço de madeira em chamas que desse para apagar esfregando areia. Algum com certeza Pedro Boa Sorte armava na "campanha do milho para despossuídos". Despossuídos que têm servido de encosto para manobristas da caridade alheia tangerem massas acéfalas. Pois, onde só havia árvores frondosas como mangueiras ou altas e solenes como palmeiras-imperiais, ele "plantou "barracos", formou "favela", abrigando algo como "cem famílias", todas cobaias de seu laboratório criativo. Achou pouco inventar essa inusitada "comunidade de sem-teto" que nunca teve a origem revelada, como se alguém tivesse tirado do nada e transplantado para a exagerada área verde do prédio secular, e ainda atribuiu às desvalidas famílias "valentia e crueldade", portanto ameaça a todos que habitavam ou frequentavam a área. Portador ocasional de solidariedade, Pedrão passou a sugerir milho, embalado em pacotes de um quilo, para "distribuir aos rebelados moradores". Ele ali fazia tipo, pedindo em tom de compaixão, "saquinhos de quilo de milho", sugerindo como destino da caridade "algumas famílias abrigadas ao redor dos muros do Seminário, do velho Seminário de Olinda", repetia. Os ouvintes eram submetidos a vigoroso processo de doutrinação, transplantando para novo campo o enredo do programa de donativos para o Seminário, que estava chegando ao fim da temporada. Só que, diferentemente da campanha anterior, que sugeria entregar os donativos na portaria do Seminário, o saco de milho seria levado para a portaria da rádio, "aos cuidados do seminarista Pedro Boa Sorte".

Na temporada das cinco últimas edições do programa, Pedrão apegava-se a tudo e a todos para provocar compaixão de superiores e colegas. Chegou a convencer os padres de que estava fraco, precisando de repouso, nesse caso continuar dispensado das primeiras aulas. Prontificava-se a usar esse tempo para "meditação transcendental". Ele tocou de tal modo o coração do reitor, que nem combinou a regalia com Fernando Matos. Esse cartesiano religioso, antes de aprovar a excepcionalidade, certamente iria proceder algum tipo de inquirição, até descobrir que objeto ele transcenderia.

De todo modo, tendo padre Fernando como encarregado de disciplina do seu jeito, ou os seminaristas andavam na linha, ou eram estimulados a pular fora. E padre Fernando, que estava de olho no Pedrão, passou a monitorá-lo depois da licença concedida pelo reitor, que, aliás, não deixou passar em branco. O comentário que fez em torno da mesa de refeições azedou o almoço dos dois e deixaria de cabelo em pé as freirinhas que lhes serviam, se não fosse a pressão dos densos véus que as cobriam:

— Você está fazendo concessão a quem tem zero grau de merecimento. Refiro-me a seu Pedro Boa Sorte. — Provocou padre Fernando.

— Meu quem, cara pálida? — Reagiu o reitor.

— A sua reação traz oculta a confissão. E, já que abri a caixa de ferramentas, vou martelar. Ele é pernicioso, de ambições desmedidas, egoísta, incapaz de um gesto para servir ou aglutinar a comunidade. Apesar de valores pessoais como a inteligência, revelada por exemplo na oratória, consegue influenciar a casa, infelizmente mais para atividades e práticas negativas do que para unir e harmonizar o grupo. Não é do tipo de pessoa que melhore o clima, mas é hábil e ativo para agravar o sentimento de desconstrução para difundir dissabores eventuais, que o internato produz. Esse fenômeno é aliviado e às vezes esvaziado no nascedouro graças aos alunos de melhor comportamento, os espíritos do bem, que de algum modo neutralizam um Pedrão. Mas isso é pouco para evitar por inteiro os prejuízos que ele hoje dá a esta casa. — Aprofundou-se padre Fernando.

Apesar de hierarquicamente muito próximo do reitor, pois era seu substituto e com poderes absolutos na ausência dele, o padre espinhento acatava sem discutir ordens, mesmo quando dadas em momentos de distração. Como foi o caso da autorização para Pedrão passar temporada trocando o período das duas primeiras aulas matutinas pela meditação silvestre. Padre Fernando era um calo no sapato de quem estava em sua alça de mira. E, mesmo sabendo disso, Pedrão continuava enveredando por excepcionalidades, apesar de defenestrado de outras regalias, como a temporada radiofônica.

O curioso padre Fernando achou por bem acompanhar os movimentos do seminarista, mesmo desconfiado de que ele estava próximo de desertar. Fiscalizava seus passos, puxava conversas constantes com os interlocutores dele e, nos primeiros dias, acompanhava-o a distância até a entrada no capão de mato, depois do café da manhã, na gazeta das primeiras aulas. Religiosos no ofício de fiscais de disciplina, como no caso de padre Fernando, quando são encarregados de observar, fiscalizar e julgar condutas, encarnam figuras religiosas da Idade Média, enchem-se do desejo de castigar pecadores até o ponto de acenderem fogueiras para a queima dos ímpios. Convencido de que alguma patifaria estava em curso, o padre foi procurar ângulos no alto do prédio por onde pudesse ver aquela batina enfrentando o mato e depois se ajoelhando ou se sentando no pé de uma árvore para meditar. Ele custava a crer na entrega do peixe vendido ao reitor pelo seminarista e, ansioso, aguardava a hora de pôr a mão no sujeito de seu pré-julgamento. Mas estava difícil vê-lo, depois que Pedro Boa Sorte sumia na vegetação fechada.

Certa tarde em que tinha pouco para se ocupar, padre Fernando encontrou no almoxarifado do sótão um vitral quebrado e com jeito abriu brecha de 20cm^2, suficientes para observar, sem ser percebido, a bela paisagem defronte à muralha, onde Pedrão "criou" a favela para distribuir sacos de um quilo de milho. Viu dali mesmo uma espécie de clareira entre frondosas mangueiras. Deu-lhe na telha que o pupilo passaria por ali antes de se esconder para meditar entre árvores, devoto que era da energia vegetal, despregada de troncos abraçados por humanos nas propaladas altercações ambientais.

E o padre caçador, no dia seguinte, cedinho, chegou ao posto de observação, propiciado pelo buraco do vitral. Feliz surpresa para o investigador, que atirou no que viu e matou o que não viu. Ele identificou no claro da mata a figura de Pedrão, de batina preta e um saco pendurado no ombro. Isso após café da manhã, que se seguia aos ofícios religiosos da meditação e missa. O susto e o arrepio do prefeito de disciplina estavam por vir e vieram. A menos de três metros de distância, seguia o ardiloso seminarista a famosa jumenta preta, muito faceira, que apareceu nas primeiras doações de sustentação da despensa do Seminário. A fêmea de asno, por ser mansa e sempre disponível para os serviços de carga, havia tempos cumpria a rotina de transportar as compras até a casa religiosa no topo da ladeira. Foi esse o ofício que livrou o animal do troca-troca, quando os padres, impossibilitados de produzir massa verde para os semoventes doados, resolveram liquidar o rebanho. Única remanescente da experiência fracassada de formação da granja, a jumenta de carga foi recompensada pelo apreço dos seminaristas, principalmente Pedrão. A dedicação dele ficou patente, quando improvisou o batizado dela já adulta com cerimônia e tudo. Ato que por sinal ficou restrito ao ambiente dos alunos. Nenhuma repercussão ou comentário desceu dos superiores ou do professorado.

Padre Fernando Matos, protagonista do processo de investigação da aventura do ex-comunicador Pedrão, estava intrigado com os mistérios dele. Até que um dia ele se posicionou bem e pôde segui-los, orientando-se pelas pegadas dos dois. Só que perdeu muito tempo para se desembaraçar de galhos e se livrar de espinhos. E, quando imaginou que havia chegado ao ponto, tremeu feito vara verde, sentiu falta de ar, o tempo escureceu e ele foi obrigado a se encostar num tronco para se recuperar. Refeito, se deu conta de que perdeu a oportunidade. Só teve tempo de reconhecer:

— Eta, lasqueira! Perdi a caça. Que merda vim fazer aqui? Mas eu vou voltar. Eu quero descobrir qual a mandinga que esse cabra está aprontando. — Ameaçou o padre responsável pela disciplina dos seminaristas.

O curioso chupou dedo perguntando-se que meditação era aquela, que dependia da presença de um animal, símbolo e sinônimo da pouca inteligência, afeito apenas aos serviços pesados da carga ou, em casos excepcionais, aproveitado como mera figuração em apresentações circenses. Diante das excentricidades da jumenta e singularidade do parceiro, aguçava-se o furor especulativo do investigador. Ele ainda perdeu meia hora esperando a movimentação do pupilo, até que desconfiou de uso de outro caminho para retornar do mato às dependências do Seminário. De fato, quando retornou ao corredor das classes, o padre viu um lépido e fagueiro Pedrão entrando na sua sala para assistir à terceira aula.

O ruminante padre Fernando pensou em confessar curiosidade, mas guardou para os dias seguintes, quando pretendia se certificar dos detalhes da movimentação do investigado. No sábado da mesma semana, aproveitou que todos passeavam pela cidade e foi conhecer o santuário, ou o inusitado esconderijo para um adolescente meditar, acompanhado da jumentinha, ávida pelo saco de milho.

Lá, conheceu a trilha toda, a marca das pisadas do tempo que o animal gastava na mochila da ração e até um tronco de 20 centímetros, onde possivelmente o seminarista se sentava para meditar.

Veio a outra semana e, na segunda, avisou à classe que chegaria um pouco mais tarde no dia seguinte, porque celebraria a missa na igreja de Rio Doce. Golpe.

Na verdade, terça-feira ele desceu mais cedo para fazer a peregrinação do seminarista. Lá, sob a sombra das mangueiras, catando capim e folhas de arbusto, já se achava a jumentinha, que saudou a chegada do padre, levantando o pescoço e entoando relincho, como se perguntasse: "E o meu saco de milho?"

É provável que o animal tenha confundido o padre com o seminarista, afinal naquela casa todos usavam batina preta, e o cumprimento dela ao padre intruso foi menos saudação e mais indagação, que poderia ter sido replicada com o reforço de outro componente comum ao corpo humano: "Onde estará a mochila de milho, se não está pendurada em um dos ganchos móveis da parte superior do corpo?" Padre Fernando era momentaneamente homem realizado. Estava prestes a alcançar a proeza de flagrar um seminarista na lista de expulsáveis praticando ato na pior das hipóteses de desvio de alimento, doado para famílias carentes.

Como a jumenta não entendia a linguagem do homem, o padre investigador expressou em voz alta um dos receios que tinha do ritual e que ele interromperia antes de se consumar:

— Se ele arruma esse circo para a prática de feitiçaria que inclua sacrifício dolorido dessa pobre irracional, eu vou interromper antes que ela sinta qualquer dor. — Tomou as dores o padre.

O flagrante estava montado, e o diretor de disciplina preparado para consumar o processo investigatório com que contava para expulsar o seminarista e mandar de volta para as bandas de Catolé do Rocha, na Paraíba. Em instantes ele comprovaria que Pedrão mentiu ao alegar necessidade de meditação, quando perdeu a vocação, e a partir daí passou a ser o joio no meio do trigo; e, quanto mais cedo fosse ceifado, melhor para os outros em idade de fácil contaminação. Ou, se o método da meditação tivesse algum proveito, seria absorvido para as normas do regulamento. E cheio de dúvida o padre posicionou-se por trás de folhas de jovem palmeira, fácil de ser percebido, menos por quem estava seguro da perpetuidade das fugas.

E, quando Pedrão chegou, fazendo barulho apenas dos galhos de arbusto que iam caindo sobre a folhagem seca, a indefectível jumenta, que o observava de olho no saco de merenda, relinchou e não foi em vão. Ele abriu as duas alças da mochila e pendurou nas orelhas dela. Que apetite! Pedrão chamou-a pelo nome de Abigail, abraçou-a pelo pescoço e só então foi se preparar.

Tirou a batina, os sapatos, as meias, calça e cueca, pendurou tudo no galho horizontal de uma pitangueira. E de camisa subiu no tronco da árvore, posicionado atrás dela, já cuidando de arredar o rabo da jumenta para só então acunhá-la. O padre via aquilo estupefato, no começo com vontade de rir, mas optou por ir até o fim em silêncio conventual para curtir a incontinência do irreconhecível animal, até instantes antes um bípede humano e agora transfigurado num feroz devorador da quadrúpede. O padre temeu e, tremendo, sentou-se no chão, protegendo o rosto com as mãos, e escorou em cima dos joelhos juntos para não ver o espetáculo. "Monstruosidade satânica. Por que logo eu me escolhi testemunha dessa monstruosidade animalesca?" O padre em voz baixa qualificou o malfeito do seminarista como "meditação bucólica, que jamais me passou pela cabeça, quando a juventude me permitia o exercício de certas fantasias."

Alheio ao que lhe parecia ser apenas um bosque, enquanto se movimentava enrabichado na sua presa, esta entretida com o milho, Pedrão se jogou com força e de vez em quando se debruçava sobre o lombo do animal, pronunciando palavras de carinho. Com a demora, apesar da movimentação arrojada do excitado seminarista, padre Fernando perdeu a serenidade, pensou em se aproximar para disparar o flagra, mas a quebra e o barulho de um galho seco o impediram de incomodar o casal em apuros. Era tarde. O garanhão já estava vencido pela força do jato de sêmen e, de olhos fechados, não tomou conhecimento de nada que estivesse fora de seu campo de domínio. Impávida com o colosso de seu saco de milho, a jumenta comia docemente, enquanto de braços ora abertos, ora fechados, apertando a anca de sua fêmea, Pedrão se aproximava da apoteose da meditação, que logo vocalizou alto e bom som: "Abigail, Abigail, minha flor, minha fêmea, Abigail, não deixa teu jumentão só, Abigaiiiiiiiil."

Sem palavras, padre Fernando saiu de fininho. Pedrão e Abigail concluíram os lanches praticamente juntos. Ele, esbaforido, e a jumenta já de olho grande no saco amarelo pendurado, para desconforto dela, vazio. Ele pôde então retirar a mochila que estava presa às orelhas da amante para guardar na gruta à espera da próxima oportunidade. Sem qualquer jura de amor eterno, o seminarista despediu-se com leve toque de mão no queixo do animal e um conselho afetuoso: "Te cuida, feminha."

30

Era segunda-feira de nuvens, calor e pobreza de notícias, em toda a Grande Recife, colosso da Zona da Mata pernambucana. Assim como quem está apenas interagindo com os colegas que reclamavam do tédio, Toni Arara pegou as tralhas, pediu autorização ao chefe para sair no carro de reportagem e garimpar algum movimento razoável pelo cais do porto. Cais do porto, coisa nenhuma. Matreiro, ele sabia forjar enredos para confundir a concorrência na hora de prospectar. Na noite anterior, havia sonhado com Marylua, um sonho sem enredo, mas, como usuário dos sinais que creditava ao anjo da guarda, partiu para o ataque. Primeiro foi a Brasília Teimosa, ver o antigo bar que estava semiaberto e já tomado por algumas figuras novas, duas ou três famílias de invasores. Como àquela hora uns ainda estavam tentando pegar no sono, enrolados pelo chão em lençóis condizentes, e outros já bebericavam na boca de uma garrafa de Pitu, rodando de mão em mão, Arara foi bater nas portas da vizinhança. Na terceira tentativa, deram-lhe indicação. A ex-dona do bar estaria preparando terreno para se estabelecer novamente, só que em outra área, entre Afogados e Boa Viagem, próximo de grandes prédios residenciais e de escritórios numa das esquinas da avenida Marechal Mascarenhas de Morais.

O repórter partiu com a intuição do pensador brasileiro Gentil Cardoso, que cunhou a sábia oração sobre a lei da razoabilidade do futebol: "Quem pede recebe, quem se desloca tem preferência." Dito e feito. Toni encontrou Marylua, de vestido estampado de flores em cores fortes, orientando operários que montavam a estrutura do estabelecimento de poucos cômodos onde abrigaria seu quarto e espaço de tamanho razoável para reinstalar o bar e restaurante com seu nome. Como se tivesse caído do céu, mais que a entrevista, ela deu pedradas e desceu o tacape, assim como quem queria acordar algum vivente dormindo fora de hora.

O escovado profissional pegou gravador, caderneta de anotações, esferográfica e pediu ao motorista para acelerar, o que queria dizer passar por baixo de semáforos, mesmo que por cima da lei, se fosse esse o custo de chegar a tempo de entrar no jornal, que estava no ar em procedimentos de despedida.

A equipe do *Grande Jornal* da Amigo Velho, concentrada no encerramento do noticiário do final da tarde, vacilou em atender aos sinais que deu pela divisória de vidro transparente do estúdio. A vinheta do boa noite estava por um levantamento de mão do narrador, quando, aos braços levantados, Toni Arara somou berros, a porta foi aberta, e o coordenador da cabine o recebeu e ouviu o resumo de tudo. A ex-dona do bar fora procurada por um delegado e o próprio secretário de Segurança Pública, que, dizendo-se interessados em levar sugestão ao governador, a sondaram sobre a possibilidade de ela arrendar a cozinha do quartel do Corpo de Guarda, dependência militar do Palácio do Campo das Princesas.

Isso acontecera havia um mês. A reação de Marylua foram perguntas sobre a estrutura do suposto refeitório, quantidade de refeições, forma de ressarcimento e duração do contrato. Os dois emissários, que haviam demonstrado conhecimento sobre o recolhimento de impostos dela nos três últimos anos, responderam a todas as perguntas e no final ainda revelaram o montante do seu lucro anual. Algo em torno de 200% acima do líquido no último exercício do antigo bar-restaurante de Brasília Teimosa.

A matéria estava excelente, mas o chefe da redação amarelou com a sonora dela. Tão somente a reprodução da resposta que a pequena empresária deu aos emissários do Palácio das Princesas, o secretário de Segurança e o delegado que presidiu o inquérito da chacina. Esta fala: "A proposta é tentadora, mas ainda distante do alcance de meus braços, curtos demais para abraçar o cofre que guarda os segredos do crime. Eu me recuso a tratar de negócios com vocês, enquanto a polícia esconder o que sabe, enquanto o público for privado de conhecer os nomes de mandante, além de executores dos assassinatos, e a Justiça for obrigada a adiar o anúncio da pena dos criminosos que trucidaram os quatro meninos e destruíram o meu negócio."

Na redação da Rádio Amigo Velho, os pragmáticos votaram pela divulgação parcial da entrevista. Toni Arara bateu pé e disse que, ou era tudo, com casca e nó, ou preferia perder o emprego e ainda levar para seu arquivo a gravação como relíquia. O gravador era próprio, e ele foi logo ensacando em sua surrada mochila. A direção da rádio reuniu-se e em seguida o diretor conversou por telefone com o reitor do Seminário de Olinda. De lá saiu o reitor direto para o gabinete do governador. O programa já havia se excedido em 30 minutos, com repetição de sonoras e reprisando comentários. Veio a palavra final do chefe de gabinete do governador: a entrevista estava vetada na totalidade, o repórter Arara teria de ser convencido a abortar o furo e a permanecer na mesma função e, se houvesse mudança, seria por promoção.

* * *

A censura ocorreu na primeira semana de alteração da grade da rádio por conta do encerramento do periódico *Na Onda do Povo de Deus*, lacuna que a emissora preencheu com série de programas-teste de todas as suas promessas de comunicadores, entre os quais Toni Arara, o último a ser avaliado e com resultado extraordinário. A recepção de sua voz foi estrondosa e surpreendente. Desde a hora em que ele abriu o telefone para o público, a fila de ouvintes praticamente ocupou os 90 minutos, quase só levantando bola do notável "Repórter do Povo", um dos codinomes da fera. Empolgado, ele deu a perceber que improvisava formato novo na programação.

Na corrida para ganhar a vaga, embora revelando um pouco de nervosismo, foi mais econômico nas participações, que lhe adicionaram sobriedade e precisão, se comparado ao setorista do dia a dia. Feliz da vida com o papel de armador de jogadas, focado no resultado do jogo e não no sucesso pessoal, lascou a toque de caixa até slogan no encerramento do horário: "Obrigado, ouvinte do Toni Arara, e pode me chamar Toni Escada, pois comigo você sabe que sobe."

Ele foi recebido pela direção da emissora na porta do estúdio e proclamado apresentador do programa a partir da semana seguinte. Ainda perguntou se poderia ter uma batina na produção, referindo-se ao seminarista Zezinho, calado mas maneiro no texto, e a resposta da chefia que recebeu aprovação geral foi político-enrolatória:

— Vamos convidar e ver se aceita, que ele é muito sério. A emissora anda pesada e está carente de molecagem. Mas chega de pedir, seu Toni Arara. — Resumiu o diretor de programação.

Se tivessem convidado Zezinho, iriam perder tempo. Uma semana foi suficiente para ele voltar ao tempo integral do Seminário e ser escalado para o discurso de comemoração do aniversário da casa. O sonho de se ordenar e vencer como orador estava mais vivo do que nunca. Para completar, uma onda de alívio se desenhava em seu campo, pois o arquidesafeto Pedrão, envolvido em onda de boatos, baixara na enfermaria e ao que se comentava seria alvo de expulsão negociada entre o reitor e os pais dele, prestes a chegar do interior da Paraíba, trazendo vestes civis.

Certo era o impedimento de ainda vestir o hábito diante de "falta grave, testemunhada por padre Fernando e guardada sob sigilo canônico". Para os seminaristas e frequentadores de algumas salas da Arquidiocese, Pedrão, embora em tom de cochicho para lá de barulhento, fora carimbado como autor de "pecado bestialógico, ou ato sexual envolvendo humano e bicho, heresia inédita na crônica do Seminário de Olinda".

Suposição restrita a alunos, professores, religiosos. Pois ninguém poria a mão no fogo por servidores, alunos, professores, visitantes e invasores que no decorrer dos séculos atravessaram arcadas, corredores, salões e átrio do imponente prédio construído no ponto mais alto de Olinda e mirante de uma das vistas mais ricas das cidades gêmeas.

31

Um telefonema do Ministério das Comunicações para a sede da Arquidiocese sobre necessidade de atualização cadastral da Rádio Católica da Arquidiocese de Olinda e Recife foi repassado ao reitor, responsável informal pela Rádio Amigo Velho, e ele tinha de ir às pressas a Brasília. Antes deu um pulo no gabinete do governador, verdadeiro controlador ou dono da estação. Ia pedir orientação enfrentar abordagens da burocracia. Solícito, DP atendeu como quem tinha encomenda a fazer ao viajante.

— Se não estiver preparado para responder as exigências a serem quitadas no ato, faça agora uma visita ao nosso Chaina que ele adiantará solução em espécie. — Preveniu o governador.

— Vai ter cobrança, sim, de multa sobre multa, a menos que alguma alma caridosa decrete anistia pelas inadimplências de sempre. Jamais os pães-duros da Arquidiocese me ajudaram nisto. — Apelou o reitor.

Com seu faro de cão de caça, um silencioso tesoureiro Chaina apareceu de repente interrompendo a audiência do padre, convidando-o a acompanhá-lo.

Já na sala de armários, gavetas lotadas de envelopes dobrados e protegidos por ligas de borracha, DP foi provisionado. As embalagens variavam de tamanho, e ele recebeu uma grande. Seu Chaina era de pouca conversa e menos ainda de levantar assunto. Capaz de inibir até o padre com a economia de palavras, na hora de fazer pagamentos obedecia ordens do chefe sem jamais passar atestado de falta de grana. Já estava acostumado com a pontualidade das fontes abastecedoras. E que alívio, quando mais tarde percebeu que era bolada em caixa-alta, quantia suficiente até para esticar a viagem e com a delicadeza da dispensa de comprovantes de despesa. Com o envelopão embaixo do braço, voltou ao governador para lhe oferecer a sala da Reitoria enquanto estivesse ausente.

— Seu gabinete é muito confortável — o desconforto que estava embaixo do braço era o envelope da grana e caiu —, ao contrário da minha modesta sala, mas, se precisar ter conversa reservada com algum fiel ou correligionário, já sabe... — Ofereceu o reitor.

— Oferta aceita. Vou transferir o expediente, as audiências, tudo para lá, pelo tempo de sua viagem. Só assim me livro de parte dos que procuram o governador para falar de bobagem e fazer fuxico. — Deu-se bem com a promessa padre Franco.

O governador dispunha de assessores aos montes para as mais diversificadas tarefas, desde a triagem dos pedidos e marcação de audiência até acompanhamento da clientela escadas abaixo do Palácio. Atividades de Governo são como qualquer serviço, dependem do gosto do gestor, e DP tinha horror de comparecer ao gabinete, conceder audiências para ouvir pedidos. Era compreensível que, mesmo por alguns dias, trocasse a máquina de multiplicar audiências e de negar recursos por um lugar para se esconder. Simplesmente fugir dos incômodos da burocracia *in natura* que nem sempre corresponde às glórias de ser chefe de poder.

Para a comunidade liderada por padre Franco, soou estranha a movimentação do governador rumo às entranhas da casa religiosa, já que a primeira pessoa a ser recebida pelo visitante foi a chefe da cozinha do Seminário, irmã Rachel. Foi longa a audiência, apesar de faltar à conversa algo parecido com projeto de estrada, de escola, de ponte ou outros empreendimentos dependentes de deliberação e recursos do Governo.

— Aí tem. — Maldou o mordomo.

Este curto comentário do veterano Amâncio, às voltas com a jarra de água para a sala ocupada por DP, resumiu o sentimento generalizado do pessoal de apoio da Reitoria. A freira deixou a sala com o rostinho de santa em estado de graça. O chefe do Governo chamou o ajudante de ordens e mandou acelerar o fluxo da clientela que o aguardava na antessala. Tradução da ordem: ele passaria a atender de pé a todos os visitantes, indo a eles organizados em grupos de temas afins. O oficial pediu que ele aguardasse por um quarto de hora, enquanto organizava os piquetes.

DP aproveitou os 15 minutos para testar o código que havia combinado com a freira para chamá-la a distância sem precisar de telefonista. O aparelho do Conventinho ia tocar uma vez e depois de segundos de silêncio, tocaria duas. Aí ela ligaria de volta para o número secreto dele. O primeiro teste foi durante o tempo concedido ao ajudante de ordens e funcionou.

O relato do auxiliar foi este: quatro pessoas teriam audiências individuais e trinta e duas outras estavam divididas em grupos de até oito, e todos distribuídos num perímetro de 150 metros de cinco ambientes distintos.

— Quer apostar?

A pergunta veio embalada em sorriso irônico. Como indagações e brincadeiras dele eram raridades para diálogos com subalternos, o ajudante de ordens ficou embaralhado.

— O senhor está falando comigo?

Com esta confissão de dúvida, o oficial esperou bronca, mas escapou, porque o governador estava manso.

— Sim. Queria apostar com você sobre o motivo das audiências. Se for superior a 10% o número de clientes que não pedirão emprego ou vantagem sobre emprego, você ganha três dias de folga para somar ao próximo feriado. — Prometeu o chefe do Governo.

Sem saber da missa um terço, o ajudante de ordens agradeceu, prometendo apresentar o balanço dos pleitos, na semana anterior ao feriado que surgisse primeiro. Era função dele acompanhar as audiências e tomar nota de tudo. Mas o que ocorrera ali fora gesto inédito de delicadeza do chefe, que iria se repetir nas audiências. Gentil, educado, devoto de Deus e de todos os santos, a quem agradeceu, louvou e pediu mais graças ao final de cada fala dos interlocutores, DP estava irreconhecível pelo fino trato dado aos interlocutores que se deslocaram até o gabinete emprestado.

O nome da transformação momentânea era Efeito Rachel. Com quem — antes de descer da Reitoria — dividira uns dedos de chamego telefônico. A freira, fisgada pela flecha dele, vivia momento de abissal contraste com Hermínia, que já não cabia no interior do velho Palácio das Princesas. Qualquer homem normal sofre o impacto, quando se depara com o fracasso no casamento. Mas DP estava longe de ser um qualquer. Hermínia jamais lhe deu razão para esfriar a relação pelo que fazia e deixava de fazer, mesmo à custa de sacrifício. Mas da queda pela freira surgiu outro homem, agora dividido entre objetivos opostos: cortejar Rachel e atazanar Hermínia.

E, antes de descer da Reitoria, ainda encontrou tempo para uns dedos de chamego telefônico com a irmã Rachel, que estava baleada pela lábia dele. E já se fora o tempo de DP medir palavras e ocultar emoções. Para Rachel, apreço. Para Hermínia, mais do que desapreço, desprezo. Mulheres que passam por situação semelhante a esta tomam atitudes variáveis: umas se acomodam na sublimação e na renúncia, outras se sacrificam em mudanças impossíveis, e finalmente as rancorosas armazenam mágoa. Ai dos homens que caem nas mãos de uma Hermínia, que com o tempo adensam à amargura o sentimento profundo de vingança.

O ajudante de ordens anunciou a chegada do secretário da Casa Civil com os atos que deveriam ser assinados para encaminhamento ao *Diário Oficial*. A entrada foi autorizada e desautorizada no mesmo instante por causa de chamada urgente de Brasília. DP, em vez de primeiro ouvir o reitor, foi logo atropelando o telefonema para compartilhar o expediente que estava finalizando:

— Nunca produzi tanto neste Governo. Nesta primeira tarde fiz o que levo quinze dias no gabinete do Palácio. E como foram as audiências em Brasília? Algum problema com a nossa emissora? — Interessou-se o governador.

— Os políticos são obrigados a levar trocados para os necessitados nas viagens pelo interior. Brasília copia o vício. E a primeira pessoa a estirar a mão aqui é o pedinte necessário. Ele alinha o cliente com os poderosos e manobra a papelada. Sem ele, os papéis se desintegram nos escaninhos. — Exagerou o emissário de Brasília.

O governador ficou interessado na teoria esboçada pelo reitor e pediu esclarecimentos, que estavam na ponta da língua do religioso:

— Vou ser didático, governador. Para andar de ônibus, de trem ou de avião, o passageiro precisa de quê? Das passagens. Aqui é igualzinho. Só que quem anda aqui não é o passageiro, mas o papel. Pedidos de emprego, aprovação de projeto, de financiamento, de recursos, tudo isso anda no papel e não tem pé. O interessado na mobilidade desses expedientes precisa de uma moeda cujo genérico é o capilé, que chega ao destinatário como objeto, convite, comprovante de depósito ou espécie. — Segredou o reitor.

— Na sua volta de Brasília, você me explica isso melhor, porque o sinal do telefone está ruim e minha orelha esquentando com o aparelho. — Desconversou o governador.

Com a certeza de que voltaria de alma leve no segundo dia de clientela no Seminário, DP antes do almoço daquela quarta-feira pediu ao Chaina que o aguardasse depois das 18 horas, porque certamente o chamaria para despacho.

A previsão se confirmou, o governador voltou leve como um passarinho e cheio de coragem chamou o chinês. Perguntou se ele tinha algum plano para as procurações dos "estagiários" depois da dispensa coletiva. Ainda tocado pela tarde de bonança, parodiou o futebolista Gentil Cardoso:

— Então, de time que está vencendo não se muda a tática.

O resumo da ópera era patrocinar cursos de capacitação profissional para todos eles, já que sabidamente quem tinha alguma especialização em tempos estáveis encontrava serviço. Chaina os chamou em pequenos grupos e lhes deu a boa notícia:

— Durante uma semana, vocês pensem, discutam e descubram que especialidade gostariam de ter para traçar o aceiro do mercado de trabalho. Pesquisem locais alternativos onde podem, porque vão ganhar bolsa pelo período de seis meses, tempo suficiente para se capacitarem. Depois de seis meses, todos deverão disputar vagas no mercado. O representante da Carnicería de Nosotros virá aqui pessoalmente entregar os diplomas. — Anunciou Chaina.

32

Vazio de ideias que o motivassem a mover uma palha — raramente ele ficava em estado inercial —, alheio à própria ociosidade, que generosa lhe dava asas, o governador demorou a identificar o vulto de uma embarcação que aparecia e sumia nas proximidades do porto do Recife. Ele persistiu no foco até descobrir um veleiro balançando ao ritmo do vento, que de tão preguiçoso até lembrava um trabalhador baiano em atividade. Teve inveja da embarcação. E se deu conta da necessidade de parar mais, pensar mais, observar o que rolava na mente e o que pegavam suas mãos. Ele sentiu que foi saudável o meio-tempo em que se dividiu entre a passada rápida por seu interior e o contato visual com um dos melhores desenhos da costa recifense. O atalho por um novo comportamento de pouco adiantou. Preferiu chamar de volta a ansiedade que sempre lhe dera a impressão de redundar em alto rendimento nas tarefas de todos os dias. O marco zero do retorno ao estilo tradicional foi a chamada telefônica. O alô oriundo da impostora capital da República era do padre Franco, sim, elétrico, eletrônico, de baterias carregadas, energia de sobra, queria potencializar ainda mais a viagem.

— Missão cumprida, governador. Terminei antes dos prazos, sem percalços previstos. Vamos combinar os próximos passos, pois, se me conheço, tenho pouco tempo para trocar a sensação de alívio pela tormenta do vazio. É da minha natureza a atividade em tempo integral. — Definiu-se para DP o emissário.

A teleconferência uniu mais uma vez as pessoas certas: o religioso, arredio a conversar com o próprio interior; e o executivo, inepto à convivência com soldado desocupado em quartel. DP era incapaz de ouvir pessoas prestes a se deslocar sem se aproveitar delas para encomenda de objeto ou compra. Típico usuário da frase "já que estás podendo..." De fato, no que o padre se disponibilizou, foi tiro e queda:

— Preciso que você esteja em São Paulo, na próxima terça-feira. Às 4 da tarde, um agente de segurança privada, fardado, lhe entregará em mãos uma mala pequena, em torno de 15 quilos. Ele vai procurá-lo no Arco-Íris Hotel, um prédio de 22 andares, em frente ao saguão de embarque do Aeroporto de Congonhas. — Orientou DP.

— Conheço bem o hotel dos pernoites. Quando volto de minhas reuniões de pauta pela cidade de Aparecida, ou retornando do exterior fora dos horários de conexão imediata, é lá que me hospedo. — Clareou o padre.

— Fica a seu critério se passa o fim de semana aí ou em São Paulo. Ainda tem algum dinheiro para ajuda de custo até quarta-feira, ou precisa de reforço? — Ofereceu-se o governador.

— Ir a São Paulo pegar a encomenda fica combinado; e tenho provisão, sim, para eventuais necessidades. Mais tarde me posiciono em relação aos outros pontos, porque primeiro preciso dar uns telefonemas. Talvez aproveite para passear até terça, de qualquer modo me prontificando a pegar a encomenda às 16 horas de terça da próxima... — Prometeu o padre.

— Despache a encomenda que vão lhe entregar em mala dura. — Recomendou o chefe do Governo.

— Com esse peso, não seria melhor levar comigo, já que estou sem bagagem de mão? — Perguntou o religioso.

— De modo algum. Tudo, menos isso. Se sua mala for grande e isso facilitar, o que pode é despachar a da encomenda dentro da sua. Mas a minha deve vir despachada. Quando chegar, explico por que confio mais no porão da aeronave do que no bagageiro de bordo. — Preveniu-se DP.

Depois de desligar o telefone, o padre sentou-se na poltrona do quarto, com a sensação de meia vitória. A conclusão das tarefas só ficou incompleta porque lhe restava o fim de semana fora de casa. Ele recitava aleluias seguidas, mas nem tudo era alegria, porque a ociosidade em Brasília desenhava cenário desconfortável. Prédios muito iguais enfileirados e automóveis indo e voltando davam aos poucos forasteiros os atestados de sem noção. Mesmo assim, da janela do apartamento do hotel, padre Franco esforçava-se para decifrar os cortes da Esplanada, e dali mesmo e em voz alta danou-se a planejar:

— Ficar parado em Brasília no fim de semana, nem pensar. Dá tédio e falta de combustível até para a mais fértil imaginação. Tudo enfim será melhor do que folga neste chão forrado de tapetão bicolor. Metade verde, metade vermelho. A solidão daqui tem eco. E eu, um padre em transição, vou lá me contentar com isso, ainda por cima espantando maus pensamentos como se espanta pernilongo em noite quente? — Reclamou o padre.

O padre sentia-se mais aliviado por causa da tarefa passada pelo futuro patrão, sem prejuízo para sua companheira de todas as horas que antecediam compromissos, a aflição, desta vez motivada pela expectativa de pegar a mala. Objetivo, continuava matutando em voz alta, já que isolado de conhecidos e amparando o tronco na base da janela do quarto do hotel, sujeita aos ralos ares processados na Esplanada dos Ministérios.

— Passar sozinho o fim de semana na capital paulista, só se for para testar a capacidade de sobreviver na condição de cão sem dono. Resta-me Aparecida, a sempre acolhedora matriz paroquial do Brasil. Opa, lá eu posso visitar a emissora, cabeça da Rede Católica de Rádio. Afinal nosso noticiário nacional é produzido e irradiado a partir de lá. E lá eu posso ainda receber luzes de Nossa Santa Padroeira para meu rumo nesta incerta tomada de decisão frente aos apelos do dr. Dario Prudente. — Planejou o reitor.

Na terça, o governador retornaria a Olinda no final da tarde para esperar o reitor com os sonhados quinze quilos de enigmática mala. Para manter a tradição de mesclar autismo com indelicadeza, DP passou ao largo dos acenos do funcionário da recepção, que tinha recado do reitor, confirmando o horário previsto para a chegada do avião de São Paulo. Da sala da Reitoria, sentado na cadeira do titular, ligou para o Conventinho no ramal da irmã Rachel. Na hora de assediar seu sonho de presa, passava por cima do transtorno psicológico do alheamento em relação ao mundo exterior. Valeu a pena, pois meia hora depois a felicidade em carne e osso cumprimentava o porteiro e, com o ar de santinha, adocicado pelo sorriso, perguntou se ele "podia avisar o senhor governador".

A irmã Rachel terminou a audiência com o governador em cima da hora do Angelus, que iria rezar com as demais colegas na capela delas. Ele permaneceu ali, lendo *O crime do padre Amaro*, obra-prima de Eça de Queiroz, que encontrou perdido em prateleiras onde predominavam compêndios de referência em religião, filosofia, sociologia e antropologia. O governador tinha lembrança forte de trabalho escolar sobre o livro, mas era a primeira vez que o abria e começava a ler a partir da primeira página. Certamente para devolver à estante antes, bem antes, de concluir. Sem dúvida homenageando um dos raros livros que folheara, pois a leitura de livros estava fora, sempre estivera, de seu repertório de costumes superlativos. E estava pela vigésima página, quando num telefonema do orelhão do Aeroporto Internacional dos Guararapes o reitor comunicou a chegada ao porteiro, que lhe repassou a novidade:

— O governador está em sua sala desde o início da tarde. E me falou agora há pouco que espera a sua chegada com uma encomenda que o senhor está trazendo de São Paulo. — Avisou o porteiro ao reitor.

— Pois diga que daqui a uma hora chego aí com a mala dele. — Confortou DP.

* * *

Sem cerimônia, o governador abriu a maleta, que de fato era de material duro, mas flexível, o suficiente para levantar a tampa, quando ele destravou o cadeado com pequena chave retirada do bolso de moedas. Na semana anterior, ele tinha recebido pelo correio a chave desse cadeado. O padre, curioso, confirmou então a sua suspeita. Era tudo papel-moeda. O carisma de uma mala cheia de dinheiro é estonteante.

— Por que me esqueci de perguntar ao encarregado uniformizado quem mandou a mala? — Perguntou-se silencioso o portador.

DP deixou vazar a alegria, o encantamento e o sorriso, que foram de alma saciada, enquanto o padre lambeu os lábios. E naquele instante reforçou a ideia de que precisava entrar no Governo, também para entender o DNA de intenções e o alcance dos tentáculos do governador. Em outras palavras, ele queria entender que motivação levava um agente financeiro a mandar mala cheia de dinheiro de contrabando para político de estado tão distante da influência do Sudeste. Foi a abertura da mala que lhe pôs em mente a lembrança do peso sofrido pela mão direita nas conexões de hotel, táxi, aeroportos e entrada no velho Seminário. Peso que nem de leve afetava o governador. Louco por dinheiro em espécie, estava acostumado a suportar aquele tipo de volume sem sentir, sem reclamar. Ter um montão de dinheiro para guardar, gastar ou simplesmente pensar que estava sob sua aba dava-lhe profundo, mesmo que passageiro, estado de prazer. Prazer da posse e da capacidade de realizar sonhos. Sonhos obsessivamente fúteis. Mas era isso mesmo. Na hora de gastar, a sensação de bem-estar se renovava. Comprar bens de uso como roupas, calçados, eletrônicos, peças de escultura, canetas, móveis, imóveis, automóveis, papéis do mercado financeiro. Isso para si próprio.

Se fosse para cabos eleitorais, a preferência era por objetos que pudessem ser expostos em mesas, consoles. Para mulheres, basicamente perfumes, de preferência raros. Se fossem caros, então, isso importava mais do que qualidades intrínsecas da marca. Em relação à freira, até ali se via impedido de dar presentes de qualquer natureza, porque ela não usava bolsa de mão, e bolso só do hábito de compromissos públicos.

Como governador e reitor estavam sem sono, terminaram se entretendo na conversa descoordenada, até que o reitor abriu o bico sobre a passagem pela Catedral de Aparecida, onde pagou três horas de penitência com orações e pedidos. Entre um terço e outro, meditou; e nos interstícios desses atos encomendou súplica à inesgotável padroeira do Brasil, dando ênfase na pronúncia ao pedido de "inspiração, luz e coragem para decidir" se continuaria na vida religiosa ou arriscaria a vida mundana, começando com o cargo de chefe de gabinete do governador.

— O que passa pela cabeça de um religioso, quando ele se ajoelha ou se senta para meditar? — Quis saber DP, sem sequer contextualizar a pergunta.

— Ora, penso na generosidade do Criador. Com a licença d'Ele, dirijo meus pensamentos aos santos. Como fiz em Aparecida com Nossa Padroeira Aparecida. Falei do seu convite, do medo que tenho de trocar o certo da Igreja pela duvidosa vida política. — Explicou o padre.

— E o que respondeu a santa? — Simplificou o político.

— Fui prontamente atendido por Nossa Senhora Aparecida, devidamente liberado e até incentivado a trabalhar em favor de melhores costumes, políticas públicas consistentes e austeridade no uso dos bens públicos. — Detalhou o reitor.

Se a ajuda da santa fosse rasa assim, todo cristão, ou não, quereria ser devoto da padroeira do Brasil.

— Emociona-me receber esta notícia em primeira mão. Eu fazia ilações enquanto você discorria há pouco sobre a peregrinação que fez de 188km, desde São Paulo até Aparecida, passando pela chegada à Catedral. Estamos vivendo nesta madrugada momentos de testemunho e fé, pois me antevejo compondo a nova formação de minha equipe que vai dar a arrancada do projeto nacional com o apoio e a parceria de Nossa Senhora Aparecida, de quem espero ajuda para concluir o seu recrutamento, seguido do seu indispensável esforço para convencer a irmã Rachel a nos acompanhar. — Exagerou o governador.

— Por falar em irmã Rachel, a missa das freiras, que hoje foi celebrada pelo padre Fernando, terminou há quase uma hora, já que são 7h40, e é provável que dê para se sentir o cheiro do café, enquanto elas terminam de montar a mesa. Vamos lá? Vou só passar água fria no rosto para diminuir as olheiras. — Convidou o padre.

* * *

— Bom dia, irmã Rachel.

Responderam a saudação da freira ao mesmo tempo o governador e o reitor.

— Temos ótima notícia, irmã, e quem vai lhe contar é o protagonista.

Anunciou o governador com olhar de cúmplice cobrador, focado no reitor.

— Contem, então. Será que posso saber? — Assanhou-se a freira.

Enquanto servia os ingredientes de sempre e os arrumadinhos preparados para dar sabor e imagem à mesa da primeira refeição dos dois arcanjos, Rachel desenhava sorriso à espera de um toque de humor. O governador e o padre estavam inaptos para oferecê-lo, depois de uma noite de atividade intensa, a que faltou insumo com algum teor alcoólico, por exemplo.

Diante do silêncio do padre, conflitante com o esforço do governador para consumar fatos, a conversa prosseguiu com o sacerdote ensaiando posição de jogador sem carta para encaixar. Perdeu tempo, porque seu silêncio se tornou dispensável com o sonoro atrevimento do governador:

— Está decidido, o padre Franco vai se dedicar ao povo de Deus, mas de roupa civil. E agora nós aguardamos ansiosos a sua decisão, irmã. — Sentenciou Dario Prudente.

Desnorteada com a confirmação da posição extremada do padre, a freira de repente ficou dividida entre fugir do assunto, silenciando, ou fingir que entendia ser outra a "irmã" evocada por DP. Mas foi uma temeridade chegar àquela encruzilhada servindo a mesa. A freira terminou socorrida pelo bule de café. A peça de resistência estava tão quente e pesada, que lhe ocorreu o risco de derrubá-lo sobre a mesa, salpicando nos dois glutões.

— Socorro. Segure o fundo bule com o guardanapo, padre reitor, pelo amor de Deus. — Apelou, trêmula de mãos e voz, a religiosa.

A presença de espírito a salvou. Mas ela passou por vexame menor. Colocou o bule no meio da mesa, fora do alcance dos comensais. E desabou em surto de tremedeira, o que a obrigou a pedir licença e com elegância se retirar do serviço, procurando chão para se esconder até recuperar seu ponto de equilíbrio.

Da cozinha, as colegas perceberam algo de anormal no semblante pálido dela e vieram encontrá-la no meio do pátio que as separava do salão de pequenas refeições, onde estava sendo servido o café. E evitaram que fosse ao chão, tomando-lhe nos braços no meio da queda. Lá na mesa, os dois continuaram comendo e sorvendo, visivelmente agitados.

— Coisa de mulher. Ela está até sorrindo agora. Recuperou a cor rosada e logo volta a servir a mesa. — Respondeu a colega que absorveu o serviço da contundida Rachel.

Curiosos, os dois insistiram em descobrir o que ocorrera.

— O que sabemos é que, ao sair da cozinha com a bandeja e o bule de café, para nós lá dentro estava tudo normal, ela alegre e sorridente. Deve ter sido reação natural a algum choque, pois a freira conserva sob o hábito as fraquezas de qualquer mulher normal. — Confidenciou a colega dela.

33

Foi a seco a despedida de Pedrão. Os ex-colegas confirmaram a notícia numa quarta-feira após o café da manhã, quando se encaminhavam para o recreio. De passagem pela porta da enfermaria, não perceberam a presença de viva alma, e as luzes estavam apagadas. Momento dramático. Primeiro, a notícia lhes perpassou os olhares, enquanto debaixo de silêncio obrigatório desfilavam costeando paredes de corredores em duas filas em paralelo de setenta e cinco jovens vestidos de batinas pretas. O segundo tempo dessa tormenta ocorreu quando, alcançando o saguão do recreio, ficaram livres para desmanchar as filas e conversar abertamente. Como em ocasiões do gênero, após formação espontânea de grupos, eles se entregaram à curtição da perda do colega, permutando especulações e se curvando a confissões sobre o pavor de queda em esparrela semelhante.

Os pais vieram resgatar Pedro Boa Sorte, abatido no decorrer de processo motivado por "ato de indisciplina" não tipificado. Fixou-se aí o limite da conversa do padre para convencer os familiares, no momento em que os aconselhou a transferi-lo para colégio leigo. Com a alma carregada de remorso, padre Fernando executara todo o processo de investigação, análise e conclusão em torno do "crime" do Pedrão. Era de responsabilidade exclusiva do reitor a aplicação da pena máxima aos internos pilhados em delitos que provocassem escândalo ou abrissem fila para práticas prejudiciais ao Seminário e deturpadoras dos valores da Igreja Católica.

Após desempenhar o papel de delegado, investigador, testemunha e promotor, padre Fernando foi obrigado a vestir a toga. Ele só não contava com o acúmulo da função de juiz, que lhe caberia por ocupar o cargo de reitor interino desde a véspera. Tudo por causa do intempestivo afastamento do reitor, que transferiu para as mãos dele o rabo de foguete do esquartejamento do aluno. E era patético o desfecho de um raro processo de expulsão, com enredo conhecido na sua totalidade apenas pelos dois padres. Embora tivesse consciência do pecado em série que havia cometido em conluio com a indefesa asna, o réu ignorava que algum ser humano houvesse testemunhado seus extravagantes "abraços à natureza". Faltaram a sua oitiva e todos os demais recursos inerentes ao direito de defesa no inquérito a que foi submetido. Óbvio que aí não atuavam próceres da justiça comum, mas o simulacro de tribunal de exceção, que apontaria para a expulsão, afastando qualquer possibilidade de o sertanejo voltar a bater à porta de estabelecimento destinado à formação de padres, frades, monges, irmãos maristas ou irmãos oblatos, leigos da Ordem dos Beneditinos.

O Caso Pedrão acumulava octanagem para abalar os alicerces do Seminário, se fosse divulgado nos detalhes, mas a Igreja dispunha de sistemas de controle eficazes para internamente desarmar bombas. E, para abafar rebuliço humano, nada é impossível, quando são poucos os protagonistas e a agenda colabora. Ora, padre Fernando virou de repente o controlador absoluto do delito e das penas aplicadas. Apesar de adepto do perigo, Pedrão faria tudo para se distanciar de matéria que, quanto mais se mexesse, mais federia. E o ex-reitor Franco naquele momento só cuidava de sair da sombra do passado. E, se pecados de prática generalizada costumam passar batido nos internatos, os raros e cobertos de couro cabeludo repercutem mais e provocam no meio de caminhadas a parada das pessoas ansiosas para ouvir explicações.

— Confio na inteligência de Pedro Boa Sorte para purgar seu pecado sem compartilhar o rito criminoso com mais ninguém. Digo mais, porque involuntariamente ele compartilhou comigo. — Comentou padre Fernando quando Franco, no final do mandato de reitor, quis saber se ele estava preparado para o prejuízo que desabaria sobre o Seminário.

O escorregão ocorrido em Olinda foi originalíssimo e elevou às nuvens o feito do moço paraibano. A parte mais afetada da comunidade de seminaristas tomava conhecimento da história aos pedaços, contribuindo para aumentar a fermentação do ingrediente difícil de digerir.

Para alívio dos mais escrupulosos, a saída de Pedrão ocorreu um dia depois da "deserção" do reitor. Portanto estavam padres e seminaristas perplexos com dois dramas de sérias consequências em pouco mais de 30 horas. Só que a saída do reitor abafou completamente o outro fato. E pelo menos uma pessoa com direito a camarote para assistir aos dois espetáculos exibia reação incomum ao ambiente. Sem dúvida era padre Fernando, que analisou os episódios com visão divergente dos demais:

— Foi uma bênção de Deus.

Segredou ele ao se referir à licença do reitor, formalizada na véspera da expulsão do seminarista. E, se o auscultassem, o coração responderia sem sobressalto e seu semblante espelharia a serenidade de quem abria o saco de pipoca saído do forno micro-ondas.

Imagina se o nosso saudoso reitor tivesse nos deixado em período de plena calmaria. Esta casa estaria em prantos, situação que fica afastada com a perda de um colega de vocês. Por sinal, foi a própria família de Pedro que resolveu levá-lo hoje de volta para casa. Faz algum tempo, acredito que desde — isso o padre Fernando relatando no centro do recreio para a roda de alunos — o anúncio de suspensão do programa da rádio. — Disfarçou padre Fernando.

Os alunos mais antigos, que sabiam do zum-zum, se fizeram de tontos. Os demais — por serem novos na casa ou menos maldosos de nascença —, como já eram tontos, tontos permaneceram com a despedida do nada convencional Pedrão, de Catolé do Rocha. Por cansaço de tanto ter convivido com o caso — isto era inegável — o reitor interino pouco tratava do assunto. Já a deixada do reitor, isso mexia muito com o homem que aparentemente até então só tinha as espinhas como fator de estresse.

— O senhor deve viver momentos de apreensão no cargo de reitor. — Especulou irmã Rachel em rara abordagem ao padre Fernando.

— Pelo menos até aqui, apesar de o andamento das mudanças contrariar minha vontade, na hora do sono, entrego meu destino a Deus e durmo rápido, sem pesadelos nem perturbação. — Tentou tranquilizar o diretor de disciplina e ecônomo.

Na expectativa de aumentar suas responsabilidades com a previsível entronização de reitor efetivo, padre Fernando vivia de fato dias de cão. Pelo menos em duas noites de semanas consecutivas passou pelo sufoco de sonhos pesados, que punham Pedrão como protagonista. Até a jumenta ilustrou uma segunda noite de sonho. Na aparição, padre Fernando deparava-se com o animal trajando o vestido de noiva com que Pedrão a homenageara num de seus desenhos mais apreciados, quando foi exposto nos quadros do recreio. Para esquentar o espetáculo, a asna sobrevoava o campo de futebol composto por dois times de seminaristas em disputa de final de campeonato, do qual saiu derrotada a equipe de Pedro Boa Sorte.

Em plena comemoração, o animal iniciou procedimentos de pouso, passando tão perto da arquibancada presidida por padre Fernando que ele acordou sufocado pelo vapor salpicado das ventas dela. Resultado foi que padre Fernando acordou esfregando a manga da camisa no rosto de cima para baixo, "limpando" o respiro da jumenta. Muito assustado, e as provas — isso ele só relatou para os colegas de sacerdócio — estavam na calça do pijama, a urina escorrendo morna para não o deixar mentir.

A gestão Fernando Matos estava longe de ser o mar de tranquilidade que tentava passar para subordinados. Tudo porque a sua posse — se é que aconteceu — foi meio tumultuada por ações e omissões do padre Franco. A sucessão do reitor tinha ritual próprio, escrito no Manual de Normas dos padres.

"Em caso de impedimento do titular, o substituto do reitor é o prefeito de disciplina".

Era o que constava do manual, que ainda recomendava verdadeira imersão do provável substituto no banco de informações históricas e atualizadas, "obrigatoriamente transmitidas pelo reitor". Como o recato é da natureza das atividades clericais, padre Fernando acompanhara a distância os passos de padre Franco para trocar a vida religiosa pela administração pública. Ele vira as mudanças se aproximando sem que o reitor o chamasse para conversarem. Mais do que nunca, na passagem do cargo, um precisava passar as informações e os comandos, e o outro avaliar o peso da carga que lhe estava reservada, já que era de livre-arbítrio dele assumir ou não a Reitoria.

Quanto mais o tempo passava, mais o padre Fernando se preocupava com o silêncio do outro, agravado pelas ausências dele nas atividades exclusivas de reitor. No período quando se encontravam pelos corredores, escadas e espaços de estar coletivos, o reitor já nem o cumprimentava. Foi aí que padre Fernando passou a tomar a iniciativa da troca de saudações. E uma das últimas delas foi providencial.

Ao perceber da janela de sua sala que o automóvel do reitor se aproximava, ele foi esperá-lo na porta da recepção, estirou a mão com o "bom dia", e mais um "como vai", e um "precisamos trocar umas ideias". Como se acabasse de acordar para o novo dia, o reitor respondeu a todas as saudações. Mas à última delas, apontando para a porta que acabava de abrir:

— Vamos entrar. — Convidou padre Franco.

A conversa durou menos de uma hora, o reitor mostrou livros de centenas de páginas manuscritas. Abriu a caderneta de telefones, ditou muitos nomes e, quando padre Fernando deu sinais de que estava satisfeito, o reitor abriu a gaveta do lado direito da escrivaninha, retirou um molho pesado com dezenas de chaves e balançou, anunciando pausadamente como aconteceria a passagem da Reitoria para o sucessor.

— Na saída, passo na sua sala e te entrego tudo. — Prometeu o ainda reitor.

Mais seco e menos protocolar, impossível. Mas a depender do padre Fernando, qualquer interlocutor que o visse olho no olho nada encontraria que se pudesse associar a desconforto. E talvez tivesse razão de subestimar o desapreço até então enfrentado nos preparativos para a posse. Pois o ato de despedida foi um horror como demonstração de camaradagem e civilidade. Tudo aconteceu em local e momento impróprios, sem cerimônia e sem tempo de respirar. Pois no dia seguinte à conversa, forçada por padre Fernando, aconteceu outra quebra de protocolo. E assim: o reitor, com o molho de chaves tilintando, aproximou-se da porta da sala do sucessor e bateu com a junta de quatro dedos da mão esquerda, já que a outra estava ocupada. Bateu uma segunda vez e já ia se afastando, quando lá do interior do banheiro veio o barulho da descarga do sanitário.

Impossível que os dois, despachando de salas a menos de 20 metros uma da outra, por mais de dez anos, o reitor desconhecesse que às 5 da tarde de todos os dias padre Fernando dava descarga no vaso do sanitário do seu banheiro. Isso era do conhecimento até dos pequenos roedores que farejavam dentro do Seminário, quando acalmava a circulação de humanos pelos corredores. Mas, enfim, padre Fernando abriu a porta, e o reitor lhe passou o molho de chaves acompanhado de discurso nada litúrgico.

— Como latim nunca foi seu forte, vou me despedir na língua que muito cedo eu aprendi a ler e a escrever. Depois, pegue o dicionário, que você vai entender:

— Vade retro, satanás.

Este surpreendente desaforo do até então reitor provocou reação atípica no sucessor, pois padre Fernando deu uma gargalhada nervosa, é verdade, mas em sonoridade que deve ter aumentado o desconforto do ex-reitor, até porque o ofendido teve improviso à altura do agravo.

— Pois peço que satanás te afaste de mim ou te arraste daqui, se preferes a segunda versão. E, como minha fé é em Deus, eu peço que Ele te dê o que deu ao bode: barba, chifres e bigode. — Amaldiçoou o reitor interino.

Estarrecido quem ficou foi o antecessor. Sem entender o que acabara de ouvir e ver o que aconteceria em seguida: padre Fernando, já de chaves nas mãos, dobrou-se em vênia reverencial e pediu em tom grave:

— Com licença, ex-reitor. — Pediu o reitor interino, para em seguida fechar a porta na cara do perplexo padre Franco.

34

As duas baixas na casa, como tema de lamentação, redundaram em uma só, a do padre Franco. Para baixo dos pés dele escorriam lágrimas de padres, seminaristas, funcionários e freiras do Conventinho que compunham a casa de formação religiosa. O sentimento de perda se generalizou. Só se falava dele, de suas virtudes, das melhorias que implantou, do benfeitor de todos. Quem ouvisse representantes desses segmentos lamentando a perda e desconhecesse o caminho tomado por Franco imaginaria que havia morrido com passagem de voo direto para o céu. Céu para um, inferno para outro. E esse maldito lugar era provisoriamente reservado ao padre Fernando, que já estava morrendo de ciúme das viúvas do antigo reitor, agora às voltas com um esdrúxulo telegrama recebido do bispado. O texto do telegrama, aliás, dava margem a mais de uma interpretação. Pois confirmava sua posse como novo reitor do Seminário, mas omitia o tom dos ritos de sua investidura. Isso fazia grande diferença. Para começar, a mensagem parecia remetida por um preposto e não pelo arcebispo. Mais exatamente pelo padre secretário do bispado, com este teor:

"Em nome do senhor Arcebispo Metropolitano, cumprimento-o pela posse como reitor do Seminário de Olinda, desejando-lhe sucesso na nova missão. Saudações religiosas, Pe. Herculano Timbó."

O pitoresco nome do secretário do bispado deu uma aliviada no destinatário, que, rindo, se perguntou se a família dele não havia encontrado solução melhor do que lhe pregar como sobrenome um apelido tão fácil de pegar. Mas o telegrama do padre Timbó foi só uma ducha de água fria para padre Fernando, que estava programando posse com pompa e circunstância.

— Como é que um desconhecido professor de línguas como eu, socado aqui dentro mais para descascar abacaxis do que me afirmar como membro do alto clero, posso ser empossado reitor sem currículo? Imaginei que a Arquidiocese me ajudaria a construir imagem correspondente ao tamanho do cargo, pelo menos nos eventos da posse. E agora descubro que vou ter uma investidura mixuruca. — Desabafou padre Fernando.

Ele desfiou o monólogo dentro do seu quarto, com o rosto comprimido no travesseiro, depois de desabar emborcado na cama, de batina e tudo, como se tivesse recebido telegrama de algum delegado do céu, marcando a data do seu juízo final, sem tempo de limpar a barra com o Pai Eterno.

Toda essa cena patética veio em função de atitude sua. É que, confiado no peso do novo cargo, sem consultar a ninguém sobre o cerimonial da Arquidiocese para saber como estava o ânimo da Igreja depois da deserção de um de seus expoentes, ele programara sessão solene para a posse. Aberto a autoridades religiosas de dentro e fora da Arquidiocese e a chefes dos poderes Executivo, Legislativo e Judiciário, o rito idealizado pelo homenageado seria megassolenidade com muitos discursos, inclusive de representantes dos seminaristas. Eles ainda ensaiavam esquete, tratando das virtudes do novo reitor, com texto de autoria dele. Escolha acertada em um ponto: só o autor conhecia os predicados atribuídos a ele na peça em gestação. Frente às solenidades planejadas, o telegrama do padre Timbó foi tiro desferido no peito do auto-homenageado. Nada que o removesse dos objetivos e métodos de alcançá-los. Até porque ele se atribuía a "enorme capacidade de transformar limão em limonada", embora se sujeitando ao adendo dos próximos: "sempre intensificando a acidez do suco".

Mesmo enfrentando o ruído originado na Arquidiocese e o clima de saudade do antecessor, o novo reitor manteve a programação do evento por cima de pau e pedra, a seu modo. Convocou assembleia-geral de órgão inexistente, composto de improviso por quem trabalhava, estudava, ensinava, rezava ali ou frequentava o Seminário e o Conventinho. Baixou edital com o teor completo do ato, que tinha como epígrafe este palavreado: "Assembleia-Geral Extraordinária, Festiva e Funcional de Comemoração da Investidura de sua Excelência Reverendíssima Padre Fernando de Janeiro Matos, como Reitor do Seminário Regional de Olinda".

A assembleia quase não termina, apesar de o reitor ao decretar feriado ter omitido a dispensa do evento para os encarregados das refeições, limpeza, arrumação e apoio aos visitantes convidados. A omissão empurrou o encerramento dos festejos para umas tantas da noite, depois de quase todos os convidados, desculpando-se de outros compromissos — as queixas contra a fome eram de muita ansiedade e pouca sonoridade —, terem dado nos calos, antes do almoço, servido fora de hora.

— Festa, é festa, hoje é festa pela chegada do novo reitor. — Repetia padre Fernando em cada rodinha de convidado ou dos de casa para justificar imprevistos.

Em momento algum ele se solidarizou com as vítimas da canseira, mesmo sabendo que esse era o estado geral, sendo ele próprio um dos visivelmente abatidos. Só o discurso dele, somando-se script de dezesseis laudas aos improvisos, rendeu noventa minutos de tormenta. Elogio ou homenagem ao nome do antecessor? Isoladamente, nenhuma vez. O que ele fez foi um balanço de cerca de quinze anos da gestão da dupla Franco e Fernando Matos. Creditou as conquistas à primeira pessoa do plural, mandando para as calendas o antecessor. Aí, no singular, sem deixar dúvida.

Os alunos foram representados por Zezinho com ótimo discurso, o primeiro de sua vida sem a presença na plateia do desafeto Pedrão.

— Aqui é uma casa de educação, de formação, comandada por cristãos tementes a Deus e cumpridores das leis e do nosso sagrado regulamento. — Improvisou Zezinho na única incursão que, a depender do julgador, caberia a Pedrão.

O esquete com boas músicas de fundo foi o ponto alto da solenidade, apesar do perjúrio dos autoelogios escritos pelo novo reitor para interpretação dos seminaristas indefesos. Depois do Hino Nacional — jamais tão esperado — veio a farra da salvação dos sobreviventes com suco de laranja e sanduíche de mortadela. Cardápio de espera, copiado de eventos de protesto ou de apoio, produzidos por organizações disfarçadas de não governamentais sob encomenda de políticos populistas. Que infâmia aos jograis. Mais para fim da tarde, saiu o esperado banquete, que deixou os seminaristas saciados, felizes com mais um feriado sem santo, muito recreio e torneio quadrangular de futebol.

* * *

Hospedado em pensão bem caída da rua Velha, de área degradada do bairro da Boa Vista, no Recife, Pedrão passava dias de angústia. A única certeza que tinha dos episódios recentes era que seu nome caminhava para o esquecimento por falta de audiência. Expulsos do Seminário tinham os nomes proscritos automaticamente. Citá-los era proibido e pronto. Ele passava os dias ouvindo rádio — secando de inveja, toda vez que ouvia o prefixo da Rádio Amigo Velho — e acompanhando pelos jornais o noticiário do Governo na esperança de encontrar sinais de clima bom para chegar ao governador e abordá-lo. Mas o mundo político vivia a plena entressafra, e ele a cada dia mais ameaçado de desabar no medo de zerar os trocados que trouxera de casa para se sustentar por uns dias, até tentar de qualquer jeito marcar audiência com Dario Prudente. O calor úmido provocado pelo verão recifense que no horário da tarde lhe descia como suor de corpo abaixo terminou lhe inoculando estado de angústia.

— Se eu continuar nesta situação, vou ficar com vontade de morrer. E eu sirvo para muita coisa boa e ruim também. Para me matar eu não presto. Muito menos por inanição. Este princípio de vontade de me esconder do enfrentamento me inviabilizando com as próprias mãos só pode ser artimanha sua, seu satanás, e eu não caio na sua. Some da minha frente, que vou à luta.

Foi sentado na margem da cama, já que nem cadeira havia no cômodo, que Pedrão fez esta confissão para si mesmo e mais uma vez expulsou o demônio de perto dele, velho hábito que incluiu na bagagem, quando deixou Olinda. E, ao pronunciar a palavra "luta", já foi pegando a surrada toalha de banho e calça limpa para se vestir no banheiro lá nos fundos do muquifo da rua Velha.

Duas horas depois de sair do banheiro se desmanchando em desodorante, chegou à portaria do Palácio das Princesas, encarou chá de assoalho na fila da identificação. Na hora de justificar a audiência, enrolou-se todo, deu branco, e ele pediu tempo à atendente para se concentrar. Com paciência e sorriso, ela o aconselhou a sair um pouco, dar um rolé na praça da República, respirar bastante, que na volta não mais precisaria esperar na fila. De fato, minutos depois ele se apresentou com a sóbria justificativa, escrita em pedacinho de papel, que humilde leu; e a servidora ouviu com paciência e no final fez elogio à originalidade do pedinte de emprego:

— Conforme combinado, pretendia retomar a conversa que tivemos outro dia... sobre proposta de trabalho como locutor. — Resumiu seu enredo Pedrão.

Em resposta, a recepcionista deu senha e orientação para aguardar no salão ao lado, onde mais de cinquenta pessoas se enfileiravam em bancos com encosto de madeira. Quando chegou a vez, Pedrão passou à outra sala nos fundos do prédio, onde foi premiado com entrevista para um policial da guarda palaciana e ao final soube que dali a oito dias o assunto da agenda seria levado ao governador, que certamente marcaria a audiência para no máximo seis meses. Pedrão entrou em parafuso, mas foi rodar só e já fora do Palácio, porque os seguranças, lerdos para atender os que chegavam, rapidinho despachavam os atendidos. O seu lhe deu pelo menos a garantia de que receberia telegrama uma semana antes do dia e com a hora da audiência.

— Seu guarda, eu sou do mato, lá do sertão de Afogados, e vou confiar no senhor, mas, pelo amor de Deus, me ajude a receber esse chamado, porque a minha situação é russa. E eu sei que o governador vai se lembrar de mim. Confio no senhor, e meu muito obrigado. — Despediu-se meio sem rumo Pedrão.

Consciente do tamanho do prejuízo que era ter deixado o Seminário, a batina e o título de seminarista, Pedro Boa Sorte atravessou a Ppraça da República, pegou a avenida Dantas Barreto, cruzou a Avenida Guararapes e alcançou a igreja de Santo Antônio, onde ajoelhado pediu o apoio do padroeiro. Mais tarde energizou-se de café na velha esquina da Sertã, de onde descobriu bancos desocupados na margem do Capibaribe, e lá refugiou-se por tempo suficiente para sentir o peso do sono nos olhos, apesar do sol escaldante ou quem sabe por causa dele. O jornaleiro passou gritando manchetes, e ele comprou o *Jornal do Commercio*.

Havia semanas torcia por notícia positiva que pudesse levantar o astral do Governo e foi ali, no cais do rio,que leu numa coluna social a nota "Volta por cima" sobre o quiosque que Marylua abriu em rua transversal da avenida Mascarenhas de Morais e na qual o governador foi dar os costados. O ex-seminarista pronunciou cada palavra com voz baixa e entonação perfeita, que era a maneira que tinha de valorizar para si próprio a leitura.

"O governador DP não tem limites para surpreender. Pois anteontem, por volta de 9 da noite, dirigindo o pequeno fusca particular, estacionou defronte ao novo negócio da dona Marylua, ex-proprietária do bar e restaurante, palco da Chacina de Brasília Teimosa. Chegou sem segurança e sem medo de nada, desceu e foi até a extremidade do balcão ditar o seu pedido: 'Sanduíche de pernil na tapioca e refresco de araçá'."

Os raros momentos de convivência presencial com DP eram mais que suficientes para o ex-seminarista ter certeza de que a notícia era um grande aquecedor para os motores do mercurial padrinho, fanático por factoides bem semeados. E o estalo que lhe bateu repentinamente atribuiu à prece deixada no nicho de Santo Antônio minutos antes: "Que agenda, que nada. Irmã Rachel é minha santinha de plantão", exclamou sozinho o radialista em recesso. Mestre em formular pedido de intermediação de pessoas certas, quando se encontrava em apuros, teve inspiração promissora: Rachel.

Ele só guardava boas recordações dela e a conhecia mais pelo tamanho do coração. Além disso, tinha a sensação de ouvir as batidas do coração do DP, diante da freira. Com o jornal embaixo do braço, tomou o ônibus e tocou para Olinda, disposto a encarar o íngreme e longo trecho, desde a parada da praça do Carmo até o alto do morro, onde pontificava o Seminário.

Avisada, a irmã surgiu apressada, imaginando encontrar um Pedrão em estado deplorável em seu início de vida laica. Nem tanto. Estava apenas ansioso, mas com sinais de quem escapara ileso da ladeira.

— Que boa surpresa! Entra, vamos dar um pulinho na recepção, que estou na hora do recreio e podemos tricotar um pouco e pôr a conversa em dia. — Convidou Rachel.

— Irmã, preciso conversar com o nosso governador. Naquele sábado em que estivemos com ele, manifestei a intenção de prolongar minha experiência no microfone, e como andava de bola murcha com a vida de Seminário, me disporia a sair, nem que fosse por um tempo. Um tempo esse que se tornou definitivo por decisão de meus superiores, que de surpresa, repito, sem aviso prévio, convocaram meus pais e comunicaram que eu não tinha vocação, e para evitar consequências prejudiciais a mim e à comunidade, aconselharam minha família a me levar para casa e continuar a formação em colégio leigo. Estou em paz comigo mesmo, porque nada fiz de errado, e, se perdi o gosto pela vida clerical, devo isto a uma questão de fé. E, se fé é dom de Deus, não sou eu que vou me dotar de fé. — Implorou Pedro Boa Sorte.

— Foi assim unilateral a decisão do Seminário? — Admirou-se a freira.

— Sim, e quer saber? Foi bom para mim e vai ficar melhor, se a senhora puder me ajudar. — Apelou Pedro.

— Orações, conselhos, paciência para ouvir não lhe faltarão no que depender de mim. — Tentou escapar Rachel.

— Então, vamos por partes — abrindo o jornal pela coluna social, Pedrão apontou para a nota de dona Marylua —, e pelo que conhecemos de dom DP, se coincide a nossa interpretação para o estado de espírito dele, a notícia tem tudo para ser verdade: parte um. Parte dois: se ele estava lépido e fagueiro anteontem, mesmo que tenha sofrido recaída de um dia,que é seu estágio para baixo, hoje deve surfar onda acima. — Argumentou Pedrão.

A irmã terminou a leitura com sorriso generoso, mas em dúvida se corria o risco de, ajudando Pedrão, se encontrar com o governador; ou se corria de um para escapar do outro.

— Você sabe que a saída do reitor nos desestruturou a todos. A todos da casa, do lado do Seminário e do lado aqui do Conventinho. Embora a vida continue, paira no ar aquele sentimento de insegurança. A Diocese deve designar novo reitor. Se o padre Fernando for confirmado, a ligação da casa com o governador vai desabar. — Saiu-se a religiosa.

— Espere, o governador não mantém a linha direta com vocês? — Espantou-se o ex-seminarista.

— Comigo, não, e ele nem teria razões para isto. — Desculpou-se a irmã.

— Então me diga o que acha de minha ideia? Vim aqui propor fazermos uma visita de surpresa a ele, quando vocês poriam a conversa em dia e eu lembraria a ele do compromisso que tem de me encaminhar para o mercado de trabalho. — Instruiu Pedro.

— De minha parte, hoje ao final da tarde, até poderia chegar lá, mas isso é mesmo meio complicado. Há uma semana, padre Franco nos deixou, e a última vez que o vi foi na véspera da partida intempestiva dele. Fui à Reitoria, ele também estava lá, até me disse que a nossa amizade seria mantida, as nossas relações também, e que iria me telefonar para marcar encontro. Mas, se até hoje nenhum sinal, chego a pensar que aquilo tudo não passou de delicadeza. E, como nos encontramos aqui meio inseguras e confusas com relação às mudanças, estou totalmente focada nos problemas da casa. A ausência do padre Franco nos deixou um grande vazio.

A freira jogou mais água fria nos planos do ex-colega.

— E que tal se a gente telefonar para o governador e sentir a barra? — Teimou Pedrão.

— A gente quem, Pedro? Só se for você. — Encaminhou a religiosa.

— Deixe-me concluir. De repente ele nos convida para um cafezinho ou mesmo um happy hour. A senhora topa? — Fez arrumadinho Pedrão.

— Telefonar para um governador, imagine só a pobre freira cometer atropelamento. A interlocução dele deve ser agora com padre Fernando, novo reitor. Quem sou eu neste mundo de Deus?

Telefonar para o governador, ser atendida por uma telefonista ou um guarda e me apresentar: "Aqui é a freira Rachel." E se ele perguntar: "E eu com isso, freira?" Se partir dele a sugestão de comparecermos à sua presença, desde que mande nos apanhar, hoje, tudo bem. Até porque o vazio diminuiu os serviços e no fim da tarde tenho pouco a fazer, além de rezar. Em todo caso, o telefone fica ali naquele corredor, e acima do aparelho tem uma lista de alguns números, o pessoal dele, inclusive. Vai lá. — Animou a religiosa.

Ligação feita, o governador atendeu de primeira.

— Irmã Rachel, é a senhora? — Perguntou surpreso o governador.

— É da parte da irmã Rachel. Ela está aqui do lado para falar com o senhor. — Desculpou-se Pedro.

— Pois me passe, por favor — pediu DP.

Com o bocal do telefone coberto pela mão branquinha, a rosada irmã ainda fez cara de quem perguntava se Pedrão estava louco, mas foi obrigada a saudar o governador.

— Boa tarde, governador. Pelo amor de Deus, me perdoe incomodá-lo. Estou sem condições sequer de me explicar. — Desculpou-se a freira.

— Explicar-se quem tem de fazer sou eu, que há uma semana fico receando lhe ligar, pensando que o ambiente daí está irrespirável por causa da saída do reitor. — Explicou-se o governador.

— Até que nem tanto. Mas estou aqui com o nosso Pedro, que aflito tenta falar com o senhor, e a audiência que pediu parece levar meses para ser aprovada, e como ele me disse que tem urgência, autorizei usar o nosso telefone e o seu número particular. — Apelou a freira.

— Você sabe muito bem que sua voz é meu sonho, minha alucinação, minha vida. Estou completamente à disposição de seu companheiro de rádio. E por que não traz o Pedrão aqui para me tirarem deste marasmo? Vou mandar agora o motorista para a porta do Convento. — Derreteu-se o governador.

— Mas deixe ao menos cumprimentar o senhor. Como vai, governador, saúde boa, família? — Indagou a freira.

— Agora, estou bem, excelente, mas senti muito a sua falta estes dias em que me voltei em tempo integral à reestruturação da equipe da casa, antes de iniciar a blitz no Serviço Social, e aí encerrar a minha reforma com chave de ouro. Esse projeto é ideia fixa em minha cabeça e só isto me dá ânimo. A possibilidade de contar com o seu concurso me dá energia. — Incendiou o chefe do Governo.

— Então, o nosso Pedro está precisando falar com o senhor, e o motivo da ligação foi este. Peço desculpa mais uma vez. — Apelou a freira.

— Fazer o seguinte: motorista vai às 4 horas, e vocês vêm. Conversamos os três, o Pedro encaminha a demanda dele, mando levá-lo em casa, e nós tratamos de nosso projeto. — Fechou DP.

* * *

O governador estava tão impactado com a presença da freira que temeu lhe escorregar do domínio o terreno já conquistado. E o que fez nos primeiros momentos a sós com a freira foi o desabafo contra o atrevimento do ex-seminarista, que acabara de sair do seu gabinete, onde deixou a encomenda de um emprego para si.

— Você vai ficar escandalizada, se lhe contar a proposta desse moço na conversa que ocorreu enquanto você folheava os livros da minha estante. — Relatou o governador.

— Para sua tranquilidade, nada registrei do diálogo, pois o trecho do livro que passei a ler me deixou totalmente absorta com o seu programa de Governo. — Escorregou a freira.

— Que trecho? — Animou-se DP.

— Ah, governador, a área social, à qual se vincula o Serviço Social, tido para o senhor como superimportante, a salvação da lavoura, como diriam meus conterrâneos do interior. Muito interessantes as atribuições do serviço da sua senhora. Ela gosta do trabalho? — Tocou a freira na ferida do governador.

— Mais ou menos. — Respondeu de bola murcha DP.

— Tenho dúvidas com relação à conversa com meu colega de programa. O senhor me passa a ideia de que já teve interlocutores mais suaves. Como foi que ele se saiu? — Indagou a irmã Rachel.

— Esse rapaz está inteiramente descompensado, perdeu o equilíbrio. Fala com a faca no peito do interlocutor. Quer sempre, quer tudo, tudo de uma vez. Programa de rádio, concessão de emissora para o controle dele. — Reclamou o governador.

— E isso é factível? — Indagou a freira.

— Para o programa, ele trouxe fórmula que me parece razoável. Propõe-se a negociar duas horas diárias no matutino com patrocínio de empresas do Governo do estado. Foi a primeira vez que me ocorreu esse caminho, e no caso ele passa a depender de mim. Toda rádio tem interesse nisso. Os acionistas querem receita. O patrocínio é uma mão na roda — abriu caminho o governador.

— Se ele foi criativo, o que custa premiar Colombo, depois que ele pôs o ovo em pé? — Brincou de história a religiosa.

— Custa apenas eu me convencer de que o programa dele vai ter audiência, se a audiência ajuda a passar nossas mensagens e finalmente se há disponibilidade orçamentária para a operação. Abrir os cofres do Estado só para atender pessoas ligadas ao governador é jogo baixo. Tudo vai depender da utilidade do programa. Se ganhar audiência, vale a pena investir. Caso contrário, será mais um punhado de resíduo que mando para a cesta de lixo, este sem dúvida o caminho que um governador mais percorre no dia a dia. Este projeto, repito, eu vejo em princípio como viável. O rapaz é talentoso e precisa de algum equilíbrio para pôr o carro em movimento. O outro, a concessão de uma emissora de rádio, por enquanto é delírio e vai depender de outros fatores. — Dividiu-se DP.

— Que passam por decisão sua também? — Forçou a religiosa.

— Sim e não. Eu acabo de ganhar uma concessão, mas, se tiver de pôr no nome de alguém, esse alguém será de minha confiança. E esse moço merece pouca confiança e de muito pouca gente. Vou pensar. Por enquanto cuido de verificar a disponibilidade da emissora e horário para acomodá-lo. — Isentou-se o político.

— Aí você terá tempo para avaliar os passos seguintes. — Pisou mais fundo Rachel.

— E tudo seria mais viável, se já contasse com o apoio da proximidade da senhora no meu dia a dia. — Escorregou o governante.

— Já lhe disse que estou meio caída. — Consolou a freira.

— E como vai proceder para reconquistar sua liberdade de cidadã? — Indagou o conquistador.

— É o que vou ver depois da conversa de hoje. Preciso sentir firmeza em sua proposta. Participar de seu Governo fica mais fácil depois da posse do padre Franco. E como vai ele na Chefia de Gabinete? — Cobrou Rachel.

— Muito bem. Foi rápido na adaptação, é maneiro no trato, objetivo no exercício da função e produtivo nas tarefas. Saiu-se com brilho em todas as tarefas que lhe entreguei até hoje. — Exagerou o governador.

— Ele sabe que estamos reunidos? — Investigou a freira.

— Se adivinhar, sim, pois risquei a agenda da tarde; e, quando faço isso, ele se isola para cuidar das cobranças e do preenchimento de seus quadrinhos de afazeres. — Manobrou DP.

— E se me encontrar com ele e for abordada, o que estou autorizada a contar? — Confundiu a religiosa.

— Pode dizer que a pedido do Pedrão veio ajudá-lo a entrar nesta sala, aonde ele só chegaria daqui a seis meses. Sua companhia o salvou, e dentro dessas circunstâncias construa a resposta mais adequada para satisfazer a curiosidade de um bisbilhoteiro. — Azedou o chefe do Executivo.

— Torço para que me dispense de justificar atitudes, porque costumo fazer tudo direitinho e perco pouco tempo com explicações. — Explicou-se a freira.

— É conveniente prudência nas conversas com o Franco. Ele é meio centralizador e principalmente, pelo que pude perceber nos primeiros dias, é doente de ciúme e espaçoso. Como entrou antes e trabalha direto comigo, tende a pôr alguns quebra-molas no corredor que dá para esta sala, embora no caso do Serviço Social o caminho esteja reservado mais para mim do que para ele. Mas a advirto: o homem começa a revelar carga pesada de ciúme. E parece que ciúme de homem é o vírus mais vil dos males no serviço público. — Fuxicou DP.

— Mas, se ele tem ciúme do senhor, como vou abordá-lo na hipótese de cair em minhas mãos o Serviço Social, que pelo menos nos momentos iniciais depende totalmente de suas diretrizes? Adoro o padre Franco, e Deus me livre de me sentir em confronto com ele. Deixe-me no meu Conventinho, que o ajudo com minhas orações. — Amarelou Rachel.

— Eu preciso de suas orações. Preciso muito, não é pouco. Mas a sua presença, mais que uma reza, será meu milagre de cada dia. — Iludiu DP.

— Cuidado, que seus ensaios de heresia me assustam. — Fingiu a freira.

— O mal que me assusta é outro. É a impossibilidade de ver seu rosto, ouvir sua voz, sentir seu hálito, tocar sua pele. — Cantou o governador.

— Pele, governador? Sou uma encapsulada neste hábito. Pele, só se for de pano. — Fez charme a irmã.

— Tudo o que desejo é ver você livre dessa cápsula. — Forçou o governador.

— Sem heresia, pelo amor de Deus. A cápsula, como você chama, é o assento para o voo ao Paraíso. — Advertiu a religiosa.

Sem ideias ou palavras para continuar o repente metafórico, o chefe do Governo parou num sorriso meio encabulado. A freira sorriu como nunca havia feito na frente do governador, que deu mais um passo para se imaginar rei do pedaço. E foi com o ar de triunfo dele que a conversa terminou e ela desceu para tomar o carro e retornar a Olinda.

35

Dario Prudente e o ex-padre Franco, com ajuda da influente Rachel, montaram engenhosa operação para introduzir a figura de Pedro Boa Sorte no mundo dos sonhos dele. Na prática, construíram uma ocupação em que poderia auferir recursos para se manter. Com a iniciativa, imaginaram tirá-lo de perto deles, porque o radialista tinha medida inexata da sua capacidade de transformar amizades e relacionamentos em janelas para levar vantagens. Era da natureza dele a ingratidão, como era da natureza do escorpião a ferroada a quem lhe dava lombo para fazer a travessia. Favores a Pedrão viravam maldição contra os benfeitores. Por sorte dos donos, dos domadores e dos caseiros, Pedro Boa Sorte não nasceu cão. Senão, eles não conservariam as mãos inteiras por muito tempo, pois o cão Pedrão, certamente com outro nome, teria roído e aleijado todos.

Uma aberração digna de verbete, aplicado a ele, em qualquer estudo sobre anomalias nas relações humanas. Hoje seria qualificado como bullying o que ele fazia com suas indefesas vítimas. Bullying eletrônico, direto como um drone. O arranjo de então começou com o programa em pequena rádio, a Nazaré FM, alugada pelo Governo estadual por uns trocados equivalentes a seu desprezível nível de audiência. Os primeiros meses foram duros para o *Programa do Pedrão*, que era irradiado das 7 horas às 9 horas. Para pegar o horário preferido por seus anunciantes, foram atropelados o público cativo e o apresentador do tradicional programa *Forró da Manhã*, credores da única audiência acima de zero da emissora, até ali.

As costas quentes do novo dono da faixa arrastaram o patrocínio das companhias estatais de Saneamento, Energia, Trânsito e Casa de Fomento (banco), as únicas que exibiam lucro nos balanços. E todos esses balanços passavam por embelezamento nos salões de maquiagem.

Mas o novo comunicador teve o cuidado de priorizar a briga pela audiência. Foi buscá-la com trololó e sorteios, inclusive de CDs do gênero forró e companhia. E cada sorteado que passava pela rádio para pegar a sua prenda tinha direito de pedir uma música dentro do *Programa do Pedrão*, logicamente forró. Ele assegurou espaço para todo tipo de reclamação, independentemente de procedência, e induziu o público para, através de cartas e telefonemas, pedir à direção da emissora a manutenção do seu contrato para além dos três meses de estágio probatório.

Pedidos dele ao público passavam por cima de eventual medo de forçar a barra, pois beiravam a chantagem:

— Meu contrato com a Nazaré FM tem cláusula de sucesso, ou seja, eu só permaneço aqui se o público me prestigiar. Então ficamos assim: sou porta-voz de vocês. Façam através do programa reclamações, pedidos, cobranças, sugestões. Eu vou pra cima de quem pode resolver, e vocês me seguram aqui.

Incerto em relação ao aproveitamento do serviço ao final do período probatório de noventa dias, não correu o risco de mostrar fraqueza. Preferiu botar as mangas de fora, sem titubear na hora de falar do primeiro escalão do Governo, incluindo o personagem menos apropriado para alvo de catilinárias, as mais ácidas possíveis, o próprio DP. Em nenhum momento vendeu imparcialidade como âncora. Pelo contrário, desde a primeira semana passava para o público a ideia de que no seu programa mandava ele. E, se houvesse algum passageiro nas margens da ferrovia, que saltasse longe do trem.

Ora, notara ele desde sempre a queda do governador pela freira. Ele e meia dúzia de pessoas comungavam da desconfiança, quase certeza. Por se tratar de tendência manifesta apenas através de gestos, palavras ociosas e principalmente olhares, aí sim, cobiçosos, todo esse pequeno mundo ficava mudo.

— Quem diabo põe em dúvida a estabilidade do casamento do governador? Ninguém. Ninguém, vírgula. Quem vê sinais de louça trincada na alma de uma freira como Rachel? — Perguntava-se Pedrão nas meditações diárias, que trouxe do Seminário.

Ele era mau que só pica-pau e embalava a predileção por pisar em terrenos movediços, nos quais nunca afundava, mas onde sempre arranjava jeito de afundar alguém. Foi o que fez antes mesmo de esquentar a cadeira de locutor da Nazaré. Após o intervalo entre a primeira e a segunda horas de um programa, ele espalhou veneno em abundância, com termos nada respeitosos.

Depois de anunciar que tinha notícia nova "no campo romântico", mandou rodar trecho de música orquestrada e despejou sobre fundo musical o seu pote de veneno:

— E ao ouvinte deste modesto apresentador eu vou fazer inconfidência grave e urgente sobre o estado de ânimo de Sua Excelência, nosso alegre governador. Ele viu um passarinho. O passarinho é preto e está na gaiola e de muda. — Insinuou o comunicador.

A irmã Rachel tomaria conhecimento da fala do locutor através do governador, que sugeriu o silêncio como melhor reação para os dois.

— Conhecia o lado ácido do Pedro, mas eu nunca experimentei a posição de alvo de suas aleivosias. Só peço a Deus e à Virgem Mãe que me controlem os nervos nesta hora. — Resignou-se a freira.

Antes que ela gastasse mais uma palavra, o governador levantou-se e com ajuda dela colou os corpos num abraço, que compensou toda a crueldade do Pedro Boa Sorte. Quando a irmã tentou se desvencilhar, exclusivamente por medo de algum olhar invasivo, o governador soltou a expressão mais forte do que lhe parecia sonho, ainda no ouvido da religiosa:

— Há males que vêm para o bem. Tome este abraço como juramento. A minha fidelidade a você será eterna.

A freira retomou o movimento de se afastar dele para continuar o diálogo:

— Há males que vêm para o bem. Mas, por enquanto, vamos ficar por aqui. Eu sou neófita de tudo numa relação, portanto ignorante sobre o comportamento que uma moça — esboçou sorriso ao ouvir pela própria voz, assumindo-se ser moça em vez de freira, pela primeira vez na vida — deve ter em início de envolvimento com um homem. Vamos devagar com o andor, que, segundo, o ditado o santo é de barro. E me parece que diante de um homem por quem se tem admiração a carne é mais fraca ainda. — Confessou a freira.

Se quase ninguém conseguiu interpretar a parábola do passarinho que o locutor lançou para abrir caminho à dedurage do casal, ele ainda pegou o ex-reitor com este chiste em outro programa:

— Francamente, trocar o cargo de comandante para ser sub é uma confissão de segundas intenções. Francamente.

Curta, obscura e sem graça, a pilhéria alcançou o objetivo do autor de desestabilizar o chefe de gabinete a quem devia anos-luz de benefícios. Franco mandou buscar a gravação, ouviu e cheio de mágoas foi mostrar ao governador que, calejado dos tiros recebidos na testa, no peito e nas costas, queria esquecer os seus.

E, como estava em dia fértil, Pedrão mexeu com o discreto Chaina, criando para ele o bordão que intrigaria a maioria dos ouvintes, se continuasse no ar.

— Chaina, seu chinesinho pé de chinelo, cuidado com a caixinha. Se a ficha do teu chefe cair, nesse dia a casa cai. — Ameaçou o radialista.

Era com frases nem sempre decifráveis pelo público que Pedro Boa Sorte tangia suas vítimas para sua lista maldita. Se a vítima silenciasse, ele passava a textos mais elaborados, baseados em fatos reais, parecidos ou inventados, que transformava em carimbo de conceito negativo. Especialista em apelidar pessoas, recebia romarias de endinheirados ou políticos — no mínimo endinheirandos —, que lhe imploravam para ser poupados de codinomes.

Pedrão atendia parte dessas solicitações e foi assim que transformou a sua invenção em produto de mercado. Quem quisesse ser poupado era só comprar o passe do silêncio. Os malfalados eventuais recorriam ao costume convencional, enviando cartas e notas de esclarecimento para a redação. A critério da "produção", umas eram acolhidas e outras iam para a cesta de lixo.

Diante da recomendação para que evitasse exposição, o discreto Chaina só suportou a nota de estreia. Foi conversar com Pedrão e de lá foi direto ao caixa da agência bancária mais próxima, onde quitou boleto. O certificado o favoreceu com um ano inteiro de silêncio no *Programa do Pedrão*.

Já o governador jogava duro. Evitava reagir, preferindo o silêncio, que ajudava a amenizar os burburinhos. Mas com relação às diatribes direcionadas a Rachel, ele fez chegar a Pedrão, através de oficial com farda da Polícia Militar, a seguinte mensagem:

"Nossa amiga comum que o acudiu em momentos de desespero está sendo cruelmente injustiçada. Ela vai se manter em silêncio, que você ou respeita ou aguarda o peso de dois braços. Tem mais: se chegar a meu conhecimento qualquer referência a esta mensagem, você não terá tempo de aguardar nada."

No aniversário da Chacina de Brasília Teimosa, Pedrão cometeu a ignorância de incluir na lista negra um brutamonte. Começou o insulto cobrando do secretário de Segurança Pública, Adauto Machado, pelo trucidamento dos rapazes, com esta fala:

— Na gaveta do desalmado da rua da Aurora — funcionava ali a Secretaria de Segurança Pública — jazem centenas de folhas com declarações, acareações, fotografias e depoimentos sobre a rumorosa Chacina de Brasília Teimosa. — Pontificou o comunicador.

E, para achincalhar de uma vez o general, veio no bloco seguinte outra frase solta, essa com fundo musical de filme de terror:

— Olha aqui, seu teimoso, eu omito o seu nome, mas saiba que eu falo de você, seu oficial de meia estrela. Você para de esconder inquéritos policiais, sobejamente instruídos, somente para poupar protetores. — Espirrou Pedrão.

No dia seguinte, ele voltou a mexer com o mesmo personagem, o que para os ouvintes viciados no programa era traduzido por prospecção: Eis a "notícia" divulgada claramente para chamar o general ao balcão da "consultoria de Pedro Boa Sorte":

— No Recife, o cronômetro do estúdio da Nazaré FM marca 8h35, e eu vou falar agora da grande alavanca econômica da Secretaria de Segurança Pública, o Detran. O departamento, que enche os cofres do Governo, está de novos encargos. Crescem às dezenas promissoras empresinhas de filhos, cunhados, genros, parentes, laranjas, enfim, o ganha-pão da geração filhote dos figurões da Secretaria de Segurança. São copiadoras, lanchonetes, oficinas de placas, lojinhas de acessórios como baterias, pneus, e agora surgiu até brinquedoteca com ingresso pago para acolher crianças enquanto os pais se digladiam pelas filas, corredores e dependências sinuosas do dito departamento. Estou de olho, seu general generoso com o dinheiro alheio.

O tal general era reconhecido como homem destemido e frequentemente fotografado em rondas policiais, desarmado e disposto a encarar criminosos no braço, ou no meio de operações de alta periculosidade como enfrentamento de quadrilhas de traficantes e prestadores de serviços especializados em promoção de arruaças, quebra-quebra e protestos. Mais de uma vez, apareceu imagem dele nos telejornais protagonizando cenas que deixavam manchas de sangue pela roupa e outras tantas esmurrando desordeiros até derrubá-los. Ao mexer com uma fera dessas, Pedrão aumentava os riscos de apanhar, mas ele parecia acreditar mais em ganho para potencializar a posição de vendedor de proteção. E, para quem pensava que ele ia parar ali, veio o terceiro dia consecutivo de tiro desferido contra o secretário de Segurança:

— Um levante de presos no depósito da rua da Aurora esta madrugada desafiou o valentão. Pelo menos onze criminosos em regime de prisão preventiva fugiram. Faltou ali a presença do campeão de murros. Se você pensa que o assunto se esgota aí, me aguarde. Depois dos comerciais, eu vou revelar em primeira mão por que o mão de ferro desapareceu na hora H. — Ameaçou o comunicador.

Pedrão criava clima de suspense, seguido de intervalo tanto no assunto como no personagem de sua alça de mira, para em seguida vir com uma bomba ou com o que alguns chamavam de "aliviada negociada". Isso acontecia quando as vítimas diretas ou emissários emitiam sinais de que pretendiam se acertar com a produção de Pedro Boa Sorte.

Se ele esperava isso do secretário de Segurança, esperou em vão. Por alguma artimanha, mesmo sabendo que o silêncio ou a mudança de argumentos tinha preço, o general pagava mais para ver até aonde queria chegar o "Rei do Escárnio". Pois o que veio foi mais chumbo grosso nas costas dele, numa época em que ainda se temiam generais:

— Aqui no estúdio da Nazaré, estamos finalizando o programa de hoje, não sem antes satisfazer a curiosidade dos ouvintes; e vamos correr, porque pelo relógio acelerado só me restam dois minutos de fala. Central técnica, põe aí uma vinheta de som suave, caindo para o romântico. Romântico porque o desalmado está com o coração amolecendo, finalmente, e esta informação colhi de fonte segura: O general se livrou da insônia que curtia cumprindo as rondas noturnas. E você, ouvinte, se enganou, se imagina que ele curou a doença causadora das noites em claro graças ao tratamento dado por algum curador de apneia. Ele encontrou solução na medicina alternativa. — Continuou Pedrão.

Mas a música aterrorizante continuava em volume alto. Até que baixou, e o comunicador, pigarreando, retomou o microfone.

— É que o nosso secretário de Segurança anda rindo até para o telhado, porque trocou o endereço do repouso noturno. Sem medo de emboscada, porque ele é sabidamente homem destemido, e o que todo homem pendura sob a proteção das coxas em número de dois, ou seja, de um par, esse general traz em número de três. Talvez por isso tenha entrado agora no período fogoso. O nosso fogoso general é macho pra cascalho. Ele trocou o quarto de dormir ao ser vencido pela força do coração amolecido. Mas só um lembrete para a bandidagem. O coração amoleceu, mas os braços continuam fortes. O general tem peito de aço. O oficial secretário de Segurança intensificou os exercícios de musculação na academia que frequenta, agora com o suporte de sua personal trainer, uma morenaça de arrasar quarteirão, por quem se comenta tem certa queda e faz algum tempo. Aliás, desde o tempo em que morava com a família na residência anterior. E, agradecendo a gentileza, fica o meu convite para que nesta sexta-feira vocês acompanhem na FM Nazaré um programa de graça e fé. Até amanhã.

36

Estava atormentada a alma da irmã Rachel, e as companheiras de Convento, embora alarmadas com cenas e atitudes que jamais haviam presenciado naqueles anos todos de vida comum, ficavam longe de imaginar o que se passava. Calada, olhar distante até mesmo nas orações da capela, displicente na cozinha. Afora o recolhimento à cela em horas de recreio para aparecer na atividade seguinte com olhos avermelhados, exibindo marcas de choro que ela fazia o possível para ocultar. Um fato chamava a atenção de todas: ela tinha folha de papel dobrada na mão, junto a um lápis grafite e borracha. A qualquer hora do dia, podia se afastar das colegas, mas não abandonava lápis e papel com o intuito, não de todo oculto, de escrever algo. E, quando isso ocorria, passava a ideia de que o sofrimento era de quem estava sob tortura. As demais freiras eram todas suas admiradoras, tinham por ela verdadeira devoção e, nos instantes agudos do mal-estar, esboçavam gestos de piedade, tentavam passar carinho, mas ela já não correspondia na mesma espontaneidade. Esquivava-se, mantinha silêncio, olhava para o chão e com isso desestimulava perguntas ou oferta de ajuda.

— Tudo bem? — Perguntou a irmã vizinha de cela, quando coincidiu abrirem as portas ao mesmo tempo.

— Como Deus quer, graças a Deus.

A resposta dizia tudo. Era uma solitária só querendo solidão.

Mas estava inserida na comunidade, cheia de dedos em face da impossibilidade de fazer algo para atenuar o sofrimento da mais querida das religiosas. Isso demorou até que numa sexta-feira, feriado de Sete de Setembro, ela avisou às colegas que iria se encontrar com Zezinho — seminarista, notável no prédio anexo, antigo redator do programa de rádio — durante o longo recreio, programado para que os interessados acompanhassem o desfile transmitido pela televisão ligada em pequeno auditório. As plantonistas tocavam o almoço, iniciado na véspera. O seminarista e a freira desgarrada eram tementes ao sol e ocuparam o banco de madeira debaixo de frondosa mangueira para a conversa, seguida de silêncio, interrompido por intervenções curtas de um e respostas sofridas da outra. De repente Zezinho deu função ao lápis e papel, com a freira falando pausado como que dando inspiração e ele dando forma. Levaram todo o período de folga para o rascunho que ocupou três faces de papel-ofício.

Na volta ao interior do Convento, irmã Rachel parecia mais leve, e sua participação no almoço voltou ao ritmo normal. Animada, comentando sobre a qualidade dos ingredientes e a esperança de deixar padres e seminaristas satisfeitos com o almoço. Como era costume, a refeição delas foi logo após, enquanto as auxiliares cercaram o balcão da pia para iniciar a lavagem dos pratos. Ali, entre garfadas e religiosa mastigação, uma das colegas comentou que ela estava menos tensa do que nos últimos dias. A observação destravou o coração de Rachel, e ela lhe abriu uma fresta.

— Se vocês dispensassem a sesta de hoje, eu gostaria de fazer breve comunicação a todas. — Pediu irmã Rachel.

A resposta foi positiva, mas umas duas ou três irmãs com rara sensibilidade para identificar angu que continha caroço logo fizeram circular a impressão de que a conversa trazia perda. Em minutos, todas estavam de baixo astral. As que falavam foram se retraindo, o ritmo da comida acelerou, e logo os olhares eram de cobrança, como se quisessem abreviar o tempo de espera de bomba que explodiria. Foi a maior sobra de comida nos pratos na mesa das freiras. A se avaliar pelo retorno das louças à cozinha, o apetite masculino no almoço fora de deixar o prato limpo. Padres e seminaristas teriam ganho adicional no horário da tarde de feriado. Uns iriam praticar esporte de várias categorias, futebol como o mais concorrido, e os outros se dividiriam entre leitura ou sono embalado pelo vento que alargava as janelas de seus aposentos. Do lado masculino, tudo bom, bonito, animado e repousante.

De sua parte, a irmã Rachel ainda tentara aliviar para que o Sete de Setembro fosse o mais próximo possível de festa. Mas a pressão feita através da comunicação não verbal das colegas lhe sugerira abrir o jogo. E ela foi infeliz, pois o dia e hora escolhidos se revelaram impróprios para abrir a cortina do cenário reservado à encenação do seu drama. Aconteceu assim mesmo, porque o inevitável não perdoa. No salão de reuniões, cada uma tomou seu lugar em torno da mesa. Com o sorriso "me perdoem, meninas" e o pedido de compreensão, Rachel retirou do bolso o manuscrito de Zezinho com vários parágrafos e muitos remendos e começou a ler. Antes explicou que se tratava de minuta de carta a ser datilografada logo após ser passada por sua voz ao conhecimento delas. Delicada, ainda pediu permissão para alguns esclarecimentos antes do texto. Foi esta a curta preleção:

— Escondi de vocês enquanto pude, que estava pensando em tomar atitude radical em minha vida. Nenhum sentimento menor me move. O que me leva a esta decisão é a necessidade de alterar minha rota no desejo de exercer o cristianismo. Nestes dias de sofrido abatimento, nascido de dúvidas profundas, minha angústia aumentava, porque escondia de vocês a maior e mais longa dor de minha vida. O sofrimento foi progressivo e se agravou a cada vez que tentei passar para o papel a mensagem que pretendo dirigir à sede da Congregação em Roma.

Nesse instante, as freiras mergulharam no vazio, que para a comunidade unida e no caso pelo ideal significou momentaneamente um apagão de almas. E o que se seguiu foi longo intervalo de choros e abraços, sem que se ouvisse uma palavra. Irmã Rachel era a mais abatida, mas quem visse a cena traduziria como pranto coletivo pela morte de companheira irmã de todas. O momento mais dramático levou pouco mais de um quarto de hora, até que coletivamente puseram as mãos sobre a mesa, sugerindo que estava na hora de ouvirem a leitura da mensagem. Ela aquiesceu, não sem antes acrescentar exórdio à preleção:

— Fui hoje ao outro lado me socorrer do Zezinho depois de muitas tentativas de escrever a carta, mas atacada por incrível bloqueio fiquei impedida de pelo menos rabiscar uma palavra. Depois que nosso bom vizinho escreveu o primeiro parágrafo, fui vencendo a blindagem e, graças a Deus, participei da redação, apresentando ideias e mesmo escrevendo parte das três folhas. O resumo da ópera é que vou pedir licença à direção da Ordem para me afastar da Ordem das Filhas de Maria. Agora, me expliquem o que houve. Eu convidei vocês para descascarmos o abacaxi, e já com a faca amolada vocês me deixam só. Ou abortam a rodada de lágrimas, ou vou chorar também. É isso que querem? — Reclamou a freira Rachel.

As dezessete recompuseram-se, enxugando a face com o punho do hábito, tudo tão uniforme como se fizessem treinamento coletivo até para estancar lágrimas.

E a freira, ouvida em silêncio de clausura, leu o pedido de licença que encaminharia a Roma:

"Nasci para servir a Deus e espero que Ele me mantenha a virtude da fé. E estou decidida a me dedicar de fato a pessoas extremamente necessitadas. Apareceu-me a oportunidade de trabalhar como gestora de um Serviço Social, em tese dedicado a milhares de famílias, as mais pobres de meu estado, Pernambuco. Se esta ordem permitir, terei a meu lado outras religiosas, mais leigos e leigas, todos nós juntos trabalhando comigo, sob meu comando, para distribuirmos gêneros, remédios, roupas, produtos de higiene; e compromisso com a escola para ensinar aos filhos das famílias atendidas pelo Serviço. Pedindo a dispensa da querida Ordem das Irmãs Filhas de Maria, despeço-me da minha superiora-geral com a promessa de que a Igreja Católica será para sempre meu território, minha pátria, a minha sagrada religião. Irmã Rachel, nascida Rachel Auxiliadora de Moraes."

A explosão de palmas com a confissão da emoção do grupo ganhou expressão própria através da irmã mais nova da roda, que, sentada na ponta direita da mesa, liberou geral:

— Só peço a Deus que me dê coragem um dia de seguir o seu exemplo. — Assim falou a mais jovem das irmãs.

Enquanto as demais logo se dirigiram às celas para digerir a estonteante sobremesa, Rachel pegou o telefone da portaria e resumiu para DP a maratona do dia Sete de Setembro. Ele ouviu silencioso e, depois de comentar que louvava a coragem dela, perguntou se poderia informar ao ex-reitor.

DP, que acabava de ultrapassar barreira no projeto sentimental, tinha plano próprio para acelerar a resposta da direção-geral, em Roma. Um padre contemporâneo de seu chefe de gabinete, ex-reitor e ex-padre, seria acionado para pedir ao colega para acompanhar a viagem daquela carta pelas escrivaninhas de Roma. O "padre romano", como Franco o tratava, escrevia textos para a Rádio do Vaticano, tinha um mundo de conhecidos e certamente poria aquele papel na frente dos ventos que sopravam pelos salões do Vaticano. Seu prestígio, exatamente por causa dos textos que fazia de encomenda e para todos os gostos, tinha relações com padres, bispos, cardeais, a burocracia da Cúpula Católica. A irmã interrompeu o monólogo para dirimir dúvida:

— Acho que deve informar o padre Franco, sim, até porque me poupa de me submeter a mais uma penosa sessão de convencimento. — Pediu a freira.

— Pensando bem, você pode ter razão. Nunca se sabe o que passa pela cabeça das pessoas. Vai que nosso querido reitor preferisse ser o único ex-religioso em sua equipe. — Concordou DP.

— Estou mais perto de ser uma ex-freira, mas esse ritual precisa correr rápido. Vai lá, chama e apazigua o Franco e põe o prestígio dele a nosso serviço. — Exibiu a freira sua pressa.

37

O ex-padre Franco curtia seu feriado sozinho em apartamento de um prédio de três andares no bairro de Espinheiro, quando o governador o chamou por telefone e convidou para despacho extrapauta. Mas ainda fez ensaio do que seria o despacho dos dois:

— Está sentado? Então se sente e ouça esta: irmã Rachel começou a seguir o seu caminho. Postou pedido de licença à madre-geral para se afastar da vida religiosa e vai ficar de molho uns seis meses, aguardando a boa vontade de Roma. Venha cá, que a gente se entende. — Convidou DP.

Só que o ex-padre, sempre disposto para trabalhar, chegou mesmo foi a fim de expor sua aversão à inclusão da freira na equipe. E, ao tomar lugar frente ao governador, desembuchou:

— Há muita lenda em torno da morosidade do Vaticano. Pode até levar mais tempo, mas eles estão cada vez mais precavidos para evitar o descontrole da situação de seus quadros. A Igreja, depois de dois mil anos e muitas perdas, descobriu o efeito nefasto de postergar a licença de uma ordem, criando rebeldes e potenciais inimigos da religião. O processo pode demorar um semestre ou até mais. Pode também ter resposta imediata. — Instruiu o ex-padre Franco.

— Mas o que quero saber é se você tem condições de acionar seu amigo lá do Vaticano para dar uma olhada e tentar um empurrão no pleito dela. — Apelou DP.

— Fica difícil conduzir o pleito que sequer conheci por leitura ou mesmo conversando com a interessada. Sem o fio da meada, entenda, governador, o que vou falar para as pessoas que podem ajudar? Além disso, tenho receio de melindrar a irmã Rachel. O senhor concorda que estou de mãos atadas para descascar esse abacaxi?

Mostrou unhas quebradas pelo ciúme o ex-reitor.

A resposta do chefe de gabinete foi do tipo que DP mais recriminava de um assessor a quem indagava sobre missão importante. O que seria muito para quem já vinha sentindo calafrio por qualquer comando que acionava através do ex-reitor e ficava sem resposta. Como todo ser humano, DP tinha pavio. Entre curto e longo, ele escolheu o curto e grosso. Grosso como ele próprio e certamente para adicionar um pouco de diplomacia ao diálogo, imprensou o ex-padre com indagação:

— Você aponta como obstáculo para uma ajuda na cúpula de Roma a demora para ser informado da decisão dela ou simplesmente porque está recebendo a informação por terceira pessoa, no caso a minha pessoa? — Cobrou o governador.

— Gostaria de conversar pessoalmente com a irmã Rachel ou pelo menos conhecer o teor da correspondência que encaminhou à sede da Ordem das Irmãs Filhas de Maria. — Sugeriu Franco.

— Converse com ela, homem de Deus. E vamos deixar a frescura de fora, porque vocês vão trabalhar juntos e de passo acertado. — Reprimiu DP.

— Desconheço detalhes do combinado entre vocês. Pouco participei do recrutamento dela e desconheço meus limites para essa conversa. — Emburrou-se Franco.

— Os limites são a boca. Fale o que for necessário para acelerar o desligamento da Ordem. O que você precisa saber de minha parte passo em quatro palavras: "preciso dela no Governo." — Exaltou-se o governador.

A conversa terminou por aí, mas DP, que tinha o hábito de resolver problemas de Governo pela metade, produziu ali mais um enrosco para sua administração, na má vontade do Franco para a entrada da freira no Governo. Só classifica ciúme de homem como pior das pragas da administração quem não conhece ciúme de celibatário. Pior que as Pragas do Egito.

* * *

O primeiro despacho do governador na segunda-feira, como de praxe, foi com Franco, que antes de relacionar os assuntos do dia ouviu a pergunta do chefe:

— Como pretende encaminhar o assunto para seu amigo, o notável padre de Roma? — Perguntou DP.

— Primeiro preciso conhecer os procedimentos de remessa da carta. — Reagiu ainda mais enfezado o chefe de gabinete.

DP abriu a gaveta de sua escrivaninha e entregou o envelope com cópia da carta dela e o registro dos Correios e, em tom de desafio, baixou a orientação com a ignorância dos indígenas descendo o tacape:

— A próxima iniciativa será sua, e segunda-feira, de hoje a oito dias, lhe cobrarei pelos resultados das providências, se até lá você se esquecer de me inteirar de tudo. Aliás, vou me dispensar desta cobrança, porque antes disso você vem aqui me atualizar. Esse assunto é urgente. Está no seu papel e o proíbo de vazar qualquer informação a respeito. — Ordenou meio atrapalhado o governador.

— Entendi, governador. De minha parte, farei tudo a meu alcance e só lhe peço que me poupe de tratar da questão com a interessada. — Advertiu o ex-reitor.

— A interessada, porra nenhuma. Interessados somos nós três. Eu, que pretendo pôr em funcionamento o Serviço Social; em segundo lugar, a irmã Rachel, que enquanto hibernar encapsulada naquele hábito estará impedida de assumir o posto; e você tem um mundo de atividades para cuidar. Só que você sabe qual a prioridade das prioridades, a número um. Digo mais, se precisar ir a Roma acompanhar os trâmites, o Governo autoriza e banca a viagem. — Exagerou o chefe.

— Governador, agora que tomei pé da situação do Governo, você acha que eu me atreveria a deixar a Chefia de Gabinete às moscas? — Colocou-se em plano elevado o chefe de gabinete.

— Verdade que descubro um santo para cobrir outro. De fato, período prolongado de ausência, logo no início de sua adesão ao Governo, pode terminar prejudicando a administração. — Concordou DP.

— Eu me recuso a ir, porque jamais trocaria minha posição na vida pública para ser agente de uma causa menor, quase diria fútil. — Traiu-se o chefe de gabinete.

— Fútil é você. Fútil e leviano. Como põe ao rés do chão o Serviço Social e seus milhares de beneficiários, há mais de um ano privados das ajudas de que são totalmente dependentes. — Levantou a voz o governador.

— Se dona Hermínia, a ainda presidente do Serviço Social, tivesse recebido a dotação orçamentária, com toda certeza teria aplicado esses recursos com as devidas cautelas e o zelo que a caracterizam, como tem demonstrado nas parcas responsabilidades que ainda lhe restam. — Pisou na bola o ex-reitor.

— Ainda o quê, seu ex-padre abusado? Pensa que o empossei aqui para me desafiar? Desafie, seu merda, pois sequer tenho legitimidade para te pôr de volta na Reitoria. Se o despedir deste Governo, você vai ser obrigado a pastar numa paróquia de subúrbio ou do interior do estado, sem licença para administrar sacramentos, como batizados, casamentos, missas de encomendas e funerais, tudo enfim que deixa trocados na sacristia das paróquias para sustento dos mantenedores das igrejas. Lembra que, com seu afoito pedido de afastamento de um dos cargos mais cobiçados da hierarquia local da Igreja, você cortou o acesso à cúpula da Arquidiocese, e ai de quem depende da burocracia de porta e balcão. Caia na real, seu padre atrevido. — Danou-se DP.

Era ilimitada a capacidade do chefe do Governo de plantar raiva nos auxiliares mais próximos. Se fosse agricultor, com toda certeza, plantaria mais raiva do que sementes. Foi da matéria-prima dessa praga que ele encheu o coração do chefe de gabinete, que ia entubando brochas tortas, enquanto a cavidade aguentasse. Com ar de sofrido conformado, Franco deixou pelo menos o desabafo:

— Fico aqui, enquanto merecer a sua confiança, mas eu também sou agente desta decisão. Se resolver sair, ninguém me impede. Quem larga uma Reitoria e assento no principal gabinete do centenário edifício mais alto dos morros de Olinda já deu mostras do desprendimento e da abnegação. Se pensa que sou dependente deste Governo medíocre, pode socar meu cargo onde melhor lhe convier. — Desrespeitou Franco.

— O que mais nos convém é que volte para sua sala, sua mesa e sua cadeira, antes que esgotemos nossa paciência. Por hoje, chega de tensão. Vá cuidar de acompanhar os passos da carta da irmã Rachel e considere que a situação do Serviço Social é grave, é de extrema urgência. E que tudo se faça para o estado de Pernambuco conquistar o passe da religiosa Rachel Moraes. — Aliviou o governador.

— Fico até me perguntando como enfrentaremos a parte nacional deste problema. Já conversou com a primeira-dama sobre a exclusão dela da função de presidente do Serviço Social? — Provocou o ex-padre.

— Isso não é de sua conta. Limite-se ao papel que lhe dei. Como conheço outras impertinências desastradas de sua lavra, poupo-o de classificar essa como sua última indelicadeza com o governador do estado. A Hermínia conhece o tamanho dela, e da Rachel cuido eu. Restrinja-se, nessa missão, a amarrar o cadarço das sandálias e se guarde de subir além das sandálias. Segunda-feira me relate cada passo dado no sentido de acelerar o pronunciamento da Congregação Mundial. E vamos à pauta. — Afobou-se o governador.

— Acho que fui atropelado, pois todos os outros itens seriam desdobramentos da licença da irmã, que constato agora ser a questão emergente do seu Governo. — Amoleceu o ex-padre.

— Nosso Governo. E, por falar em nosso Governo, providencie então a montagem de reuniões de avaliação do primeiro escalão para que possamos ouvir todos os secretários, distribuídos em grupos de atividades afins. Marque as reuniões para 15 horas de terça, quarta, quinta. — Encerrou DP.

Antes de encerrar o expediente, o governador mais uma vez chamou o telefone do Conventinho com o intuito de marcar com a freira encontro para o fim da tarde. Informado de que ela estava em consulta odontológica, ficou desapontado, pois imaginou que, com os passos dados, seria fácil encontrá-la mesmo sem combinação prévia.

38

A velha estrada do Arraial a caminho de Casa Amarela foi a passarela para a chegada dela ao cenário do espetáculo, tão revolucionário quanto inédito para a protagonista. A estrela era uma mulher de vestido sóbrio, descendo abaixo dos joelhos e expondo a brancura das pernas bem torneadas; e espécie de véu em formato de rodilha, encobrindo o pescoço e caindo sobre as costas como rabo de cavalo. Peça estranha para ser burca, mas a função era cobrir-lhe a careca, desenhada a tesoura como era comum na maioria das ordens. Ela ocupava a primeira fila do ônibus com olhar atento para os endereços, até chegar ao Cine Coliseu.

Tratava-se de irmã Rachel, que, diante de dois compromissos bem diferentes da rotina, planejara tudo; e, após servir o café da manhã, começou a operação. Por telefone, encarregou a mãe de deixar cheque da consulta na casa da prima e fiel amiga de infância, a quem pediu emprestado o apartamento desocupado por toda a tarde daquele dia. Lá, trocou o hábito por um dos seis vestidos deixados à sua disposição sobre o sofá. O uso do vestido, que se revelaria providencial, foi apenas por medo de chegar de hábito ao consultório e se deparar com um bando de curiosos olhando para ela e ainda por cima satisfazer as bisbilhotices do dentista sobre a vida religiosa.

Como o dentista terminou rápido o procedimento, ela encontrou tempo para cair em tentação. Tudo porque, enquanto esperava ser atendida, abriu o caderno de variedades de um jornal, deparou-se com o anúncio e resenha do filme *La Bête*. Curiosa, leu o resto da propaganda:

> "Uma família nobre com problemas econômicos espera ansiosa pela chegada de Lucy Broadhust, filha de um rico burguês. O casamento de Lucy com o herdeiro da família, o excêntrico Mathurin, poderia ajudá-los a melhorar a situação. Quando a garota chega ao local, fica muito interessada pelas histórias de Romilda de l'Esperance, uma antepassada do futuro marido."

Rachel mal se deu conta do desconforto do ônibus e até achou curto o trecho, leve que ficara com a troca do hábito pelo vestido da prima. Na bilheteria do velho Coliseu, nada de fila no caixa, e dentro da sala nenhuma viva alma ocupando cadeira. Mesmo assim se posicionou na quinta fileira, quase debaixo da tela e próxima da parede de onde pendia uma arandela de luz amarelada. Enquanto esperava a chegada do público, Rachel recordava a indicação do filme. Ela até considerou bem confuso o texto, mas lhe chamara atenção a lenda envolvendo relação sexual de gente com animal. Do mais complicado desse folheto, ela se esquivou: gravar o nome do diretor do filme, Walerian Borowczyk.

A ansiedade estava no apagar total das luzes para ver na tela a aventura classificada como "clássico pornográfico", que ela até desejou ser logo uma "dose cavalar" para ver se tinha mesmo coragem de enfrentar a vida profana. Materializava naquela tarde uma mudança de 360 graus no comportamento. E tremeu, quando as luzes do cinema foram apagadas e ela teve a sensação de que foram dedos peludos do demônio que acionaram o interruptor.

Ia começar o filme, e ela estava ali para ver a história da besta. Como só havia mais dois outros espectadores, e bem longe dela, imaginou que assistiria ao filme acompanhada apenas de sua consciência, sua tolerante camarada de todas as horas. Era a primeira vez na vida que entrava num jogo do gênero, e isso lhe dava momentos de gratidão, porque fazia parte de uma atitude inusitada, e a irmã era entusiasta de inovações.

Rachel era, até aquele meio de tarde, inocente de pai e mãe. Na infância jamais participava de rodinhas de sua idade para conversar curiosidades da pré-adolescência, pouco se interessava pelas rodas de anedotas picantes, passou ao largo do gibi, jamais comentou sobre as reações que a idade lhe impôs ao corpo, sequer para perguntar a alguma mulher mais velha se passara pelo que ela estava vivendo em cada nova fase da vida.

Era virgem de tudo. Mas guardava grande curiosidade por algumas práticas que ocorriam nos currais da fazenda de sua família. Logo no início da menstruação, a mãe lhe havia ensinado com exatidão a razão do sangramento. E, pouco depois de passar pela primeira, por coincidência aconteceu nas baias dos equinos alguma coisa que ela entendeu fazer parte da prática de sexo animal. Chegou a ver um cavalo excitado e muito impaciente lá dentro da baia. Notou também que a égua, presa ao cabresto e manejada por um dos tratadores, tinha escrito na testa que se destinava à excitação do cavalo. A menina, filha do dono da propriedade, anteviu que ia rolar uma tarde de sexo do casal de equinos com apoio de vários homens da fazenda.

Correu para a despensa, um dos cômodos que ficavam de frente para a cavalariça, sem porta ou janela para o pátio de operações exclusivamente masculinas. Lá dentro, ainda subiu nas prateleiras da despensa e abriu o telhado para tentar ver escondida o que se passava, mas o apoio ficou baixo e o jeito foi se contentar com o barulho dos homens, gritando:

— Afrouxa o cabresto do garanhão, segura o cabresto da égua, apanha, põe aqui dentro, levanta o rabo dela, enfia, deixa um resto da besta para mim, cavalo egoísta, cavalo filho da égua.

Por falta de posição adequada dentro da despensa, andou longe de assistir à performance do casal, embora lhe tenham chamado a atenção os apelos do homem que expressou no grito a inveja do cavalo que cobriu a besta.

— Pode até ser bom, mas pelas falas e barulhos dá para notar que entre animais é muito bruto.

Lembrou-se bem a irmã do que falara sozinha no sótão da despensa onde tentara ver um casal fazendo sexo. Um casal de animais.

Ali no Cine Coliseu, ela conservava vaga ideia da força do sexo, porque a vida inteira, até mesmo nos treze anos de Convento, se lembraria daquilo com a sensação de que o acontecimento foi prazeroso para a égua e, como não ouviu qualquer barulho de reprovação dela, chegou a pensar que sem plateia poderia estar no lugar da fêmea, se a cobertura fosse de um homem de bem e porte bonito, como lhe pareceu o cavalo.

E ela botou na cabeça que ainda iria experimentar aquilo. Esse sentimento ia e voltava. Sempre que se recordava daquela tarde, sentia-se meio animal ao se identificar com a besta, e isso lhe fazia bem. Na parte da adolescência que viveu em casa, sentia agradável curiosidade sobre o cinema ao vivo, que, pelo menos no quesito som ambiente, deu para captar. No Convento, raramente se recordava e no íntimo se comprometia a experimentar o prazer de uma relação, se algum dia lhe pintasse um bom casamento.

Quando o filme começou, olhou para trás novamente, e a plateia era a mesma, ela na quinta fila a contar da tela e, lá atrás, mais dois assistentes, um de cada lado e bem no fundo do auditório. Isso lhe deu segurança para ver o filme sem medo de acompanhar com avidez o que estava descrito no folheto da propaganda do *La Bête*. Ao ver as primeiras cenas, deslocou-se para o cenário bucólico do castelo francês e viveu intensamente seu primeiro filme, vendido como artístico pornográfico.

Ao sair da sala, tinha a convicção de que era outra mulher, e dramatizando se perguntou:

— Finalmente, está aqui agora a mulher? — Indagou-se Rachel, já agora sem saber que fim tinham levado os dois assistentes que viram o filme lá das últimas fileiras.

A sensação de vitória lhe subiu à cabeça, e a reação instintiva dela foi levantar a rodilha que escondia a cabeça raspada e erguer a peça como se fosse uma taça; e por alguns instantes se posicionou embaixo do nome do Cine Coliseu, desejando ardentemente que aparecesse um fotógrafo, porque queria a qualquer custo a foto do troféu frente ao nome do auditório onde havia experimentado um prazer que jamais imaginou a levasse às nuvens por alguns segundos.

Tudo acontecera minutos antes, quando o filme exibia cenas de sexo do lobisomem com a besta. Rachel, com as faces quase em chamas, só teve pouco mais do que o trabalho de cruzar as pernas, concentrando a força na genitália.

De olho na tela, onde a relação dos protagonistas era retratada com realismo, a trilha sonora enfatizando o barulho de movimentação, como o dos cascos no piso da baia e da esfregação dos corpos em si. Ela precisou apenas comprimir uma coxa na outra, repetindo a pressão, não se lembrava direito se duas, três ou meia dúzia de vezes, para alcançar o prazer que jamais lhe tinha ocorrido imaginar que existisse. Faria a partir daquele momento o que estivesse ao seu alcance para movimentar o corpo, acoplada ao sexo de um homem com quem pudesse harmonizar o encaixe perfeito.

Ao lhe ocorrer este desejo na parada, enquanto esperava o ônibus de volta ao apartamento da prima, sua vontade foi gritar aos quatro ventos:

— Não serei freira, não sou mais inocente, não sou mais freira. Envelhecer no Convento, nem que a égua não tivesse se contentado com o cavalo, lá na fazenda. — Pensou em voz alta a freira.

Até chegar à casa da prima, onde tomaria banho com sabão neutro e retomaria o hábito para voltar ao visual e odor de freira, só pensava, só dizia (em voz baixa) as frases da ruptura com o voto de castidade. Pensou muito no futuro e se imaginou personagem de ato sexual completo, quando estava descendo do ônibus a quatrocentos metros da entrada do Seminário. Mas foi o lance passageiro e de um ato de possibilidade remota.

O mau pensamento veio, e como veio se foi, substituído pelo quase medo já de aterrissar na sua cela. Por coincidência, a visão do que lhe passou na mente ao olhar para a frente foi o prédio do Conventinho, já agora transfigurado em nuvem de nostalgia. Mas antes de chegar ao pequeno aposento, pensou em pegar o telefone e, longe dos olhos das irmãs, compartilhar a conquista do pleno prazer. Ficou no desejo de pegar, porque faltava parceria para contar o milagre. Queria dizer que finalmente, aos 26 anos, conhecera o prazer do sexo. Mas o mundo lhe pareceu pequeno para o tamanho do prazer, que curtiu só. E o momento de solidão acelerou sua vontade de continuar a luta pelo coração do DP.

— Ele será mais que o cavalo, enquanto eu, mais que a ávida e silenciosa besta. Nós vamos um fazendo ao outro, juntos, sentir no prazer que está aí nesse mundão de meu Deus para ser desfrutado. — Viajou a freira ao atravessar um dos umbrais do portão geral do Seminário, que abrigava logo na entrada o Conventinho.

39

Pedrão tinha obsessão por patrimônio. Cedo se deu conta de talento para a profissão de radialista. Como no gênero humano nem tudo é perfeito, cedo também expôs defeito inexplicável para seus propósitos: necessidade de subjugar intermediários que o ajudavam a adquirir bens.

A emissora, controlada por um deputado estadual, já sacralizava o horário noturno para os evangélicos. Se, nos primeiros meses, o programa na pequena Nazaré contabilizava audiência baixa e alta receita, em pouco tempo as altitudes se equivaliam. Pedrão se revelaria mais uma vez vencedor, com receita superior às expectativas dos especialistas.

Desde que se consagraram os índices de audiência elevados, ainda na Rádio Amigo Velho, ele foi atrás de mais negócios, já que havia espaço para comercializar produtos. Sem dificuldade, descobriu que a Assembleia Legislativa controlava estupendo movimento de correspondências dos deputados para todos os municípios de Pernambuco. A primeira providência foi encomendar o perfil do responsável pela postagem de cartas e encomendas do Legislativo a um profissional da ONG dos jornalistas investigativos.

O perfil pautado já chegou como ficha pra lá de suja, sonho de consumo do Pedrão, que estava montando verdadeiro depósito de estampilhas zerinho. Os estoques de selos eram enviados pelos ouvintes, estimulados por ele a reclamar de políticas, serviços e obras do governo estadual. O chefe da postagem se tornara seu sócio da Consultoria do Pedrão no negócio de aproveitamento de selos. Um maná para o ardiloso radialista.

Preso grande parte da semana nas negociações na ratoeira do Legislativo, o comunicador tinha pouca notícia para dar, quase nada de suspeita para tecer intrigas, o doce de coco do seu horário. O jeito foi se socorrer do banco de lembretes da agenda já bem ensebada àquela altura do ano. Isolado numa página sem qualquer rabisco, jazia o temido Teodorico Ventura, pai da Hermínia, portanto sogro do governador e megapecuarista em Goiás.

A reação que pintou do rosto foi de alegria, o que acontecia quando lhe ocorria uma grande malícia da mais pura ficção. Estava na hora de abrir o programa e, enquanto esgrimia as saudações de praxe, acomodava a agenda aberta embaixo do braço com o cotovelo cobrindo o nome do fazendeiro. Passou o primeiro bloco de dez minutos. No intervalo, enquanto o sonoplasta rodava comerciais, o locutor, com a agenda já à altura dos olhos, parecia mais um boxeador, balançando o pescoço para desconcentrar o adversário. Entrou a vinheta cantando "Programa do Pedrão, o que não tem perdão". Ele repuxou a cadeira para mais perto do microfone e mandou bala: "Em homenagem às jabuticabeiras que começam a se vestir da florada, eu vou falar hoje de uma invenção que é tipicamente brasileira, assim como a jabuticaba, uma dádiva de Deus, que em momento de piedade de nosso povo fez nascer aqui e em nenhuma outra nação. Então, vamos ao que interessa." A sonoplastia deu um pico daqueles que acordam qualquer motorista bêbado na direção; e, no que baixou o som, Pedrão entrou com tudo: "Instituiu-se no Brasil o quilo de carne-voto, ou alcatra-voto para ser mais preciso. E o que vem a ser alcatra-voto? Seria o mesmo que se estabelecer o custo de um voto a ser pago com carne de boi. E quantos quilos de carne teria custado seu voto na última eleição? Estou falando do gasto de um candidato para fazer comício, viajar, manter equipe, gravar música de campanha, remunerar cabo eleitoral e, em muitos casos, principalmente no caso de chefes políticos, os custos de encabrestar eleitores. Tudo isso tem preço muito alto. E agora vou fazer a pergunta: quantos quilos de carne vale um voto? Por que estou abrindo este debate hoje? Porque hoje é aniversário de um negócio feito aqui em Pernambuco para se eleger o afilhado, o representante do nosso fazendeiro biestadual na última eleição. E o que aconteceu que você, querido ouvinte, precisa saber? Aconteceu a eleição de um deputado federal no início dos anos 1980, cujo preço do mandato pode ser avaliado pelo preço da carne bovina em números. Em números de quilos de carne de vaca. Naquele ano, o alpinista bovino lançou duas candidaturas de um só político. Ele disputou cadeira para a Câmara Federal e o coração de uma filha da nobreza pernambucana, na época o maior golpe do baú, exposto nas vitrines do mercado. Ou será que foi o contrário? Digamos que para ser deputado ele precisava de dinheiro, e a botija mais à mão seria o casamento com a filha de megaprodutor rural. Venceu as duas disputas com galhardia. Voltarei a esta notícia nos próximos dias."

Qual seria a maldade de Pedrão? Os alvos seriam a mulher, o sogro e o próprio governador. O sogro, conhecido fazendeiro do agreste pernambucano que implantou filial de seu império no estado de Goiás, onde cresceu, agigantou-se e diversificou as atividades. De criador de gado de corte passou a controlador de engordas e depois a dono de frigoríficos. Na época em que Dario Prudente começou a namorar Hermínia, o pai, Teodorico Ventura, alcançara a cifra de oitocentos abates por dia. Teve mais. No mesmo ano, Teodorico recebeu o título de maior produtor individual de carne do Centro-Oeste. Andava em marcha batida para alcançar o primeiro lugar no ranking nacional e só atrasou um pouco porque trocou a implantação de mais um abatedouro pela gastança na política. Entusiasmado com a inteligência de DP — jovem político de classe média sem abertura junto com os capitalistas de sua terra —, o grande desossador de bois apressou-se em apoiar sua candidatura para promovê-lo de estadual para deputado federal, e o dinheirão veio quase todo dos pastos goianos, onde, além das 20 mil matrizes, ele engordava outros milhares de garrotes para manter os abatedouros em pleno funcionamento e garantir os contratos de fornecimento de importadores e grandes redes de supermercados do Sudeste. Só que, para pressionar o rei da carne e lhe destinar também uma cota — não em carne, mas em dinheiro vivo —, o comunicador resolveu expor, além do grande fazendeiro, o governador. O pior viria quando ele direcionou o cutelo para sangrar a sofrida Hermínia, em termos desrespeitosos.

Teodorico ouviu o achincalhe dentro do carro, a caminho do escritório na avenida Agamenon Magalhães. Ouviu e ficou imóvel, calado. Mas manteve o rádio ligado sem emitir qualquer sinal que pudesse levar o motorista a crer que ele prestava atenção aos impropérios. Esse era o *modus operandi* do grande Teodorico: nunca passar recibo de contrariedade perpetrada por inimigo ou concorrente. O motorista de seu automóvel, habituado ao dia a dia na cidade e aos grandes trajetos entre Pernambuco e o interior de Goiás, jamais o flagrou levantando a mão para espantar um mosquito. A lenda em torno das mortes que cometeu ou patrocinou jamais saiu do terreno do imaginário. Atribuía-se a ele tudo quanto era máxima a favor da discrição, como a mais repetida pelo velho fazendeiro: "Ninguém sabe o que é que calado quer." Mesmo sem qualquer registro público de violências físicas ou morais, Teodorico era também conhecido pelo apelido de Extintor, porque, quando entrava em brigas, segundo a lenda, simplesmente apagava adversários ou inimigos sem deixar marcas. Registro nem nos depoimentos nem em discos rígidos. Na linguagem do povo: "Ele não batia nem matava, dizimava sem deixar provas." E, se algum dia matou desafeto, jamais se soube como os vestígios foram apagados. Oposto a ele, estava em formação a figura de Pedro Boa Sorte. Desde os primeiros ensaios na rádio, ainda na bem-comportada Amigo Velho, ele comprovou que, quanto mais badalava seus ofícios de denegrir, ridicularizar, encurralar poderosos, mais adensava a clientela de "serviços de consultoria".

Se o governador e o sogro eram duros na queda e sequer pediam desmentidos ou esclarecimentos, Pedrão precisava bater em outras portas e tinha de ser dos endinheirados. E foi a caminho da academia de massagem, por onde passava antes de tomar a sauna dos dias ímpares, que criou enredo para o alvo que iria perseguir, enquanto dava tempo ao governador e ao fazendeiro para avaliarem as consequências da indiferença ao fio de sua navalha. O empresário radialista sabia que nos negócios o "caminho da receita é aumentar ou se acabar, diminuir nem pensar". E foi assim que partiu para o ataque ao Banco do Estado e seus diretores, famosos pela generosidade na distribuição dos lucros, independentemente dos resultados do balanço publicado. Pois foi na direção do banco que Pedrão arremessou o molinete: "Doze automóveis importados de luxo foram incorporados à frota da alta tecnocracia estatal. Os automóveis pertencem aos barões, encastelados no Banco Estado. Eles retiraram dinheiro do bolso para pagar? Era só o que faltava. O banco comprou os automóveis e os revendeu aos diretores em dezenas de prestações mensais. O saco de bondades é mais fundo. Semana passada, o banco baixou portaria autorizando o pagamento de combustível para os diretores e ainda ajuda de custo para que contratem um segurança pessoal. Requisito para segurança de diretor do banco — pasmem, queridos ouvintes — é que seja motorista profissional letra D. Em resumo, carrão importado zero bala, motorista particular de graça e de quebra agente de segurança, um prêmio e tanto para quem dirige um banco em processo de liquidação. Por que será que vai quebrar o banco? Pronto, denunciei tudo o que até agora chegou à ouvidoria do programa. Manda mais, minha gente."

A frase de encerramento era a senha para que o banco fechasse rápido o contrato de "consultoria" com o seu escritório, validade de dois anos, prorrogáveis automaticamente, se um mês antes do vencimento. E o assunto "aquisição dos carros novos" foi fechado no arquivo de absoluto silêncio pelos demais veículos, que evitavam engrossar o caldo do Pedrão, quando o feijão que fervia na panela era destinado ao prato dele.

A carteira de fregueses da "consultoria" ganhou volume, agigantou-se em curto espaço de tempo. Os contratos previam consultas frequentes na área de comunicação política e montagem de birôs de crise para empresas sob ataque da mídia. Esses birôs eram uma panaceia. Obrigavam os cabeças a transferir as preocupações com a empresa para a montagem e gestão do birô, operado por consultores. Reduziam-se as tensões, o tempo passava, e a empresa terminava com menos e os consultores com mais dinheiro em caixa. Essa "consultoria" era mais um filhote da Organização Pedrão. Os clientes nem tinham o que reclamar, porque na prática eles já pagavam ao mordaz comunicador por uma espécie de licença para atuar sem serem expostos e ridicularizados.

Até que o governador passou temporada fora da alça de mira, apesar de ter avalizado o programa da Rádio Nazaré. Um favor e tanto para o cão mordedor de mãos amigas. Mas algo acordou o instinto demolidor. Ao noticiar reinício de serviços em obras rodoviárias de diferentes pontos do estado, associando o fato a virtual reforma do secretariado, ele se saiu com este arremate: "Se depender da mulher de pele e hábito branquinhos, o governador jamais juntará recursos para lhe comprar o passe, porque ela é simplesmente invendável. Os valores dela, para resumo de conversa, extrapolam o solo que pisamos."

O desmonte do casamento do governador estava em sua alça de mira, e o radialista adotou bordão que soltou no mesmo bloco na maior irresponsabilidade: "Se perdurar por dois ou três meses o clima de animosidade da ala residencial do Palácio das Princesas, o mundo vai desabar, o Capibaribe vai se transformar em leito de tsunami, que inverterá seu curso, nascendo do oceano para subir no Agreste pernambucano."

40

A irmã aproximou-se do telefone central do Conventinho, ligou para a Rádio Nazaré e chamou Pedrão. Ele se dispensou de perguntar quem era, porque o contínuo comentou ser a voz de uma mulher com fala de santa.

— Pedro, a irmã Rachel. — Surpreendeu a freira.

— Bom dia, irmã. Que surpresa agradável ouvir sua voz depois da pedreira de duas horas de falação no microfone e pelo menos dois quilos a menos, graças ao suor derramado para defender os caramenguás. — Vibrou Pedrão.

— Surpresa mesmo, pois ao que me lembre é uma das raras vezes em meus treze anos na ordem que pego o aparelho e telefono para um cavalheiro. — Desculpou-se a irmã.

— Glória, aleluia. O tempo passa, estou há um tempão sem vê-la, mas percebo que os fluidos de sua santidade continuam com alto poder de animar, reanimar, aumentar ou até sugerir vontade de viver. — Fez demagogia Pedrão.

— Bondade sua. E é confiada em sua generosidade que lhe ligo para lhe dar uma notícia e um conselho. — Iniciou a irmã.

— Primeiro me dê o seu conselho. — Pediu o comunicador.

— Equilibre melhor o humor, o principal recurso de seu trabalho. A ironia por meios de comunicação coletiva deve ser balanceada e não pode se sobrepor aos fatos e muito menos resvalar para a indelicadeza. Se isso acontecer, ao que aprendi em nosso programa, a mensagem sai do terreno do jornalismo para a ficção, a má ficção. Se você descambar para o terreno da ofensa, do achincalhe, da humilhação, pode machucar pessoas. O mundo é habitado também por intolerantes, pessoas que se vingam das ofensas. — Aconselhou a irmã.

— A senhora fala tudo isso por quê? — Apressou-se Pedrão.

— Porque quero o seu bem. Aliás você notou que todo o nosso grupo mudou, desde que o programa saiu do ar? — Puxou outro assunto a religiosa.

— Como assim? Eu fui saído do Seminário, padre Franco deixou a Reitoria, mas a senhora e o Zezinho estão nos mesmos lugares. — Discordou Pedro.

— Zezinho, por enquanto. Mas se prepara para fazer teologia no Pio Brasileiro em Roma, quando concluir Filosofia em Camaragibe, aqui mesmo ou em Viamão, no Rio Grande do Sul. — Injetou um pouco de ciúme Rachel.

— Agora me conte as suas mudanças, porque essas, sim, me interessam. — Solidarizou-se o ex-seminarista.

— Estou meio adoentada e vou me internar na fazenda em companhia dos meus pais, tentar me curar do estresse com repouso, comida e chás feitos por mamãe. Fico lá por uns três a seis meses no máximo. — Confessou a irmã.

— Vai deixar o Convento de vez? — Admirou-se Pedro.

Depois de breve pausa, irmã Rachel tentou deixar pista, mas foi lacônica:

— Primeiro, vou recuperar a saúde do corpo. Verdade que minha passagem pelo rádio atingiu em cheio a minha alma. Abriu-me horizontes, e as dúvidas existenciais surgiram no mesmo volume dos conhecimentos que adquiri sobre a humanidade, grande parte através das cartinhas que o programa recebia. — Confidenciou a irmã.

Depois de se despedir do ex-colega predador, a irmã decidiu fazer a segunda ligação para o bicho homem no mesmo período de treze anos.

Do outro lado da linha, DP se animou todo:

— Que felicidade receber ligação sua, irmã Rachel, talvez porque eu tenha ligado para você me anunciando como se fosse seu pai. Será que foi? — Fingiu-se de tolo o governador.

Em vez de responder à indagação dele, optou por se justificar de, no mínimo, descuido dela:

— Explicaram que fui ao dentista? Sabe, governador, nem sei se deveria ter avisado. Mas só agora me deu coragem de lhe ligar, acho até que isto tem relação com um tabu quebrado. Disse há pouco para o antigo colega Pedro Boa Sorte que era dos raros telefonemas que dava para um cavalheiro nestes treze anos. — Desculpou-se a irmã.

— Fale, minha linda freirinha. — Derreteu-se DP.

— Liguei só para dizer que estou bem, estou ótima, muito feliz e decidida a esperar a deliberação de Roma, cuidando da saúde, para enfrentar inteira a nova vida. — Abre mais os segredos a Freira.

— Cuidando da saúde, como? Ontem foi ao dentista, e o que falta agora? — Preocupou-se o governador.

— Vou ficar com minha mãe na fazenda, tomando uns chás, comendo a comida dela e refazendo as energias. Isto por uns três meses, se houver perspectiva de receber notícias positivas da madre geral. Caso contrário, ficarei um pouco mais. — Escondeu o jogo a irmã.

— E se perdurar a falta de perspectiva, depois do pouco mais? — Insistiu DP.

— Aí seja o que Deus quiser. — Falou a freira.

— Eu estarei ao lado de Deus, falando no ouvido d'Ele, pedindo que a inspire para a melhor decisão. — Apiedou-se o governador.

— Então estamos afinados. Até porque o ar da rua sozinha me deu grande alento. Depois de tanto tempo estudando, rezando, meditando sempre em comunidade, enfim me senti uma pessoa, fazendo sozinha o que uma mulher pode fazer. — Abriu mais um pouco dos segredos a religiosa.

— Que tal nos encontrarmos para compartilhar da alegria pela decisão tomada? — Arriscou o governador.

— Que tal mandar me apanhar amanhã às 4 horas da tarde? Fiquei um pouco no apartamento de minha prima, que está viajando, e gostei de lá. Bem arrumadinho, confortável, de bom gosto, e estou com a chave. Poderíamos nos ver lá. — Rendeu-se a irmã.

— Posso mandar apanhá-la aí? Ou melhor não? — Acautelou-se DP.

— Com toda certeza, não. Irei de ônibus mesmo. — Reagiu Rachel.

— Você tem razão. Também vou ter mais cuidado. Irei em carro particular descaracterizado. Dá para chegar, sim, nesse horário de 4h30. — Explicou-se o governador.

— E eu, ao contrário, estarei caracterizada de freira, autenticamente freira, de hábito e alma. Primeiro quero vê-lo, segundo preciso explicar direitinho a minha agenda até que a Santa Ordem Geral me devolva a liberdade que espontaneamente lhe entreguei e agora quero de volta, sem pagar antecipadamente qualquer penitência. — Brincou a irmã.

— Conheci você de hábito, quero você livre e pelo tempo que for necessário espero a sua alforria, que será também a minha. Não tenho pressa. Tenho amor por você e muita esperança de conquistar o seu coração. — Adiantou o expediente o governador.

— O coração de uma freira é totalmente de Jesus, a quem nos entregamos com a fieira de votos. Amanhã às quatro, quatro e meia, nos vemos. — Despediu-se a freira.

* * *

Como combinado, os dois chegaram ao apartamento da prima. Ela, alegre como o governador jamais testemunhara. Ele, manobrando dentro do possível para passar a impressão de que estava bem na companhia dela em ambiente neutro e sem testemunha. Mas, ao contrário do que preferia aparentar, o governador era um homem em estado de amargura.

— Por que essa face — dando-lhe leve tapinha no rosto, a freira tentou arrancar o homem do buraco — de quem está meio aborrecido? Será que se confirma a minha impressão de que alguém se atreveu a tumultuar nossos planos, intrometendo ruído em nosso alegre primeiro encontro realmente a sós? — Indagou a freira.

— Vou ter de abrir o jogo com você, e, quem sabe, encontramos aqui argumento para espantar a crueldade de um salafrário contra mim. Aliás, se fosse só contra mim, seria mais fácil de enfrentar. Acontece que ele incluiu outras pessoas na trama diabólica. No programa de ontem, ele combinou história passada com os fatos presentes, recordando que minha eleição para deputado federal há anos contou com a ajuda financeira de seu Teodorico, pai da Hermínia. O meu sogro dependia de uma boa soma de dinheiro na mão para minha eleição para deputado federal. Ocorre que, sem esse aporte, eu não teria chegado à Câmara; e, se estivesse ausente da política na época da seleção de candidatos a governador, o cavalo teria passado selado e eu perdido a chance de ser escolhido candidato dos homens de Brasília. E mais grave ainda: eu passaria batido por outras oportunidades — a mais importante, o feliz encontro com você. — Explicou-se cheio de autopiedade DP.

— Fato concreto é que hoje estamos aqui, bem próximos de materializar sonhos decisivos em nossa vida. De que adianta pensar grande e agir pequeno? Por que permite que um modesto comunicador de rádio lhe roube a serenidade e perturbe sua administração, dramatizando fatos passados para abrir cicatrizes? — Subestimou a freira.

— O que posso fazer, se me faltam condições para eliminar o salafrário que eu próprio ajudei a se fazer? — Mostrou-se mais fraco DP.

— Inegável que ajudou. Mas meu lado sertanejo em certas ocasiões se descobre do hábito. E me ouça agora: você ajudou o moço, mas deixou a obra incompleta. Lembra da nossa conversa, quando fomos juntos ao Palácio? Ele lhe fez dois pedidos. Um foi esse programa. O outro, a transferência para ele da concessão de uma rádio, que lhe caíra no colo na véspera. — Lembrou a irmã.

— Só falta essa. Eu passar para um bandido desleal a minha concessãozinha. — Desconversou DP.

— Concessãozinha para você e problemão para ele. No dia em que se apossar da licença para montar a emissora, ele terá de administrar obras, serviços, funcionários, e adeus diário do ganha-pão diário pelo viés da chantagem. Você percebe a diferença? Duas horas diárias de fala, sem assunto, terminam em vício, o vício de falar da vida alheia, a maior diversão para a voz humana desde a sua origem. — Cresceu a irmã.

— Calo a boca por hoje. Vou só ouvi-la — movimentando os braços e as mãos, até então tensos –, e faça-se a vontade de Deus. — Convenceu-se o governador.

— E a nossa. — Encerrou a freira.

Rachel o afastou com energia, quando DP ensaiou movimento para agarrá-la, mas emendou o passa-fora com um convite:

— Minha prima querida deixou dois guaranás, e o convido a levantarmos um brinde. Afinal, mais que um encontro, este é o nosso primeiro encontro a sós. O primeiro. — Prometeu a freira.

Enquanto um apalermado governador em olhada ascendente via a estreita janela e o teto como se tentasse adivinhar qual seria a próxima invenção dela, a freira se levantou, três passos depois abriu a geladeira para retirar a bebida e cubinhos de queijo temperado com azeite.

41

Na ala residencial do Palácio do Governo à noite trabalhavam quarenta servidores, encarregados das necessidades do casal e dos hóspedes. Respondiam por serviços de alimentação, saúde, segurança, limpeza, sonorização, transporte e farmácia. Para espanto geral, naquela noite Hermínia dispensou a todos, determinando que os motoristas de plantão os levassem a suas casas. Para quem conhecia a rotina do Palácio das Princesas, a ordem da primeira-dama soou como ato impensado ou sintoma de mudança radical nos procedimentos da Governadoria. Os servidores mais antigos e de reconhecida confiança especulavam sobre a hipótese de ato de indisciplina setorial, que contaminou a totalidade dos responsáveis pelo turno da noite. De todo modo, um choque. Só que choque barulhento e doloroso estava por acontecer.

Passava das 22 horas. Dario Prudente entrou pela extremidade do corredor aos fundos da Ala Residencial e deu de cara com o vazio. Mas não seria pela falta de gente que ele teria a noite monótona. Abriu-se a porta da suíte do meio, a terceira, e uma Hermínia enfurecida deu esbarrão à frente do marido, levantou a mão direita à altura do nariz dele e apontou as duas cadeiras que ocupariam. E ela começou irada dos pés à cabeça:

— Sentados, porque vou falar baixo para não transformar em crise política o escarcéu que envolve a nós dois e sabe Deus a quantas pessoas mais. E não tome a proposta de falar baixo como disposição de me curvar mais uma vez diante de travessura sua. — Atacou Hermínia.

— Está ficando louca — DP começou falando mais alto do que ela e foi contido por um aperto dos lábios, que ela lhe aplicou com a ponta dos dedos — e vai me agredir? — Indagou ele, empurrando-lhe a mão com força.

— Dobre a língua, porque, se eu mudar de ideia, posso transformar este barraco num escândalo, capaz de levar a oposição a te pôr no olho da rua. A palavra está comigo, pois sou eu a agredida, a humilhada, a vilipendiada, exposta, e quero o direito de me defender. — Ameaçou a mulher.

— Não sei do que está falando, Hermínia Ventura, seja mais objetiva. — Fingiu-se de inocente o governador.

— Dispenso-o de ligar o meu nome ao sobrenome de um homem com H, meu honrado pai. Ele jamais brigou com fracos e certamente se sentiria humilhado, se visse a filha levantando a voz para um tipo do seu tamanho. E por essa razão desinfete a língua com soda cáustica, antes de compor meu nome associando-o ao sobrenome dele. Aliás, fique calado até que eu levante três questões graves, uma delas, como eu disse, suficiente para te demitir do cargo. Cargo que foi por décadas a honraria máxima do estado, quando ocupado por homens de bem e com H nos costados. — Humilhou a primeira-dama.

— Vou ficar em silêncio para ouvir as três questões e depois me pronuncio. — Apequenou-se DP.

— Primeiro, como você ousou me destituir da presidência do Serviço Social para pôr no meu lugar esse padre mofento? Ele será candidato a primeira-dama, ou vai guardar a vaga para outra mulher? Ou será presidente faz de conta a ser substituído por algum títere, ou pretende ir ao extremo na decisão de exterminar as obras sociais do estado? O desmonte iniciado no segundo semestre do primeiro ano de governo agora prossegue com o contingenciamento da esmola, prevista no orçamento deste ano? Pois saiba que, ao nomeá-lo com a função ocupada por outra pessoa, seu ato foi juridicamente nulo. — Acusou Hermínia.

Foi em vão outra tentativa do governador de propor à interlocutora pausas entre as questões para que ele respondesse cada uma na sequência da acusação.

— Olhe bem: jamais um governador destituiu a primeira-dama da presidência do Serviço Social. Se pretende me machucar, tire o cavalo da chuva, pois lhe falta estofo moral para me alcançar. Para destruir, é o que você vinha tentando, mas agora eu vou lhe pôr freios, bridas curtas, como fazem as mulheres de minha família. Elas invertem os papéis de mando na casa, quando caem no tropeço de se casar com homens que só se provam homens pela roupa que vestem. Ligue agora para o chefe de gabinete, esse trêfego padre Franco, que sequer tem definição de gênero por baixo daquela peruca esdrúxula, e determine a redação de ato que você assinará agora. — Ordenou a mulher com mais determinação.

E DP desistiu de replicar antes de ela lhe facultar a palavra.

— Vá ainda hoje para o *Diário Oficial*, tornando sem efeito a nomeação dele, e se abstenha de explicitar o objeto da decisão. Identifique pelo número do decreto para me poupar do vilipêndio de ter meu nome estampado no *Diário Oficial*. Este é mais um símbolo de Pernambuco que você vem desonrando. Quero ver publicada amanhã a revogação da sua ignomínia.

Mandou ver a mulher.

— Faço isso assim que terminarmos este despacho — respondeu o governador, tremendo com o sofrido ar de pedido de clemência —, mas qual é o segundo ponto? — Entregou-se a autoridade.

— Comunico-lhe com esta palavra que, de hoje a trinta dias, saio desta casa e no mesmo dia formalizo o pedido de divórcio. Vamos ao terceiro ponto. É uma pergunta: como é que você se atreve a escapulir, fugindo de mim, da equipe administrativa, de sua segurança, burlando a agenda oficial? Faz isso há algum tempo, agora com mais frequência, me machucando, porque um dia aceitei este casamento por ingenuidade ou talvez fraqueza — definiu-se Hermínia.

A esta altura, uma lágrima comprida de cada lado desceu pelas faces de Hermínia. E um assombrado governador procurava resposta no vazio focado por seus olhos:

— Foi um dia como outro qualquer. Tive compromissos administrativos, tive agenda política. Hoje foi um dia de atividades igual a todos. Rotina. — Tentou enganar o governador.

— Agenda política, compromissos administrativos? E por que, em plena Avenida Boa Vista, um motorista daqui, dirigindo seu fusca particular, ultrapassou o GE1, o automóvel oficial do chefe do Governo, estacionou, seguido dele, para que você saltasse do assento de governador e assumisse a direção do fusca? E ainda arrancou cantando pneu, como se fosse playboy. Esse aparato era em função de qual das duas agendas? Ou da terceira?

— Que terceira agenda? — Interrompeu tremendo o governador.

— Treme ainda não, seu governador anão. Essa agenda aconteceu num edifício residencial, onde permaneceu por quase cinco horas. Ou pensa que me enganou, seu falso? E, para encerrar esta conversa feia, saiba que tenho documentado seu momento patético do encontro com o Volks de pneu vazio, depois de cumprir a sua agenda. Falo do seu carro particular, que estava encostado à calçada do prédio do seu compromisso desta noite. Agenda política ou administrativa? Responda, animal abjeto, ou recolha-se a seu quarto e me poupe de ouvir uma palavra em minha direção, enquanto perdurar o meu castigo. Farei as refeições na copa e, antes de deixar esta casa, apresentarei meu pedido de demissão do Serviço Social. — Chegou ao limite a primeira-dama.

Hermínia foi para o quarto, onde dormiu sozinha todas as noites restantes no papel protocolar de primeira-dama. E Dario, sonhando com o surgimento de um súbito furo no solo que o levasse a outro mundo, de preferência numa cidade japonesa que já tivesse recebido bomba atômica, portanto sem risco da segunda. O trapo humano saiu caminhando à toa pelo corredor, que percorreu três vezes com medo de errar de porta. Estava completamente aparvalhado, mas a força do medo o protegeu, e ele se lembrou de ligar ao chefe de gabinete, ex-padre Franco, a quem mandou providenciar o ato de desnomeação imposto por Hermínia. No outro dia, o *Diário Oficial* saiu com dez horas de atraso, mas trouxe a revogação da nomeação dele, Franco, substituto dela, que não chegou a ser.

DP levou alguns dias recordando o que combinara com a freira para encontrar jeito de revê-la. A decisão da mulher de desmontar o casamento foi a boa notícia que colheu na noite apocalíptica. Ele continuava moído, sem força para reagir, sem apetite para governar, sem coragem para nada. Descobriu que o Governo lhe tirou a liberdade e entregou à patroa o controle de seus passos.

Imobilizado, o homem ficou com medo de tudo, diante do poder da mulher, que sob o descontrole da véspera poderia levá-lo à ruína a qualquer momento. O conteúdo do desabafo da primeira-dama era de matéria-prima suficiente para desmoralizá-lo, e o melhor seria evitar confronto ou qualquer contato no meio da crise. Resignou-se a rodar em torno de seu mundo de desventura. Fora por terra tudo o que ouviu de bom sobre ele da boca da Hermínia nos doze anos de convivência.

DP sempre temeu Hermínia. Quando fez corte, já conhecia a fama de rico do pai dela. Ao conquistar o mandato de deputado estadual, elevou-se na pirâmide social, mas só para fora. Dentro da família, ninguém fazia segredo dos gastos do pai para ter um genro na Assembleia e depois na Câmara Federal. Para chegar ao Governo, a injeção de grana foi maior ainda. Com a falta de quadro partidário, que até poderia ensejar negociação por atacado, a compra do colégio eleitoral foi sacramentada por cabeça, e aí o coronel percebeu a diferença entre cabeça de gado e a consciência de humanos.

E esse investimento igualmente saiu do gado do sogro, que passou a ter um governador na mão, mas, sertanejo de raiz que era, jamais deu uma palavra sobre isso. Nada pedia, nada sugeria. Acumulava poder, isso com galhardia. DP olhava para baixo e se encolhia todo ao pensar que um dia Teodorico Ventura poderia lhe apresentar a conta das três eleições.

— Malditas eleições. — Lastimou-se mais uma vez o desossado DP.

Ao levantar os olhos, deu de cara com o quadro que ganhara do sogro no início do namoro. Na realidade, pôster de uma leva de gado gordo tangido por tratadores para cima de caminhões.

— Destino — lembrou-se o genro —: Matadouro Industrial de Rio Verde.

Como se de mandato dado se pudesse reclamar, DP, deitado na cama do quarto palaciano, gemia para impressionar algum ouvido sensível, e ele só tinha alcance para visagens. Nem chegava a articular rota de fuga da situação, mas pensar, isso sim, e os janelões abertos eram um convite. Aproximou-se de um deles, mirou do segundo andar o chão da praça da República. Por sorte, o corpo o segurou. "Segurou" é maneira de dizer, pois quase morreu de tremer, quando passaram por sua mente algumas das pessoas que iam celebrar seu fim.

Ele sabia que a queda de um andar no mínimo lhe quebraria a carcaça, e estava aberta a porta do calvário. Certamente o povo cercaria o hospital para pedir a cassação. Mas ainda havia o agravante do papel ridículo no ensaio de tragédia inacabada. Os medicamentos, a alimentação e alguns dias de isolamento aos poucos o repunham em contato com a vida, mesmo preso no ambiente por onde circulava a temida carcereira. Esses pensamentos desconexos povoavam sua mente, mas pegou no sono em pedaços.

Quando começou a ganhar ânimo, uma alma caridosa lhe soprou a transferência temporária para a mansão de Casa Forte, herdada do pai e sempre bem cuidada e com bom número de servidores para as diversas atividades, inclusive ótima cozinha. Uma ideia puxa outra, e a da vez foi a convocação do chefe do Serviço Médico do Palácio, que fez e refez exames de praxe e terminou convencido de que DP estava com bons indicadores. No máximo precisava de uns dias de "repouso de meia diária". Antes de ganhar alta ou alta para meio expediente, DP foi rever a sua casa e encontrou energia no piso, nas paredes, portas, móveis do aconchegante ambiente onde foi criado e passou parte da juventude.

A cogitação em torno da nova moradia ou a volta para sua casa foi divulgada por toda a imprensa como a necessidade de ele separar a vida privada da ação político-administrativa — "sempre incômoda para dona Hermínia" –, segundo notícias da imprensa, ávida para ajudar governantes, ainda que eles preferissem deixar certos assuntos fora do noticiário. A FM Nazaré, pela voz do notório Pedrão, foi o único veículo a soltar a notícia em tom alarmista:

"Atenção, ouvintes. Cuidado, mídia de cabresto curto, nós aqui vamos ficar de tocaia, porque começou o desmonte da casa-grande para se abrir a cortina do teatro de Casa Forte. Muito barraco vai rolar. Como o *Programa do Pedrão* é o único que trabalha para deixar o público bem informado, fique atento ao meu programa. Eu conto tudo, e a minha tocaia está armada nas portas dos dois ambientes para robustecer o clima quente. Mantenha a sua sintonia no *Programa do Pedrão*, que aqui não tem perdão."

Manhoso, quando o médico apareceu para a terceira visita, o governador protocolou novidade:

— Estava maquinando aquela sua ideia de cuidados especiais, de preferência em hospital, pelo período de duas a três semanas. Que acha de aprofundarmos sua proposta? — Argumentou perguntando DP.

— Sem dúvida, governador, o senhor se restabeleceria por completo, voltaria com maior disposição ao trabalho, se aceitasse ficar em repouso sob cuidados especiais por período de umas duas semanas. Isso, se aceitar ficar distante dos problemas por esse tempo, eu prescrevo agora, incluindo, se for o caso, a suspensão de visitas, afora as que são quase obrigatórias, como pessoal da família, Vice-Governadoria e assessores diretos do gabinete. — Propôs o médico.

— Ah, assim não. Se a prescrição for para isolamento, prefiro que seja total. Nem do gabinete, nem do vice, e até mesmo a família prefiro dispensar. Pode preparar a receita e faça a coisa completa, organize junta médica, mostre os meus exames aos colegas da junta, e vamos ver se me livro da pré-estafa, enquanto estou com vida. — Exagerou o governador.

O médico já percorria o corredor para convocar mais dois médicos, quando o ajudante de ordens avisou que ele deveria voltar ao quarto do governador.

— O Hospital Irmãs Filhas de Maria. Guarde esse nome e descubra o endereço. É lá que vou me internar.

Por coincidência, eram as freiras da ordem de irmã Rachel as gestoras do hospital escolhido.

* * *

DP se surpreenderia com as freiras do hospital, dada a semelhança delas com a irmã Rachel. Tudo lhe parecia um kit-atendimento da Ordem das Irmãs Filhas de Maria. A cor e o formato do hábito, gestos delas, tom de voz, vocabulário, parece que até o ângulo de abertura dos lábios na hora de exibir alegria, alívio ou contenção de preocupação. Tanta semelhança, que conduzia ao noticiário das primeiras operações de clonagem de animais. Todas as freiras eram réplicas da irmã Rachel, como ele chegou a chamar uma delas, e aí, que surpresa, ele reiniciou a realização do sonho. A freira disse que essa semelhança era tema de brincadeira na ordem, tanto que eram chamadas de As Gêmeas, haviam se tornado grandes amigas, a ponto de se corresponderem mensalmente havia pelo menos dez anos.

— Recebi a última carta dela semana passada, às vésperas de viajar para a fazenda do coronel Moraes... da família dela, melhor dizendo, na tentativa de se livrar do estresse. — Disse a irmã siamesa.

— Onde fica essa fazenda? — Perguntou o governador no primeiro ensaio de recuperação dos sinais vitais.

— Quando vier com o lanche das quatro da tarde, trago o endereço do local. Agora que almoçou bem, tomou chá de casca de maracujá, pegue a sesta. Posso fechar a cortina? — Pediu a enfermeira.

DP quase pulou da cama, quando ouviu a "notícia-milagre" que acabava de chegar, dada pela irmã "gêmea" de Rachel. O homem ficou bem-humorado, espirituoso e até pediu colocação de termômetro:

— Irmã, de duas, uma. Ou estou com febre alta, ou então é verdadeira a visão que estou tendo. — Animou-se o doente

— Como assim, governador? — Indagou a freira, sem ver a menor graça no que ouvira.

— Confesso que estava há dias vivendo um pesadelo no qual eu só convivia com a noite. Agora percebo que um facho de luz perfurou as trevas. A notícia sobre a irmã Rachel toca em mim como um milagre. — Exagerou o governador.

Com quarto quase sem luz, o doente foi ficando mais afoito.

— Por favor, em tudo a senhora se parece com a irmã Rachel. Nas primeiras horas, achei que todas se pareciam, agora posso assegurar que os hábitos são iguais, mas as personalidades iguais são vocês duas. Espero que a senhora traga o lanche da tarde, porque é na sua presença que me reencontro com Deus e readquiro minhas forças. — Esticou conversa o chefe do Governo.

O cochilo do governador foi curto, mas antes que a irmã reaparecesse com o chá, anunciaram pelo telefone a visita do secretário de Segurança, general Adauto Machado, e do escudeiro Chaparro, delegado, homem de confiança dos dois. Com eles, DP abriu apenas fresta do coração. Atribuiu a internação à recomendação do Serviço Médico do Palácio, por causa de cansaço e desnutrição, e ainda fez referência de passagem à campanha difamatória da Rádio Nazaré. Plantou em terreno fértil, porque a conduta de Pedrão estava no observatório da Secretaria do general, que através do Detran havia concordado em patrocinar seu programa, imaginando que ele teria pudor de atacar o Governo.

Foi a oportunidade de os três externarem o ódio que nutriam pelo personagem, e em tudo pensavam igual sobre a maneira de lhe impor respeito e silêncio por outra via, "talvez definitiva" — avançou Chaparro sob a bênção dos dois. A partir daí a conversa foi abreviada, porque a irmã siamesa de Rachel chegou com o chá. Embora o governador tenha recomendado xícaras para os três, os visitantes pediram licença para se retirar. Ao apertar a mão do governador, o secretário de Segurança cochichou no ouvido do governador.

— Há consenso. — Confidenciou o general.

Na bandeja do chá, estava a carta da irmã Rachel para a gêmea; e o doente, apressando-se, virou o envelope para ver nome e endereço dela. E, com receio de ser mal interpretado, explicou-se antes de pedir caneta para anotar:

— Graças à irmã Rachel, conheci em Casa Amarela uma senhora benzedeira, Mãe Santinha. Ela me receita remédios caseiros que me curam de tudo. Estou precisando entrar em contato com ela e só consigo através de sua irmã gêmea. Vou escrever, pedindo ajuda. — Explicou DP.

No outro dia, DP mandou postar a primeira carta, relatando recomendação médica para se fortalecer no hospital. Falou do surgimento da colega dela e sugeriu reativar os contatos, enquanto estivessem distantes. Concluiu, reafirmando que todos os planos estavam de pé. Seis dias depois, a resposta chegou ao hospital. Na carta amorosa, bem diferente da burocrática que ele enviara, o governador encontrou substância para a empreitada e até para abreviar sua permanência no hospital, já que a residência de Casa Forte ficara pronta.

42

No Governo e na família do coronel Teodorico Ventura, a opção foi pôr pedra em cima da briga doméstica, que aos olhos e ouvidos de muitos poderia ser apenas desencontro do casal. Quem sabe, os azedumes de lado a lado refletiam ansiedade pela demora do primogênito. E, enquanto o governador repousava no Hospital das Irmãs, a ainda primeira-dama Hermínia organizava o desmonte da pouco numerosa, mas notável família. O rico e discreto fazendeiro estava em seu escritório do Recife, acabando de falar pelo rádio com o filho, gerente da fazenda de Goiás, e dele ouvindo denúncia de ameaça da rede de supermercados, que desejava deixar de ser o maior comprador de carne deles para se tornar também abatedor.

— Se é como concorrente que eles querem se relacionar conosco, o caminho é abrir negócios com vários supermercadistas de menor porte, de preferência que demandem mais do que eles. — Instruiu Ventura o filho.

Mal o fazendeiro terminou de dar partida em processo para inverter a notícia ruim, chegou outra às mãos dele. Era a transcrição de registro feito minutos antes por Pedrão através das moduladas e venenosas ondas da Nazaré com mais uma provocação. Foi lida ali mesmo pela secretária:

— Os colegas de profissão e seus donos combinaram ignorar a presença de fagulhas nos jardins, escadarias e corredores do Palácio das Princesas. Estou fora da ação entre amigos. Não sirvo para conluio, grupo, sindicato e ONG de notícias. Vou mais é pôr lenha nessa fogueira. Tenho a honra de dar mais um furo para vocês: está vestindo traje a rigor o ator principal da ópera tropical, que está em exibição no teatro principal da praça da República. E vai escorrer sangue, quando ele entrar em cena. O script do protagonista prevê cenas de terror. — Aterrorizou Pedrão.

Seu Ventura ficou instantes paralisado, até que, levantando os olhos para a secretária, pediu o restante do texto; e ele, trêmulo, continuou a leitura em voz baixa, mas pronunciando integralmente todas as palavras e flexionando bem cada sílaba, como se quisesse guardar para si o que o inimigo dirigiu a ele:

— Cuidado, figurantes desse drama, o protagonista é conhecido pela alcunha de extintor, porque, quando entra numa luta, mais do que dominar o adversário, ele quer lhe desmontar o corpo. E, ao que se sabe de sua tradição familiar, as primeiras atitudes dele serão para desagravar as ofensas a pessoa muito querida do clã. Aguardem os próximos capítulos, mas só aqui no *Programa do Pedrão*.

Teodorico Ventura imediatamente pediu à secretária ligação para o Palácio do Governo; e, antes que ela concluísse o acionamento do último número, ele a chamou pela campainha e mandou suspender. Em seguida ligou para a filha pelo direto. Encontrou a voz firme de tempos passados, alegre e mais interrogativa do que ele.

— Domingo falamos os três: papai, mamãe e a filha mais querida de vocês. — Jactou-se Hermínia.

O patriarca ficou até aliviado. Bom pelo lado de Hermínia, que segurava o assunto, e péssimo para ele, que, impossibilitado de dividir a fúria com alguém, estava cada vez mais inclinado a resistir às tentativas de extorsão do radialista. A totalidade da tragédia ele veio a saber justamente no domingo, quando dividia o café com a filha e a mulher após o almoço.

— Jamais Dario me daria um filho, o maior desejo de minha vida. E eu confesso que seria trágico para mim ter uma criança sem o manto do prazer. Dispensei-me do sacrifício de procurar culpado entre nós, mas o certo é que ele jamais me deu o que há de mais próprio nos acasalamentos, pelo simples fato de que na intimidade era um homem incapaz de me manifestar qualquer afeição. Se me negava o qualquer, como poderia me dar o pleno?

— Assim, minha filha? — Indagou a mãe.

Hermínia estava preparada para o desfecho menos desejado pelos pais. Tanto que respondeu à mãe, repetindo a palavra dela.

— Assim, minha mãe. À semelhança de outras espécies — minha mãe sabe do que estou falando —, a mulher precisa de estímulo para entregar o corpo. A comparação não vem à toa, pois até mesmo o cão disputa na brutalidade com os concorrentes durante os procedimentos de assédio à cadela. Aliás, não sei se tenho mais vergonha de minha mãe ou de meu pai. — Revelou Hermínia.

— Vergonha de quê, minha filha? Se a cerca está no chão, vamos descobrir onde a estaca caiu para levantar de novo. Se o problema estiver em você e quiser ficar a sós com sua mãe, esteja à vontade. — Sugeriu o pai Teodorico Ventura.

— Digo a mesma coisa, Hermínia. Se o problema for dele e quiser contar só para seu pai, que vai entender melhor, vou para dentro cuidar da cozinha. — Concordou a mãe.

— Guardei-me e me guardo, apesar do extremo desejo de ser mãe. Mas, se tem uma virtude que cultivo, é a paciência. Levei mais de dez anos suportando descaso, desapreço, e só reagi quando o desrespeito descambou para o escândalo, porque o bisbilhoteiro infiltrado por ele no Palácio das Princesas fez questão de dar pistas das traições do meu sinistro marido. Pai, já que você sugeriu, quero ficar só com minha mãe. Quero falar tudo, mas vou evitar chorar e me arrepender. — Expôs Hermínia.

Mãe e filha, sem a presença de Teodorico, levaram apenas um quarto de hora para que toda a verdade fosse traduzida numa frase: o marido de Hermínia jamais a procurou para uma relação de fato. A queixa que ela ensaiou passar era referente à falta total de carinho, mas na conversa com a mãe deixou tudo claro: o barulhento DP era Belo Antônio. Pelo menos perante sua mulher, um impotente, beatificado e benzido. Frio, indiferente sexual à beleza e sensualidade da mulher por longos anos. Dividida entre a decepção e o alívio, a mãe chamou o marido à roda e resumiu a ópera:

— Dario não é homem para nossa filha. Viveram este tempo todo como irmãos, e todo o afeto que ela lhe dedicou no namoro, noivado e primeiros tempos de casamento foi recolhido, porque ele, se tem algum sinal de atração física por ela, isso jamais se materializou, e nossa filha precisa refazer a vida dela. — Apoiou a mãe.

Atônito, o coronel Teodorico Ventura ainda tentou passear pelos fundamentos do casamento deles:

— Mas, minha filha, a que você atribui então aquela loucura de lhe pedir em casamento com poucos meses de namoro e às vésperas da eleição para deputado estadual, terminando por nos obrigar a fazer um casamento sem a pompa que a família sempre deseja para suas filhas? — Pediu explicação o pai.

— Hoje eu lhe asseguro: o que ele fez, até onde fez, foi por causa da eleição. — Julgou Hermínia.

— Espera aí, será que ele contava com a presença de uma mulher bonita no palanque para alavancar votos? — Retrucou inconformado seu Ventura.

— Duvido que ele acreditasse na minha capacidade de atrair eleitor. Na capacidade do pai, sim. O senhor ainda acha que voto para Legislativo é dado em função do candidato ou do seu círculo? O povo vota nesse Legislativo puxado por cabo eleitoral, movido a dinheiro. O regime militar acabou com o charme, as cores, nome, música e altercação dos cotovelos partidários. O Executivo manda, e o Legislativo se manifesta através do faz de conta, e nós eleitores fazemos de conta que concordamos com tudo isso. — Historiou a primeira-dama.

— Então, temos na família pelo menos um que manda, já que ele está em cargo Executivo? — Viajou Ventura.

— Temos? Quem? Achávamos que teríamos. O cidadão que está lá é um homem sem vontade, sem projeto e sobretudo sem legitimidade. E, no que me diz respeito, eunuco de nascença. Duvido que numa eleição direta sequer tivesse coragem de ser candidato a governador. Ia continuar no Legislativo, defendendo interesses de quem tem recursos para bancar eleições. Nosso regime é assim. Manda o Executivo e pronto. — Raciocinou a filha.

— Você me parece muito segura, e isso traz alívio para todos nós. E em nome de todos lhe asseguro que terá nosso apoio para o que desejar fazer de sua vida — solidarizou-se o pai.

— Para mim as coisas estão definidas, meu pai. Em poucas semanas, estarei de volta, e ainda há tempo de construir a vida que idealizei criança, nesta casa, na protetora presença de vocês. Vou retomar a Faculdade de Veterinária e me graduar. Quero viver no campo. — Prometeu Hermínia.

— Sabe, filha, e lhe dou razão de se decepcionar com o marido. Ainda bem que você está nova e vai ver que a nossa vida padece de limitações. Mas o mundo é muito melhor do que o tempo vivido com esse personagem menor. — Arregaçou Teodorico.

Nada do que trazia acumulado ou que recolheu na conversa com os pais abalou Hermínia.

— Estou pelo meio do cumprimento do aviso prévio, mas sinto a retomada dos sonhos. Ainda falta um pouco para ser a mulher feliz. E antes disso vou encerrar com chave de ouro a minha missão.

Lá, ainda quero fazer a minha parte para que o prédio onde fixei residência por um tempo volte a ser Palácio das Princesas. — Jurou Hermínia.

Emocionado, Teodorico também levanta a ponta do mesmo ou, quem sabe, de outro véu, igualmente misterioso:

— É, minha filha, um velho calejado pode silenciar como o boi puxando o carro de baixo do cipó, mas sempre disporá de meios para defender a honra de uma filha. Sua mãe pode até passar ao largo do que acontece agora, mas o trato está feito. Farei o que tiver de ser feito para que o seu retorno ao seio de nossa família aconteça com o corte do mal pela raiz. Com relação a isso, uma palavra sacramenta o sentimento de nossa família: consenso para reparar o malfeito. — Sentenciou Ventura.

* * *

A inesperada carta do governador surpreendeu Rachel, quando ela começava a se perguntar se valeria a pena mudar a sua rotina de vida. Deixar o ofício de freira para a incerta vida de leiga seria um passo consequente? Estava de bom tamanho chefiar a cozinha do Seminário.

— Que vida, meu Deus do céu, poderia me dar mais abençoada do que alimentar pessoas com comida boa? — perguntou Rachel à mãe, que não respondeu, porque sabia que a filha até preferia a dúvida a ter de interromper a trajetória da aventura na companhia de DP.

Tanto que aos poucos ela começou a pensar em voltar para a capital e nem de longe se imaginava retornando ao Conventinho. Só pensava na mansão de Casa Forte, a residência do governador. Paralelamente, o ambiente do interior se tornara menos prazeroso. O barulho das galinhas ao amanhecer, a sinfonia dos currais e até a sonata da chuva nos telhados, tudo parecia murchar nas suas férias.

A cobertura afetuosa e ainda as refeições tocadas pela vocação materna davam-lhe tranquilidade e sabor, o que a levava a se perguntar se ainda poderia encontrar algo melhor na vida do que recordar aquilo e desfrutar da felicidade de fazer bem-feito o que lhe reservam os ofícios do velho e bom Conventinho.

Tudo voltou ao calor dos novos sonhos, um sopro de esperança e de reaquecimento dos motores femininos, quando ela leu a carta do entusiasmado paciente do Hospital das Irmãs. A freira, que havia trocado o hábito pelos vestidos caseiros — novos e usados — trazidos pela mãe, compartilhou com ela os motivos do humor reencontrado na correspondência. A surpresa mãe tomou-se de entusiasmo e foi obrigada a soltar sentimento, preso desde que a filha se despediu dos pais e do casal de irmãos mais novos para se submeter aos rigores do claustro.

— Sabe, Rachelzinha, por mais católica que eu seja, sempre tive restrições às privações do Convento. Meu casamento com seu pai está longe de ser um paraíso, mas a esta altura, com meus quase 60 anos, eu não teria prazer de viver, se não fossem seu pai, nossas duas princesas e meu filho. E Deus me livre de meu velho, entretido lá pela cidade, deixar de aparecer aqui no fim de semana — resumiu a mãe.

— Sempre contei com seu apoio, e hoje mais do que nunca eu preciso dele, minha mãe. Dou salto no escuro, ao deixar a vida religiosa, e passeio pela boca de um vulcão ao me envolver com homem casado e ainda por cima ocupante de cargo com tremenda exposição. As dúvidas me cercam e me sufocam — reclamou Rachel.

— Até podes deixar passar o atual candidato, mas Deus te poupe da clausura. A Terra não é o paraíso, mas quem de nós já viveu em planeta melhor do que este? E passar pela Terra sem direito a companhia que nos satisfaça é, modestamente comparando, como expor aos olhos e ao olfato os encantos da mesa servida sem tocar na comida — aconselhou a mãe.

Rachel saiu da conversa para responder a carta de Dario e estabeleceu-se aí uma rotina de duas cartas de ida e duas de vinda por semana, maratona em que cada um abriu o coração com declarações de amor e sonhos de vida juntos. Tudo foi sugerido, discutido e combinado. A última das combinações foi a abreviação do estágio na fazenda. DP a surpreendeu, remetendo junto com uma carta, encomenda estruturante: a chave de apartamento montado para Rachel no mesmo prédio da prima, onde tiveram o primeiro encontro.

43

Pedrão estava a cada dia mais presente nas conversas de suas vítimas. Era personagem e tanto no estreito universo de seus alvos e colaboradores. Fora daí, poucos se ocupavam de seu nome e ninguém falava nele, de bom ou de mau. Triunfava como espécie de celebridade grupal. Vértice de mundinho, mais ou menos nada além disso. Clientes inspiravam as notícias positivas sobre si próprios e/ou negativas contra inimigos e concorrentes. Umas e outras podiam eventualmente ser verdadeiras ou quase sempre falsas. Mas isso pouco importava. Eram publicadas para promover ou demolir. As negativas marcavam mais, porque refletiam fraquezas, manias, singularidades, apelidos e, dependendo do humor com que ele dosava a redação, poderiam ser republicadas por mídias com razoável grau de credibilidade no mercado. Nesses casos, o escritório de consultoria — na prática uma caceteria de aluguel — do Pedrão cobrava sobrepreço, rotulado nos "contratos" como "Prêmio por Produtividade".

O general secretário de Segurança ocupava o lugar de campeão involuntário de geração de notícias contra o Governo, no maldito programa da rádio. Mas a ofensa a outras autoridades também o enfezava, e ele armazenava tudo o que pintava de munição contra o radialista, ameaçando:

— Mais cedo ou mais tarde, ele vai se submeter — chamando os punhos ao peito em confissão de autoria — ao juízo final pelos crimes contra a minha honra e a honra de todos os homens de bem do Governo.

Mesmo tendo conhecimento das ameaças de vingança, Pedrão, inspirado ou mordido por cachorro doido, desdenhava das intimidações e aumentava seus alvos. Direcionou baterias até para o retraído Teodorico Ventura, com o cuidado de toda semana fazer pelo menos uma maldade contra o homem de grandes negócios em Pernambuco e Goiás. Numa edição do programa, ele "revelou" que Ventura pedira ao genro DP a promoção de um eletricista mudo para locutor classe A da Rádio Amigo Velho, que o governador teria atendido. Pura invenção, pois do alto de seu amor-próprio o coronel Ventura se vangloriava de ser imune a favores de autoridades. E, se algum amigo, vizinho ou freguês lhe pedia a intercessão para levar qualquer demanda ao governador, ele respondia seco, sem chance de tréplica: "Não mexo com isso." Logo, logo, a fama de pedante, durão, mal-humorado e sem prestígio virou barreira e o protegeu, e o erário foi poupado de pelo menos um sangradouro.

Só que a calúnia do comunicador derrubou o fazendeiro. Sertanejo de origem, migrou para a cidade na adolescência e, até alcançar a meia-idade, desconhecia o dialeto urbano que ignorava o compromisso com a verdade. Natural que algo de grave lhe acontecesse ao ser alçado de graça à condição de padrinho de um mudo que fazia locução em emissora de rádio, e o que aconteceu foi um pré-enfarto e a consequente internação na UTI do Pronto-Socorro. Ficou mais dias internado, porque os remédios para combater o mal eram neutralizados pelo rancor da fera vociferante. E mais, quando recebeu alta, ainda espumando de ira, a primeira providência que tomou foi pedir à família que jamais o deixasse esquecer de aplicar um corretivo à altura no caluniador Pedro Boa Sorte. "Com ele em vida, de preferência". — Corrigiu-se Ventura.

* * *

Tempo ruim para outro personagem. Padre Franco ficou sem chão com o recesso de DP. Ele era obrigado a dar expediente no Palácio das Princesas, que se transformou em campo minado. O medo que tinha transformava-se em estado de pânico, evoluía para febre com temperatura de antessala dos infernos, quando Hermínia estava calada ou passava por fase de evitar olhar nos olhos de interlocutores. Nessas ocasiões, se faltasse uma terceira pessoa que servisse de grade de proteção entre os dois, o reverendo sumia, nem que fosse em sessão demorada de banheiro. Era impossível fazer a primeira-dama tomar conhecimento da extensão da responsabilidade dele no episódio da destituição dela do Serviço Social.

Como somente ele próprio e o governador conheciam os detalhes da operação, tornava-se impensável construir pedido de desculpa ou dar explicação para a virada de clima, ao menos para lhe garantir o direito universal de respirar. Ali ele se resignava ao mínimo de movimentos, como o raro de se refugiar no banheiro.

— Só ali eu me considero usufrutuário dos bens públicos, disponíveis neste Palácio — desabafou o ex-padre Franco em bilhete que postou no malote do hospital, onde se internara o governador mais para evitar choque com Hermínia do que para se curar de doença ainda por ser diagnosticada.

O ex-reitor andava bem estragado nesse período. Além das funções nasais em estágio de meia-boca, a audição também estava afetada. Ele sentia zumbido da voz de DP no ouvido, berrando ordens de circulação de nova edição do *Diário Oficial* com a sua desnomeação e a renomeação de Hermínia para presidente do Serviço Social. A todo instante vinha-lhe o mau pensamento de encontrar a mulher com uma pá escavadeira carregada de merda para jogar em cima dele. Mesmo assim, construiu discurso de defesa que repetia na mente, e algumas vezes, sozinho, soltava a voz com que o protagonizaria, se algum dia lhe batesse um surto de machismo. O discurso era este:

"Minha desgraça foi acatar a ordem do governador. Eu jamais pensei em ocupar cargo para angariar e doar víveres, remédios, roupas velhas e dentaduras. Digitei os atos, colhi a assinatura e mandei deixar na Gráfica Oficial, engolindo cisco a seco. Tinha vergonha por seu marido ao notar que ele transformava atendimento dos pobres em moeda de compra do coração da desavisada freira. Nessa hora, perdi a coragem de me meter na briga, que vem evoluindo para tragédia entre vocês. Antevi o tsunami, formado na bacia rasa do Capibaribe, prestes a engolfar o Palácio, e eu incapaz de acudir. Sou hoje uma figura menor, porque o fetiche procurado por seu marido deixou de ser um ex-padre para ser uma freira."

* * *

Ao retornar do hospital, DP submeteu padre Franco a prova de coragem, entregando-lhe a montagem de jantar que planejara oferecer à amada freira na mansão de Casa Forte.

Com ar de quem estava curado, o governador baixou a ordem da mesa de despachos, como orientação trivial. O chefe do gabinete, sentado bem à sua frente, calado estava e calado ficou. Meteu a mão direita no bolso do paletó, tirou pequena caderneta e anotou as ordens que lhe foram passadas.

— Então, vamos lá. Vou repetir para o senhor confirmar: jantar para um casal na área externa da mansão de Casa Forte, para daqui a quinze dias. Posso fazer pergunta delicada? Aliás, será evento público ou privado? — Perguntou o ex-reitor.

— Privado. Está doido? — Assustou-se DP.

— Eu, não, governador. Estou assombrado. Sinto-me no cerco de um vulcão, prestes a entrar em erupção. Nós dois estamos à beira dele, amarrados um ao outro. O que o senhor acaba de fazer é me mandar pular dentro do magma, a massa mineral em estado de fervura, o que aliás nem seria necessário, se o seu objetivo fosse apenas acabar com algumas vidas, a sua e a minha inclusive. Eu lamento, mas a missão que o senhor está me passando é impossível de se realizar pelo menos por mim, que quero viver um pouco mais. — Desabafou Franco.

— Você está louco? De onde tirou essa conversa suicida? Que vulcão, que nada. Vamos tocar a vida. Rachel recebeu aviso de que a direção-geral de Roma já respondeu positivamente ao pedido de licença. Mais leiga do que nunca, a nossa irmã suspendeu as férias, volta ao Recife na próxima semana e, já de roupa civil, vai se dividir entre a casa dos pais e um apartamentinho da prima, ali para os lados de Boa Vista. Fosse eu um religioso católico, teria aberto a notícia a nosso querido ex-reitor com a expressão latina *magnum gaudium nuntio vobis*, ou "eu lhes anuncio uma grande notícia", conforme você captou. E concluiria pomposamente o seu governador: "a carruagem romana está chegando". — Recomendou DP.

— Ao estacionar a carruagem romana frente à mansão de Casa Forte, quem vai controlar o vulcão? Ou o governador está pensando que a primeira-dama vai dar de barato nessa parada, de ver o nome dela substituído no Serviço Social pela ex-freira Rachel? — Advertiu o ex-padre.

— Nem sei se ela vai ser nomeada para o Serviço Social. Tenho medo de a rebelde Hermínia mandar vir de Goiás um caminhão de estrume de boi e jogar no ventilador do meu Governo. Eu estou de aviso prévio formalizado, já que minha ex me deu trinta dias para aceitar a renúncia dela. Só que o aviso não pode guiar minhas ações. Quero fazer homenagem privada a Rachel, primeiro por conta de nossa amizade, depois porque ela merece provas de meu reconhecimento pela ousadia de largar o hábito para trabalhar comigo. Ela vai ingressar no Governo, mais à frente. Agora é uma homenagem modesta, quase franciscana, que ficará longe de demonstrar toda a gratidão pelos prazeres que, até hoje, nos deu à mesa. — Acautelou-se o governador.

— Mas o que o senhor deseja que eu faça na mansão para a noite do preito de gratidão? — Pediu detalhe Franco.

— Confio na sua sensibilidade, mas afora o prato principal quero um vinho espanhol, e eu me encarrego de levar. Pense com carinho numa torta de coco, da Confeitaria Olinda, cuja receita saiu da fazenda da família da Hermínia e está cadastrada no cardápio da cozinha do Governo. É uma iguaria referência de Pernambuco. — Detalhou DP.

O chefe de gabinete levantou-se para retornar a sua sala com cara de touro encurralado, decidido a cumprir o ritual, fervendo o ódio descontrolado que nem Santo Antônio deteve. Seu desejo de vingança acabava de se adensar e era dirigido na mesma intensidade ao governador e a Rachel. Cego, o ex-padre estava disposto a aprontar qualquer uma, se pudesse livrar as digitais, sujeitando-se até mesmo a cair em desgraça com o chefe.

— Amanhã, por esta hora, traga aqui o primeiro balanço dessas providências. — Recomendou DP sem olhar nos olhos do chefe de gabinete.

— Sim, senhor. — Respondeu Franco, já de pé e também sem encarar o governador.

A contabilidade do reitor estava negativa demais para continuar a empreitada. Houve a perda da Reitoria, o afastamento em transição do sacerdócio e agora a decepção com o amigo e o ódio da ex-pupila. Foi como se em poucos dias o padre Francisco Franco tivesse perdido todo o patrimônio, inclusive o bispado, que já emitia fachos de luz no horizonte. Até dias atrás fora poderoso, realizador, cheio de sonhos, reitor renomado.

— Agora mais uma flor murchando, e não é por falta de água no meu jardim. Mas por erro de cálculo na troca de projeto de vida. — Resumiu-se o ex-padre, ao tomar assento em sua sala após o despacho mais sem rumo de toda uma vida.

* * *

Véspera da chegada de Rachel à mansão de Casa Forte. O governador era só ansiedade, e esse sentimento foi ativado pelo início das movimentações do quintal, de onde partiu o canto do galo. "O galo da irmã Rachel", assim batizado por DP e com justa razão. Afinal, cantando de madrugada no quintal da Pousada de Triunfo, um dia o tal galo acordou o governador horas antes do despertador de cabeceira. Esse gesto unilateral do rei do poleiro redundou em gesto de vingança do próprio governador pernambucano: encomendou-o a molho pardo, pelas mãos da irmã Rachel. Jeitosa, ela o trocou por outra ave e terminou convencendo o governador a levá-lo para a mansão de Casa Forte, onde ele estava formando a sua criação de galinhas para consumo doméstico.

No Palácio, o dia começou com estresse. Tudo porque Hermínia, ao visitar o ex-quarto privado de Dario, como fazia todos os dias desde que o marido saiu de casa e passou a dormir fora, teve forte contrariedade. O estopim do desconforto ela encontrou no refrigerador dele: a suspeitíssima torta de coco. Eram 10 horas, quando, aparentando calma, Hermínia chamou Franco pelo interno; e ele, trêmulo no primeiro instante, foi se reabilitando no decorrer do diálogo, por sorte curto:

— Que torta é esta que está na geladeira? — Inquiriu Hermínia.

— Desculpe, dona Hermínia. É encomenda do governador para o jantar de amanhã. — Esclareceu o chefe de gabinete.

— Mas por que essa torta veio parar aqui, se o jantar vai ser em Casa Forte, conforme o senhor me informou? Ou foi invenção sua trazer essa sobremesa para o ambiente que faz parte de minha residência? — Radicalizou a primeira-dama.

— A senhora me desculpe. Eu queria apenas poupar o governador, que está de repouso e com recomendação de não receber visitas. Ir até Casa Forte só para levar uma torta e ainda por cima incomodar o doente e as pessoas que cuidam dele. Por questão de bom senso, eu deixei a sobremesa aí até amanhã às 6 da tarde. O governador foi muito sucinto na encomenda. Ele me encarregou de organizar o cardápio, toda a sonorização, sugeriu que eu encomendasse uma torta de coco à Confeitara Olinda e se responsabilizou pela escolha do vinho. A senhora quer que eu a retire? Faço isso agora. — Exibiu medo o ex-padre.

— De maneira alguma. Agora nada. O senhor vai retirar a travessa na hora em que combinou com ele. Para que horas, aliás? — Pegou pesado Hermínia.
— Lá para 19 horas. Amanhã, bem entendido.
— Combinado. Mas não tem "lá para 19 horas". Pegue e leve às 7 da noite em ponto. E esta nossa conversa morre aqui. Perguntei por questão de segurança, e por questão de segurança não se toque nessa bandeja até 7 da noite de amanhã. Sei exatamente a posição em que se encontra e descobrirei qualquer comentário sobre o que estou determinando. Quando eu digo que a conversa morre aqui, é para o senhor entender que este assunto está encerrado e, por favor, se acautele. Amanhã às 19 horas estarei aqui para supervisionar a desocupação da geladeira. — Sentenciou Hermínia.

44

A Tragédia de Casa Forte deixou muitos pernambucanos órfãos de um sonho. Eles eram parentes, amigos, funcionários, políticos, abonados e fornecedores. "Os chegados", na gíria da tropa de apoio do Palácio do Campo das Princesas, eram os grandes perdedores. Mas calma aí, que nem tudo estava perdido. Com a morte de DP, nasceu um fio de esperança para dar fim ao único problema que herdaram. Em pesquisas de opinião e enquetes feitas entre pessoas desse grupo, elas, sempre muito exigentes, respondiam que a vida estava boa, mas ficaria ótima, se fosse eliminada uma peste que assolava bairros nobres da capital.

Seus habitantes eram miúdos em números e graúdos em influência. Mandavam bem, mas, quando a praga os atingia, pensavam em todo tipo de cura, inclusive se mudar do Recife para onde pudessem encontrar a paz permanente. Os mais sensíveis à ideia de se arrancar dali eram inconformados com um fenômeno: o cronista Pedro Boa Sorte, da Rádio Nazaré FM, que lhes roía os pés, cortava as vísceras e martelava as cabeças. E a esperança que acompanhou o desaparecimento do governador decorria da certeza da suspensão das propagandas oficiais mantenedoras do programa que, ao custo de rios de dinheiro, eram veiculadas, enaltecendo os serviços de companhias do Governo Estadual.

— Logo, o Governo paga para a mídia nos sacanear. — Comentou um próximo do governador, por via de parente.

Pensavam assim também os incautos, com a mesma ilusão que alimentavam de "o desaparecimento da maior liderança do estado sumir também com o radialista peçonhento".

Engano, típico de quem sempre acredita que governante "pode tudo" ou, por outra, "nada sabe do que acontece em sua administração". Os que desconfiavam da conivência do Governo com os assaltos do radialista pertenciam, sim, a uma categoria imutável, que desconhece o que circula entre os chefes do poder e a mídia sem vergonha. Era e é pouco crível que um comunicador menor e um programete de futrica de uma emissora de rádio nanica, juntos, pudessem fazer tanto mal à comunidade dos influentes. Algo de extraordinário alimentava o fenômeno Pedrão: a fina astúcia de comunicador.

Com o intuito de arrancar dinheiro, ele cadastrou pessoas e famílias para expor sob a proteção absoluta da impunidade. Era gente que ele atacava, caluniava, difamava, acusava, achincalhava, ridicularizava. Ridicularizar, eis aí o recurso para provocar risos, inclusive ocultos, que, a exemplo do despacho da urina, é sempre um condutor de alívio. O comunicador só mudava a orientação de seus passos pelo único valor que o movia: o dinheiro. E por dinheiro ele agravava ou suspendia os comentários contra suas vítimas e também removia vítimas da linha de tiro para o pedestal da glória. Glória no esporte, administração pública, negócios, vida familiar, filantropia, política ou criação de cavalos. O moço da rádio sofria de vício que classifica esse tipo de dependente como "cão que morde a quem lhe dá ração".

* * *

Nos funerais do governador, havia um mundo de gente que naturalmente se dividiu em grupos. O mais unido, a se julgar pelos cochichos e salamaleques com jeitão de ensaiados, tudo bem alinhado, eram os abonados e todos os parentes ou próximos da família enlutada. Pelas afinidades na fúria da perseguição ao inimigo comum, estavam abatidos, mas o fio de esperança andava na face de todos. Todos movidos pela mesma esperança de rompimento do vínculo das estatais com a máquina de moer reputações do empavonado radialista. Mas um oceano ameaçou virar nuvem com atitude inesperada do vice-governador. Ele era um dos carregadores dos restos do falecido DP e, aos olhos chorões de todos, cometeu a imprudência de passar a alça do caixão adiante e saiu apressado, pedindo licença para cumprimentar um distante Pedro Boa Sorte. Logo se entenderam tão bem que por instantes conversaram e sorriram como se estivessem no fundo de uma igreja, participando de batizado.

Por motivos previsíveis, o vice-governador, de nome Cláudio José, conhecido como Zé Pequeno, era o mais esfuziante entre os que mostravam os dentes no enterro do desafortunado DP. Um esclarecimento a outro tipo de incauto: o apelido Zé Pequeno antecedia a obrigatoriedade do compulsório comportamento "politicamente correto". E, no caso de Zé Pequeno, remendo algum o impediria da alcunha consagrada, que fazia justiça ao homem em todos os sentidos. Menos em um. Mas só a partir daquele dia, porque ele ganharia o grande título de governador de Pernambuco, logo após o enterro, durante solenidade na Assembleia Legislativa.

Todas as pessoas que haviam comparecido ao velório e cercavam a sepultura na hora do enterro de Dario Prudente foram convidadas para a posse de Zé Pequeno através de megafone de som potente e sem ruídos. Som que, sem se fazer de rogado, Zé Pequeno reforçou, levantando as mãos e apontando para as bandas da Assembleia enquanto o caixão era cuidadosamente baixado ao fundo da cova. O grupo que havia sonhado com o fim dos ataques, de cara murcha, continuava junto em certos momentos de mãos dadas para fazer coro entoando "o povo unido jamais..."

Eles sabiam bem o que lhes custava ser alvos das catilinárias do Pedrão e, nas últimas horas, sentiam sintomas da penosa coceira, provocada pela voz de locutor. Tinham razões de sobra para desejar ser curados da doença. Mas ficaram meio desenganados ao presenciarem o encontro do novo governador com o temível radialista, nas bordas da nova morada do DP. E ali somaram uma dor à outra, e o sofrimento duplo gerou reação em cadeia, e surgiram as primeiras frases expressando a proposição de eliminar o mal pela raiz. "Afinal os ataques só eram possíveis porque o programa de rádio existe e existe à custa do Estado através das tetas generosas das companhias estatais." Foi esse o fecho de pequeno discurso ouvido na saída do cemitério; e, quando todo mundo procurou a voz feminina que o cravou, já havia sumido na multidão.

Demorou pouco para ficar claro que o chefe do novo Governo, desgraçadamente, optou mesmo por manter os financiamentos do programa, e portanto Pedrão estaria no ar e com um alvo a mais: Zé Pequeno. No terceiro dia de gestão, aliás, ele tomou as primeiras bordoadas, e ainda à revelia emprestou o apelido como mote para as zombarias. E os inimigos do Pedrão já assimilavam a ideia de que o vice faria vistas e olhos grossos para a rotina da era DP: apanhar do explorador e patrocinar o programa de rádio dele com verbas do Estado.

Como o sonho foi para o espaço, gerou-se de maneira espontânea mudança automática e radical na conduta das vítimas. Movidos por um sopro de meia coragem, esses personagens perderam o medo de conversar — desde que sob proteção de sigilo — para pelo menos desabafar entre si. E, na velocidade dos tornados, nasceu o sentimento coletivo de exclusão, a qualquer custo, do adversário comum.

Com o correr dos dias, todo mundo descobriu que era generalizado o sonho das vítimas de vê-lo eliminado. Sem movimento de liderança, sem reuniões, sem toque de corneta de sentinelas, acabaram-se as dúvidas sobre o sonho que cada vítima alimentava em relação ao algoz. Dissiparam-se as dúvidas. Vários dos clientes deram-se ao sacrifício de auscultar a lista dos colegas de maldição para comprovar o grau de rejeição ao adversário. Rejeição, ódio, aversão, raiva, repulsa eram os verbetes mais comuns na percepção dos que padeciam ao som da voz do radialista. A partir daí, generalizou-se a convicção de retirá-lo do meio em que ele circulava e por onde abastecia as contas bancárias, destroçando reputações e abusando de paciências. Ninguém sabia de que voz partia o comando da juntada de cavacos que queimariam a língua do malfeitor.

* * *

Ele tinha hábitos bem conhecidos e raramente saía de sua rotina, o que facilitou a missão do grupo autoencarregado de lhe dar um chá de sumiço, estornando-o da convivência de homens públicos, empresários e detentores de mandatos eletivos. Desses, só os endinheirados cabiam nas planilhas do Pedrão. A operação para "extirpá-lo da sociedade" iniciou-se com gestos espontâneos, sem qualquer indício de atitude deliberada, apesar de envolver um mundo de gente, decidida a assar a batata do inimigo. Isso aparentemente ocorreu quando alvos do atrevido comunicador perderam a última esperança de se livrar de modo seguro da selvagem perseguição, que foi a posse do novo governador sem manifestação ou gesto sinalizando cenário de paz para um mundo de sofredores.

Uma inusitada reação dos locadores de espaço começou entre a primeira e a segunda semanas da gestão Zé Pequeno como se fosse fruto de orquestração. Uns devolveram os carnês, enquanto outros mandaram comunicar à produção que, por medida de economia, estavam denunciando o contrato. Com o programa emagrecido, desossou-se o apresentador. E, como reza o adágio, "cão danado, todos a ele". Apesar da ausência de catalisador, como um avião desgovernado rumo ao solo, a reengenharia se desencadeou em ritmo acelerado. De um momento para outro, ganhava densidade a operação de eliminação do temido algoz. Se um boquirroto abordasse o tema em eventos abertos, bocas cerradas em profusão impunham a retomada da discrição. Era uma operação cercada de vontade, urgência e medo.

A rigor, o que se conspirava era um crime sem criminoso, porque ninguém mais esperava freio nas dinamites radiofônicas com solução de meia-sola. Mas todos tremiam ante o risco de o vazamento dos "planos" cair nos ouvidos do alvo. O mínimo que se pensava era num castigo que lhe invalidasse a voz por um tempo, suficiente para perder o vício de bater, judiar, abater.

A campanha silenciosa deu certo, e em dia que ninguém esperava, nos moldes de corrente, chegou uma circular no endereço de todos os cadastrados do escritório do Pedrão. Isso foi na quarta-feira, e a circular comunicava que ficou tudo programado para a manhã da sexta-feira, dois dias depois, e a operação se iniciaria após o programa da Nazaré.

* * *

Habitualmente, Pedrão saía da rádio no meio da manhã na caminhoneta Chevrolet veraneio alongada e adaptada para motor movido a óleo diesel. Ele deixou o estacionamento, reservado por cavalete com a inscrição "Programa do Pedrão", à porta do trabalho. A regalia da vaga — privativa no pátio da emissora — era prima de outra. A emissora colocava à sua disposição um garoto de 16 anos que, de segunda a sexta, das 5 da manhã às 11, prestava pequenos serviços de apoio ao comunicador. O menino voltava para casa ao final do expediente da sexta, ao lado de Pedrão, que o deixava a 50 metros da residência em modesta chácara, situada depois do bairro de Cidade Universitária. Era o que fazia naquele dia.

Algum mistério se ocultava num opala preto seminovo que seguia a caminhoneta do radialista e seu acompanhante, guardando distância de 200 a 400 metros, dependendo da visibilidade da vicinal e da velocidade do condutor Pedrão. Os três ocupantes do automóvel eram mal-encarados, estavam calados e de olhos fixos no radialista, como se lhe dessem proteção.

Ao atingir o local onde toda semana deixava o auxiliar, o poderoso comunicador manobrou a caminhoneta. Já de volta pela mesma vicinal, Pedrão percorreu uns 300 metros e opa! Tomou susto, mas, sempre muito destemido e folgadamente atrevido, jamais imaginou o tamanho do obstáculo, formado pelo Opala, estacionado e fechando a estrada de terra, e tentou enfrentá-lo. E eis que dois dos três ocupantes desceram correndo rumo à veraneio. Desaforado, o radialista baixou o vidro da janela, pôs o braço erguido para fora e apontou para o motorista do automóvel aos gritos:

— Isso é lugar de parar, seu... Saiam da frente, que quero passar. Eu vou trabalhar, seus fi....

Pisou em lodo Pedrão.

Ao som de "fi", a boca dele foi tampada por compressa de algodão embebido em éter, que lhe refrescou o rosto e o imobilizou. Os homens abriram a porta da caminhoneta, aplicaram-lhe uma injeção na parte interna do braço direito e o acomodaram no assento traseiro da veraneio, com um deles tomando conta e o outro dirigindo. O Opala foi acionado pelo terceiro no papel de batedor. Pedrão ficou maior e pareceu mais pesado em estado flexível. Durante 20 minutos e muita tranquilidade, a caminhoneta, seguindo o carro dos sequestradores, percorreu a BR-232, que liga o Recife a Caruaru.

Quando a vegetação começou a mostrar as árvores do agreste, a comitiva tomou a vicinal do lado oposto à do sequestro. Rodaram mais 25 minutos em estrada de terra, até darem na clareira onde estava estacionado pequeno caminhão com carroceria de madeira, usado para transporte de carretos do Ceasa. Pedrão foi deitado e amarrado de barriga para cima numa escada. A corda em caracol lhe contornava o tronco por cima dos braços, coxas e pernas até os calcanhares.

Estendido, amarrado, na escada presa a cabo grosso de fibra, que foi puxada até meia altura de centenário jatobá com seus hospitaleiros galhos, a vítima deu pouco trabalho na fase mais pesada da operação. Ereto, acomodado na escada em novo modelo de utilização, Pedrão ficou impecável para uma fotografia, que não foi batida. Em menos de uma hora, com os cuidados possíveis para que fossem evitados danos ao corpo e às roupas, os encarregados deram por encerrada a tarefa. Estendido, amarrado e pendurado, faltava a Pedrão apenas a segurança da continuidade do sono.

Mais uma aplicação com reforço da sedação e pronto. O locutor, que vestia terno preto, mais notado pelo nome do costureiro do que por sua criação, gravata amarelada com quadrados escuros, dormia sono profundo, quando recebeu ducha de mel de cana-de-açúcar. A aspersão que consumiu dois garrafões com vinte litros de melaço foi completa, detalhada e repetida para encharcar roupas e calçados, preencher espaços e enroscar superfícies peludas. Os pistoleiros ainda haviam providenciado porções de algodão, que embeberam de mel grosso para deixar em todos os bolsos.

A escada, servindo de suporte ao corpo inerte e amarrado, estava recostada à árvore e garantia a continuidade do trabalho, agora com a honrosa participação de Isaac Newton. Graças à Lei da Gravidade, o combustível chegaria aos operários do turno seguinte: formigas assanhadas. As *Solenopsis*, espécie conhecida como caga-fogo, formiga-doceira e formiga-malagueta, é popularizada também como lava-pés, graças à proeza de ganhar os pés, e subir rapidamente pelas pernas de quem pisa o seu ninho. Miúdas e avermelhadas, espalham-se pelo corpo, invadindo botas, cuecas, aplicando multas implacáveis, como formação de bolhas e manifestações alérgicas.

Coberto com manta de formigas que até parecia de tecido grosso, Pedrão ficaria bem fofo e lembrava um monge. Se estivesse consciente, a posição incomodaria, mas, como ex-seminarista, teria se lembrado de que o sacrifício de Cristo na cruz foi bem mais doloroso. E olha que, na contabilidade do bem e do mal praticados, Jesus era rico em créditos; e o passivo de Pedro Boa Sorte, montanhoso.

Segundo médicos-legistas que assinaram o atestado de óbito, "a causa da morte foi choque anafilático provocado por picadas de insetos, classificados como *Solenopsis*", que deram por encerrada a tarefa, quando sugaram a última gota do melaço.

Antes de deixar a cena do crime, os algozes pegaram objetos pessoais e instrumentos de trabalho que haviam deixado na caminhoneta de Pedrão. O motor e o aparelho de som continuaram ligados, enquanto eles delegavam a finalização do serviço para as formigas-doceiras. Os três ensaiavam passos de dança, quando um deles apontou para a árvore que hospedava Pedrão, indicando que ele já estava a caminho do céu, com parada técnica obrigatória no purgatório.

Nesse instante, o líder do grupo gritou para o mais forte dos pistoleiros:

— Plano B.

O fortão transferiu de tambor para balde de plástico quantidade de gasolina suficiente para um banho na caminhoneta do Pedrão. O combustível jogado no teto e nos lados do carrão já havia molhado os pneus, quando o líder gritou novamente:

— Fogo.

A reação estava dentro de caixa de fósforo. Foi riscado um só palito, que, jogado para cima do carrão, nem chegou ao destino, porque a labareda foi mais rápida. O incêndio ganhou vida e virou espetáculo à parte. O barulho e a ação rápida do fogo abafaram o que havia de mais emocionante naquilo tudo: o som de *Glória a Deus nas alturas*, rodado no toca-fitas da caminhoneta em chamas. Vivaldi, quem diria, deixou uma peça sacra que, de tão bela, sensibilizou até os facínoras na hora de sumir com as provas da eliminação de Pedro Boa Sorte.

Os brutamontes enfim se depararam com o medo. Ao perceberam a voracidade com que o fogo se espalhava, engolindo folhas e galhos secos, ganhando altura e abrindo as copas das árvores, devem ter se recordado de que tiveram mães e algum dia ouviram delas conselhos para não brincarem com fogo, pois os três saíram correndo para o carro de serviço.

* * *

A polícia levou quase um ano para publicar em jornal de circulação restrita a servidores da Secretaria de Segurança Pública pelo menos uma indicação de que andou bisbilhotando pontos de afluência de forasteiros passíveis de suspeição. E, das três informações publicadas nos noves meses que se seguiram ao sumiço do Pedrão, destacou-se uma que falava da hospedagem de três turistas na Pensão Roda-Gigante, a mais próxima da Rodoviária do Cais de Santa Rita, no Centro do Recife.

Nas fichas de identificação, constavam apenas apelidos dos viajantes e as supostas cidades de residência: Orelhão, residente em Duque de Caxias-RJ; Pé de Cabra, em Imperatriz-MA; e Mansinho, em Arapiraca-AL.

Os três haviam dado entrada em horários diferentes, entre 7 e 17 horas da quinta, e fecharam as contas entre 8 horas e 8h15 do dia seguinte, a sexta fatídica de Pedrão.

Os apelidos certamente eram de araque. Se eles estavam trabalhando em equipe e se o serviço era silenciar Pedrão Boa Sorte, a polícia com um pouco de boa vontade e uma nesga de liberdade poderia ter respondido. Menos se o chefe dos investigadores fosse a figura singular do general Adauto Machado. E era. Ele fora mantido como secretário de Segurança pelo governador Zé Pequeno, que terminaria o mandato de DP.

Este livro foi impresso pela Edigráfica.